書下ろし

暁《ぎょう》天《てん》の志

風の市兵衛 弐《に》㉑

辻堂 魁

祥伝社文庫

目次

『暁天の志』の舞台

北
西
東
南
不忍池
牛天神
百間長屋
神田川
両国橋
組板橋
神田橋御門
雉子橋御門
一ツ橋御門
江戸城
大手御門
新大橋
常盤橋御門
北町奉行所
大川
片岡家屋敷（諏訪坂）
南町奉行所
柳井宗秀の診療所（柳町）
永代橋
一膳飯屋「喜楽亭」（深川油堀）

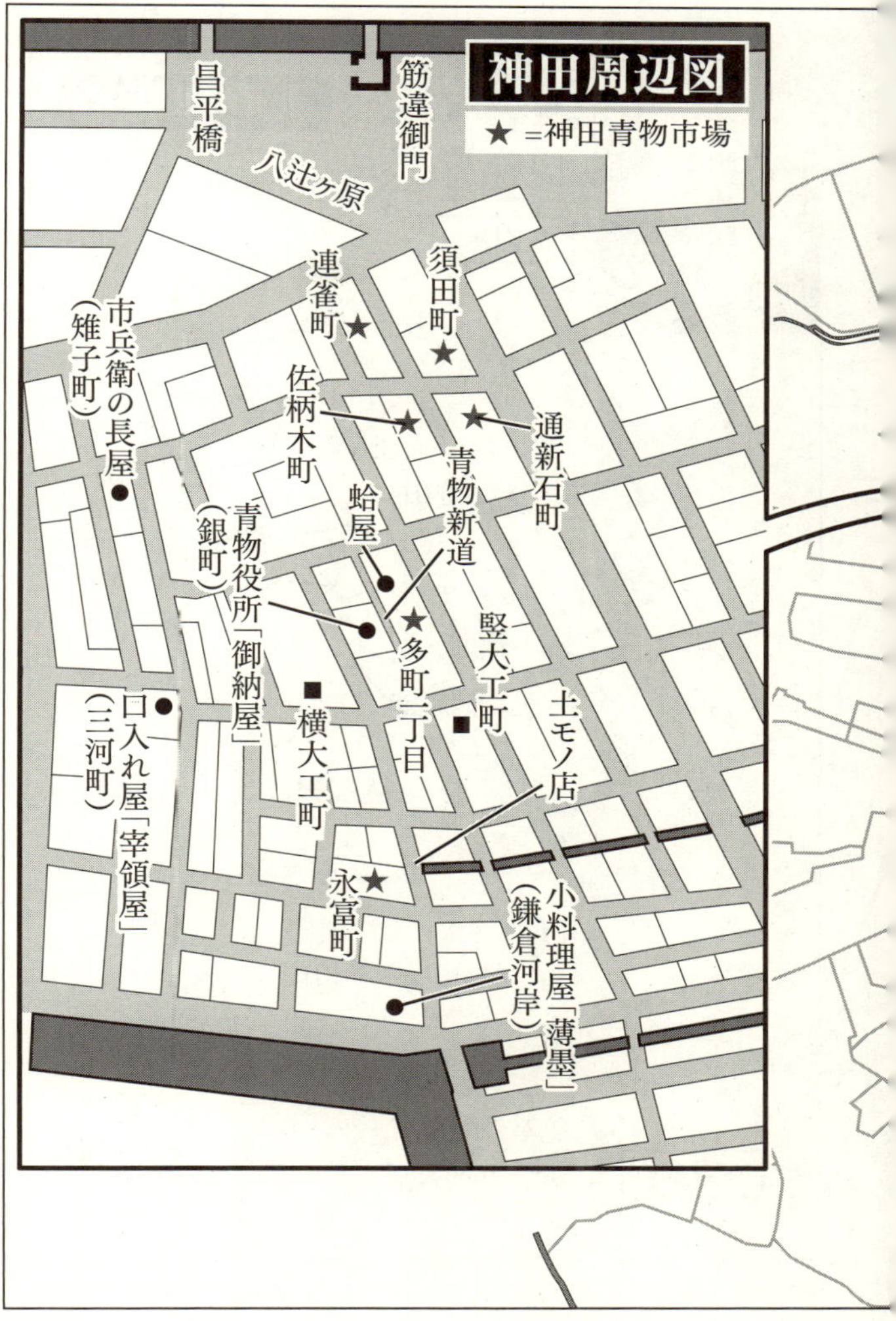
神田周辺図
★ =神田青物市場
昌平橋
筋違御門
八辻ヶ原
連雀町
須田町
市兵衛の長屋
（雉子町）
佐柄木町
通新石町
青物新道
蛤屋
青物役所「御納屋」
（銀町）
多町一丁目
竪大工町
横大工町
口入れ屋「宰領屋」
（三河町）
土モノ店
永富町
小料理屋「薄墨」
（鎌倉河岸）

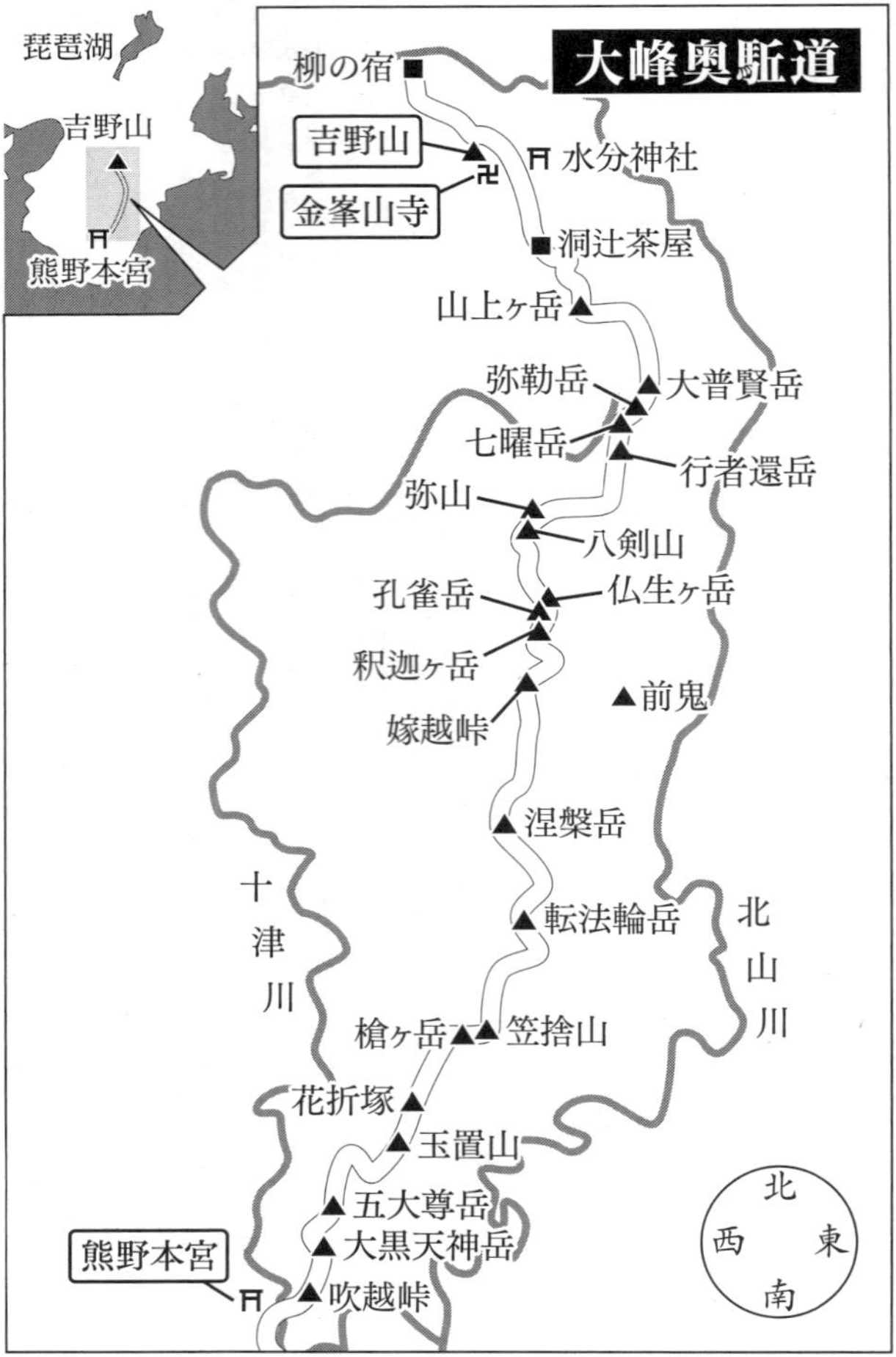
大峰奥駈道
琵琶湖
吉野山
熊野本宮
柳の宿
吉野山
金峯山寺
水分神社
洞辻茶屋
山上ヶ岳
弥勒岳
大普賢岳
七曜岳
行者還岳
弥山
八剣山
孔雀岳
仏生ヶ岳
釈迦ヶ岳
嫁越峠
前鬼
涅槃岳
十津川
転法輪岳
北山川
槍ヶ岳
笠捨山
花折塚
玉置山
五大尊岳
大黒天神岳
熊野本宮
吹越峠
北
西
東
南

地図作成／三潮社

序章　大峰奥駈《おおみねおくがけ》

宝暦《ほうれき》九年（一七五九）秋のその夜明け前、ひとりの若い修験者《しゅげんじゃ》が、熊野本宮大社《くまのほんぐうたいしゃ》礼殿《れいでん》の南庭を進んで、熊野権現《ごんげん》にうやうやしく御幣《ごへい》を奉納《ほうのう》した。剃髪《ていはつ》に兜巾《ときん》、長身痩躯《ちょうしんそうく》に篠懸《すずかけ》の衣と結袈裟《ゆいげさ》をまとい、脛《はばき》と八《や》ツ目《め》草鞋《わらじ》、腰には柴打《しばう》ちの剱《つるぎ》、錫杖《しゃくじょう》、背に笈《おい》、法螺《ほら》を肩にかけ、最多角念珠《いらたかねんじゅ》、金剛杖《こんごうづえ》を携《たずさ》えた修験者は、奉幣ののち、大斎原《おおゆのはら》を南へ熊野川の河原へと向かった。

修験者は熊野川を船で対岸の備崎《そなえざき》へ渡ると、渡船したばかりの熊野川の彼方をふり仰ぎ、山嶺《さんれい》と深い樹林に護《まも》られた本宮宝殿を、再びうやうやしく拝礼《はいれい》した。

それから、足早に山中へと分け入った。七越峰《ななこしのみね》にいたる山道で、山の端《は》を離れた真紅《しんく》に燃える天道《てんとう》が、夜明けの天空を群青《ぐんじょう》に染め、山肌を覆《おお》う木々を舐《な》めつくしてゆく光を讃《たた》えて、法螺をはるか大峰《おおみね》の山嶺へと吹き鳴らした。

修験者らは山伏《やまぶし》とも呼ばれ、大峰山嶺を縦走《じゅうそう》する修行を大峰奥駈《おくがけ》すなわち抖《と》藪《そう》と言った。

大峰奥駈の山中修行をいく度も重ねることによって、山伏は験力《げんりき》がますと信じられ、先達《せんだつ》から正先達、大《だい》先達へと格があがっていく。

先達とは奥深い山道の道案内人である。民衆の霊場詣《まい》りに先達は欠かせず、古来、山伏がそれを務《つと》めたのだった。

だが、若い修験者は、山中修行をへて得度受戒《とくどじゅかい》（出家）し、護身法加行会《けぎょう》を履《り》修《しゅう》した修験僧ではなかった。南都《なんと》の本仏師《ほんぶっし》としての生業《なりわい》を営《いとな》みつつ、大峰奥駈の大先達であり熊野権現の高僧でもある師によって、菩提心《ぼだいしん》を諭《さと》された優婆塞《うばそく》（在俗の信者）であった。

秋のその日、修験者は、神仏の宿る熊野本宮一靡《いちなびき》（修行場）から、柳《やなぎ》の宿《しゅく》の七十五靡まで、険しい大峰奥駈の行場《ぎょうば》をへて吉野《よしの》山を目指し、ひたすら法華経《ほけきょう》を読誦《どくじゅ》しつつひとり峰入りした。

大峰奥駈の山道は七越峰より北へ転じ、吉野へとつらなっている。

吹越峠《ふきこしとうげ》をすぎて、山在峠《さんざいとうげ》、大黒天神岳《だいこくてんじんだけ》、五大尊岳《ごだいそんだけ》、大森山《おおもりやま》を越え、熊野本宮の奥院とされる十靡の玉置《たまき》神社が険《けわ》しい山肌に鎮座《ちんざ》する玉置山にいたる。

玉置神社の宿坊《しゅくぼう》に一夜を明かした翌日から、そぼ降る秋の雨に見舞《みま》われた。薄墨《うすずみ》色の天空が果てもなく広がり、折り重なる峰の麓《ふもと》は真綿《まわた》のような純白の雲にくるまれた。雨に濡《ぬ》れた木々の間を縫《ぬ》う奥駈の道のほかは、周囲の峰々の景色は深い雲に閉ざされ、とき折り、峰と峰の間をたゆたう真綿色の雲の奥から、黒い山の稜線《りょうせん》が幻影のように現れては消えた。

花折塚《はなおりづか》、貝吹金剛《かいぶきこんごう》、槍《やり》ヶ岳《たけ》を越え、笠捨山にいたっても雨は止まなかった。

十八靡の笠捨山《かさすてやま》の山頂は白く烟《けむ》り、周囲の山々は降りしきる雨に打ちひしがれ

重々しく沈黙していた。修験者は、山頂に祭られた古い小さな祠《ほこら》に拝礼し、法華経の読誦をその沈黙の彼方へと発した。

しかし、神代杉《じんだいすぎ》やぶな、檜《ひのき》や萱《かや》の樹林を絶え間なく騒がす中、さらに分厚い雲が山々を覆《おお》った。ときには小降りになったが、そのあとにさらに激しさを増し、若い修験者に容赦《ようしゃ》ない試練を与え続けた。

木々の間の細道を転法輪《てんぽうりん》岳、二十五靡の涅槃《ねはん》岳、嫁越《よめこし》峠と越えた。

太古《たいこ》ノ辻《つじ》から前鬼《ぜんき》の集落へ下って再び一夜を明かした次の日、雨に烟る大峰奥駈道は、峰から峰へと激しいのぼりとくだりを繰りかえしつつ、いっそう峻嶮《しゅんけん》な高山へとのぼっていった。

峰々を覆い隠す雲のきれ目より、樹林の覆う黒い壁のような山肌と深い淵《ふち》を、不気味にのぞかせていた。

岩肌を剝《む》き出した細い断崖の道がつらなる馬の背を、白い雲に覆われた眼下の谷底を見ながらすぎ、釈迦ヶ岳《しやかがたけ》へのぼった。そして、孔雀岳《くじやくだけ》の行場をへて、仏生ヶ岳《ぶつしようがだけ》を越え、四十七靡五鈷嶺《ごこのみね》の岩壁のような断崖を、滝となって流れ落ちる雨水に激しく打たれながら、さらにのぼっていった。

高い崖と深い森の険しい道が、果てしなく続いた。しかしながら、若い修験者の足どりは強靱《きようじん》だった。

剝き出しの巨岩や、樹林のほかにさけることのできない雨に濡れそぼち、打ちのめされても、踏《ふ》み締《し》める力強い歩みは衰《おとろ》えを見せなかった。

峰から峰へと突き進む修験者に聞こえるのは、雲を震わせ降りしきる雨と木々のざわめき、ひたすら法華経を読誦するおのれの声だけだった。

若く屈強な修験者は、おのれのいく道が難行苦行《なんぎようくぎよう》であればあるほど、おのれの進む道が身を苛《さいな》めば苛むほど、かえって奮いたった。むしろ、もっと激しい苦難を与えわれを目覚めさせよ、とさえ山々の霊威《れいい》に願った。

苦難の登攀《とうはん》の末に、修験者はついに大峰の最高峰、五十一靡の八経ヶ岳《はつきようがたけ》の頂に達した。

八経ヶ岳の頂に立つと、大峰連峰の影がいくつもの島のように浮かぶ眼下の白い雲海《うんかい》の彼方へ、愁《うれ》いをたたえた眼差《まなざ》しを放った。

大峰奥駈の道は、弥山《みせん》から行者還岳《ぎょうじゃがえりだけ》、七曜岳《しちようだけ》、弥勒岳《みろくだけ》、大普賢岳《だいふげんだけ》を次々と踏破して山上ヶ岳《さんじょうがたけ》の大峰山寺《おおみねさんじ》蔵王堂《ざおうどう》にいたり、さらに、吉野山中の七十三靡の金峯山寺《きんぷせんじ》蔵王堂へとくだっていく。

だが、進むべき道は山嶺を覆う雲海に閉ざされていた。

修験者は、果てしない天空をふり仰いだ。そうして、こし方を儚《はかな》み、まだ見ぬゆく末に思いを馳《は》せるかのように、高く遠く、法螺を吹き鳴らした。

吹き鳴らす法螺の孤独な咆哮《ほうこう》は、神々《こうごう》しく厳《おごそ》かに、物憂《ものう》いほどの深遠さで、霊威が住み、祖霊の往生《おうじょう》する神奈備《かんなび》の峰々へととどろきわたった。

それから、六十有余年の歳月が流れた文政《ぶんせい》七年（一八二四）春、吉野山門前の中町《なかまち》に館をかまえ、代々吉野一山町方《いっさんちょうかた》の惣年寄役《そうとしよりやく》を継ぐ地下《じげ》老分《おいぶん》・村尾五左衛門《むらおいつざえもん》が、広い板間の囲炉裏《いろり》のわきに胡坐《あぐら》をかいて、粗朶《そだ》をくべていた。

板間続きに薄暗く広い土間があり、そのあがり框《かまち》のすぐ下の土間に、ひとりの山伏が跪《ひざまず》いていた。山伏は、毛の生えかけた剃髪《ていはつ》の下の日焼けした顔面を伏せ、五左衛門が粗朶を折る乾いた音にも畏《おそ》れ入ってか、硬い沈黙を守っていた。

これから修行に出るのか、傍らに笈と金剛杖が寝かせてある。

吉野山は、信者の立願《りゆうがん》によって植えられた下《しも》の千本《せんぼん》の白山桜《しろやまざくら》がようやく咲き始め、花の季節を告げるほのかな匂いが、薄暗い土間に流れていた。囲炉裏に五左衛門のくべた粗朶が小さな音をたててはじけ、明かりとりの外では、小雀《こがら》の鳴き声が春の山を彩《いろど》っていた。

山伏は五左衛門の威厳に畏れ入りつつ、伏せた目の片隅で、土間の明かりの縦《たて》格子《ごうし》ごしに淡い霞《かすみ》をおびた青空をのぞき見た。

白山桜の匂いと青空が、ふと、山伏の胸にせつなくしみた。

これから日ごとに、中《なか》の千本、上《かみ》の千本、奥《おく》の千本と、吉野全山が白い山桜に染まっていく。

およそ半年の間、山上ヶ岳の蔵王堂を閉ざしていた雪が消えるころ、吉野川の六田《むだ》で身を浄《きよ》め、金峯山寺蔵王堂の山下へとのぼっていき、さらに、懺悔懺悔六根清浄《さんげさんげろっこんしょうじょう》、と唱えつつ山上ヶ岳の蔵王堂を目指して登攀し、山上ヶ岳からいっそう高き峰のつらなる大峰道へと分け入った山中修行の日々が、山伏の脳裡《のうり》を次々とよぎった。

山伏は、忍び寄るおのれの老いを五体に感じていた。

夢の中にあったすべてが目覚《めざ》めれば消滅するごとくに、山中修行の日々やおのれすらの実在を失う往生のときが迫っている、と感じていた。

山へ帰る。

山伏は思っていた。

「吉野を去れ」

五左衛門の低い声が、土間に跪いた山伏に投げかけられた。

「おまえは、金峯山修験本宗《ほんしゅう》を汚した無頼《ぶらい》な山伏だ。産《う》まれたときから、おまえを知っておる。可愛《かわい》げのない、不吉な顔をした赤ん坊であった。村尾家の厄介《やっかい》の種《たね》になるのではないかと、懸念《けねん》しておった。懸念どおりになったな。だが、厄介の種であっても、由緒ある村尾一族の血筋を引く者であることに変わりはない。そうであろう、猿浄《えんじょう》」

猿浄と呼ばれた山伏は、日焼けした顔をあげた。

囲炉裏に燃える粗朶の炎が、はや七十に近い五左衛門のいく筋もの皺《しわ》が刻《きざ》む額《ひたい》にゆれている。

「逃がして、くれますのか」

沈黙を破って、猿浄は物憂げに訊いた。

猿浄は、吉野一山町方の惣年寄役のこの伯父《おじ》を恐れていた。

できの悪い自分はこの伯父に嫌われていると、子供心にもそれがわかった。物心がついてから、五左衛門伯父を畏れた覚えしかなかった。

すでにかつての童子ではなく、修験者として山中修行を重ね、その気になれば誰であろうとひとひねりにできるほどの膂力《りょりょく》を身体《からだ》に秘め、歳《とし》もすでに四十代の半ばをすぎたにもかかわらず、村尾一族を率《ひき》いる当主であるこの伯父の人を見くだす冷たく蔑《さげす》んだ眼差《まなざ》しが、猿浄は今でも恐ろしかった。

「おまえの落ち度は明らかだ。おまえの罪は死に値する。よって、洞川《どろがわ》の惣代におまえの身を引きわたし、犯した罪を命で償《つぐな》わせるのが本来の筋だ。洞川の惣代から、おまえを引わたせと申し入れがきておる。だが、おまえのような者でも、一族の血筋を目の前でみすみす失うのは忍びない。引きわたしを拒《こば》めば、洞川と村尾家の争いになる。洞川の惣代より蔵王堂の学頭代《がくとうだい》に、この一件の訴えを持ちこまれたら、代々受け継ぐ村尾家の惣年寄役に、障《さわ》りが出る恐れすらある。つまり、おまえをこれ以上かくもうてはおけん」

猿浄は顔を伏せず、土間の薄暗がりより五左衛門を真っすぐに見あげていた。囲炉裏の炎が、伯父の頰骨《ほおぼね》の高い痩《こ》けた頰にもゆれていた。七十近い歳になってなお衰えを見せぬ、冷酷なほど厳しく暗い、大峰の雨のような顔だちを、これほど凝《じ》っと見つめたのは初めてだった。

「奥州《おうしゅう》恐山《おそれざん》でも、出羽羽黒山《でわはぐろさん》でも、越中立山《えっちゅうたてやま》へでも、どこへなりともおのれの好き勝手に逃れよ。ただし、吉野から逃れて生き延びることが、吉野で往生するよりましかどうかはわからんがな。言えるのは、二度と吉野には戻れん。吉野はもう、おまえの往生の場所とは違う。そう、覚悟せよ」

「われら修験道に生きる者にとって、深く険しき峰は修験修行の道場です。深く険しき峰はご神体であり、浄土の地であり、往生の地です。吉野を去ることに、異存はありません」

猿浄は冷静にこたえた。五左衛門は沈黙をかえし、粗朶を折って囲炉裏にくべた。だが、その沈黙は物思わしげだった。

ふと、なぜだ、と猿浄は疑念を覚えた。

五左衛門の言葉が、猿浄の疑念をふり払うように投げかけられた。

「おまえがこの館から人知れず姿を消したとなれば、洞川の惣代へはなんとでも申し開きができる。おそらく、表向きは金で落着するに違いない。ただし、洞川の験者らは、絶対におまえを許さぬだろう。追手が遣《つか》わされるに違いない。吉野を出れば、おまえの身を守るのはおまえ自身だ。おまえがどの山で朽《く》ち果《は》てようと、朽ち果てるまで逃亡を続けることになる。それが定めだと思え。供養だ。生きているうちにわたしておく。持っていけ」

ひとつかみほどの布袋が、土間に跪いた猿浄の前で硬貨の音をたてた。

猿浄は布袋へ目を落とし、ゆっくりと五左衛門へ戻した。そして言った。

「五左衛門伯父、なぜですか」

「なぜだと？　だからおまえの供養だ」

村尾一族の当主の五左衛門が、一族の血筋であったとしても、村尾家に厄介の種をまいた猿浄をわけもなく逃がすはずはなかった。口でそのように言うても、腹の中はそうではない。できの悪い自分を、この伯父は許していない。そんな伯父でないことは、十分承知している。

「わしに、何をせよと？」

猿浄は平静を装い、かまわず訊いた。

「大婆《おおばば》さまが、おまえを逃がしてやれと言うておる。わしは反対だった。そもそも、おまえをこの館にかくまうこともだ。だが、大婆さまのお指図《さしず》には、従わねばならぬ。ゆえに、おまえをかくまった。驚いたか」

　五左衛門は猿浄を睨《にら》み、皮肉な笑みを浮かべた。また、粗朶を折って囲炉裏にくべた。

「そのとおりだ、猿浄。おまえを逃がすのは、ひとつ、おまえにやることがあるからだ。じつは、それこそが大婆さまのお指図なのだ。よいな。山をくだり、上《かみ》市《いち》から国栖《くず》に出て伊勢《いせ》街道をとれ。伊勢より江戸にいき、ある男を捜せ。捜す男は江戸の侍だ。どこぞの武家に仕《つか》えておるのか、あるいは浪人者か。浪人者ならば生業《なりわい》は何をしておるのか。歳、風体《ふうてい》、女房や子がおるのか、それは定かにわからぬが、間違いなく、江戸におる。名は……」

　むろん、猿浄がその男の名を聞くのは初めてだった。その男を捜してどうするのだ、と訝《いぶか》しんだ。

　ぴぴい、ぴぴぴい……

　明かりとりの外で、小雀が鳴き騒いでいる。

「二十年ほど前、ある噂《うわさ》がこの吉野の山に聞こえた。ある年若い武士が、大和《やまと》の興福寺大乗院《こうふくじだいじょういん》において唯識《ゆいしき》を学び、のみならず剣の修行を積んだ。その若き武士は、抜群の頭脳を持ち、頭脳よりはるかに秀《ひい》でた身体、さらに剣術の天稟《てんぴん》の才を授かっており、《風の剣》なる秘技を、興福寺において会得《えとく》したと聞こえた。武士はいずれ、大和興福寺法相宗《ほっそうしゅう》の学侶《がくりょ》となるはずだった。だが、あるとき興福寺より忽然《こつぜん》と姿を消したのだ。興福寺から姿を消したのち、武士がどうなったのか、それ以上の噂は聞こえてこなかった。それは遠い大和より聞こえた嘘《うそ》とも真《まこと》とも知れぬ噂でしかなかった。そのため、われら村尾家の者は、そのような噂など気に留めていなかった。わしは武士が会得した風の剣の噂を聞いたとき、風の剣などと他愛《たわい》もないと思っただけだった。ところがだ、大婆さまひとりが、その武士の噂を腹の底に仕舞《しま》っていたのだ」

囲炉裏に小さな炎があがり、火の粉《こ》が戯《たわむ》れるように舞った。

「この春の初め、大婆さまに山のご先祖さまよりお告げがあった。一族の血筋を引く者を捜せ。その者に会うときがきたと。ご先祖さまのお告げならば、従わねばならぬ。村尾家の掟《おきて》だ。猿浄、江戸にいき、その者を捜し出せ。その者に会い、吉野にくるべし、と伝えよ。それが村尾家の者としての、おまえの最後の務めだと思え」

猿浄は、うむ？　とうめき、小首をかしげた。

「ということは、二十年ほども前に興福寺にいたという噂に聞いただけの、大婆さまのほかは誰も気に留めなかったその者が、村尾家の血筋を引く者だと？」

「大婆さまに、お告げがあったのだ。だから確かだ。ご先祖さまのお告げに、間違いがあるはずがない」

「解《げ》せませんな。五左衛門伯父、その話には、わしなどの知らぬ謂《いわ》れがほかにあるのではありませんか。村尾家の者として、大婆さまのお指図には、むろん、従いますが」

猿浄は眉をひそめた。やおら、土間に投げられた布袋を掌《て》にとった。布袋にくるまれた硬貨が触れ合い、掌《てのひら》の上で小さな音をたてた。

「それに、その者が江戸にいるというだけでは、途方に暮れるしかありません。わしの知らぬ謂れを、うかがわねば……」

「今から話す」

五左衛門は言ったが、すぐには話さなかった。

粗朶をつかんだ手を止め、しばしの間をおいた。それから、小雀の鳴き騒ぐ明かりとりへ物憂げな眼差しを向け、続けた。

「はるかに遠い昔のことだ。ある秋の日、熊野より大峰を抖藪したひとりの若い男が、吉野山に現れた。修験者の扮装だったが、男は得度した修験僧ではなく、本仏師を生業にする大和の優婆塞だった。名は唐木忠左衛門《からきちゆうざえもん》。美しい修験者だったと、大婆さまは言うておる。唐木忠左衛門が、なぜ、なんのために、その秋の日、吉野に現れたのか、村尾一族の知ったことではなかった。ただ……」

五左衛門は、束《つか》の間をおいた。

山々は小雀が鳴き、春のときがのどかに流れていた。猿浄は、明かりとりから淡《あわ》く漂《ただよ》ってくる吉野山の春は、これが見納めだと思うと、せつなく胸を締めつけられ、ゆさぶられた。五左衛門の話が、その春のときの流れのように、ゆるやかに続いていた。

「それから今ひとつ、興福寺でわかったことがある」

と、五左衛門は言った。

「唐木忠左衛門は、唐木行応《ぎようおう》という武士にして仏師となった男の倅《せがれ》だった。父親を継《つ》いでおのれも仏師になりながら、すぐれた剣の使い手でもあったと、それも興福寺に伝わっているそうだ。もしかしたら、忠左衛門は仏師ではなく、剣の道に生きたかったのかもしれん。その者は、忠左衛門の血を引いたのだろう。言うまでもなく、われら村尾一族とて、金峯山寺門前の町方にあっても、古《いにしえ》より幣役の神人《しんじん》を務め、帯刀《たいとう》を許された身分だが」

　そこで言葉をきった。そして、物憂く押し黙った。

「そうでしたか……しかしながら、江戸にいってその者を捜しあて、大婆さまのお告げを伝えても、その者が吉野にくることを拒《こば》んだ場合、わしはいかがいたせばよいのですか」

　猿浄は、五左衛門の沈黙を払うように言った。

「馬鹿を言え。ご先祖さまのお告げぞ。伝えるだけで十分だ。一族の血を引く者なら、ご先祖さまのお告げを伝えれば、必ずくる。大婆さまは、その者が吉野に必ずくると、疑ってはおらぬ。遠い昔、唐木忠左衛門が現れたようにな」

　猿浄はゆっくり二度、一度目は五左衛門に、二度目は自分自身に頷《うなず》いた。

「五左衛門伯父、承知いたしました。すぐ様、出立《しゅったつ》いたし江戸に向かいます」

　猿浄は言った。それから、速《すみ》やかに立ちあがった。傍らの笈を背にかつぎ、金剛杖を手にした。

「必ずその者を捜し出し、吉野にくるよう伝えます。大婆さまと五左衛門伯父のご恩は、生涯忘れません。これにて、おさらばじゃ」

　猿浄が消え、薄暗い土間に沈黙が再び物憂く流れた。明かりとりから、小雀ののどかに鳴き騒ぐ声が聞こえていた。

「今生《こんじょう》の別れだ。猿浄、達者でな」

五左衛門は、誰もいない土間へ吐き捨てるように声を投げた。

第一章　神田青物市場《かんだあおものいちば》

一

やっちゃ、やっちゃ……

と、威勢のいい競《せ》り売りの胴間声《どうまごえ》を、青物市場《あおものいちば》の商人らが、雑踏《ざっとう》のいたるところで客を相手に張りあげ、まくしたてている。その雑踏を縫《ぬ》って、野菜や果物を一杯に入れた桶《おけ》や大笊《おおざる》、盥《たらい》、竹籠《たけかご》に畚《もっこ》、樽《たる》などをうずたかく積んだ大八車《だいはちぐるま》が、けたたましい轍《わだち》の音をたてていき違っていた。

両天秤《りょうてんびん》のふり売りの行商、葛籠《つづら》や大風呂敷《おおぶろしき》を背負って江戸市中からやってくる仕入れの商人、丼《どんぶり》の腹掛《はらが》けと股引脚絆草鞋《ももひききゃはんぞうり》姿の、樽や桶や竹籠を肩にかついで沢山《たくさん》の野菜果物を、あっちの店《たな》、こっちの店へと忙《せわ》しなく運ぶ人足や問屋《といや》の使用人、胡瓜《きゆうり》に茄子《なす》ごぼう慈姑《くわい》独活《うど》、葉人参大根《にんじんだいこん》白大根南京《なんきん》、莢豆《さやまめ》円豆平豆、葱《ねぎ》わけぎ、青菜小松菜ほうれん草、松茸椎茸《まつたけしいたけ》などの山菜、さつま芋《いも》里芋、瓜《うり》に栗《くり》などなどを山盛りにした笊やら盥やらを頭に乗せて、往来《おうらい》をゆくどこかのお店者、そして、買い物にきた夥《おびただ》しい老若男女《ろうにやくなんによ》の客と客が茄子を二籠、小松菜を三樽、などと声をかけ合い、縦横《じゆうおう》にゆき交っていた。

東西南北にいく筋も交わり、真っすぐに延びる往来の両側に、瓦葺《かわらぶき》屋根と黒い土壁を往来に見せる表店の二階家が、往来のずっと先まで、人波にまぎれて見分けられないほど延々とつらなっている。

どの店も、一階の軒《のき》より往来へ板庇《いたびさし》がせり出し、店の間、前土間、軒下、板庇下にまで大きな売り台を備えつけ、青物野菜に果物の類を立錐《りつすい》の余地なく並べて、ゆき交う客の目を引いていた。

また、野菜をつめこんだ大樽や小樽、桶が店の中から往来まで、壁のようになって隙間《すきま》をふさぎ、大小の盥を積みあげ、さらに人参やらごぼうやら芋やらを入れた竹笊、畚、俵《たわら》なども、板庇の屋根上に所狭しと並んでいた。

大樽をひとりで抱えていく者もいれば、しょっぱい匂いのする山盛り大根の糠《かす》漬《づ》けの大盥を、姉《あね》さんかぶりの女らが囲んで、お喋《しやべ》りに花を咲かせつつかついでいく。売り声、かけ声、呼び声、怒鳴り声、相対取引きの遣りとりが丁々発止と飛び交い、のみならず、子供のはしゃぐ声や泣き声、親の叱《しか》る声、隣近所の声高《こわだか》な世間話もまじって、青物市場は早朝より、戦場《いくさば》のようなざわめきとどよめき、そして喚声《かんせい》に包まれていた。

そこは、大川《おおかわ》から神田川《かんだがわ》へ入った河岸場《かしば》、あるいは鎌倉《かまくら》河岸に荷揚げされた江戸近郊の農村の、朝、収穫したばかりの青物野菜や果物などが毎日商《あきな》われ、夜明け前より夕方まで客足は絶えず、じつは日本橋《にほんばし》の魚河岸よりも巨大な江戸一番の大市場の《神田青物市場》である。

慶長《けいちょう》のころより、神田多町《たちょう》の《菜市》と呼ばれていて、次第に大きく盛んになり、今や多町、永富《ながとみ》町、連雀《れんじゃく》町の青物三ヵ町を中心に、須田《すだ》町、佐柄木《さえき》町、通新石町《とおりしんこく》にも青物問屋のみならず、小売りの八百屋《やおや》もつらなって、坪数およそ一万五千坪。市場の商いは一階の表店で行われ、二階が使用人ら店者の住居になっていて、市場の中に住人の暮らす町がある、という佇《たたず》まいだった。

市場の青物問屋や表店に雇われ、働く独り身の男らも多く、問屋や表店が甍《いらか》を並べる表通りをはずれれば、水茶屋や一膳飯屋、煮売《にうり》屋や酒亭が軒行灯《あんどん》や軒提灯《ぢょうちん》、半暖簾《はんのれん》を吊《つ》るし、多町の裏町には脂粉《しふん》の香の絶えない岡場所もあった。

承応《じょうおう》のころにとり締まりを受けるまで、湯女《ゆな》のいる丹前風呂《たんぜんぶろ》が佐柄木町で営《いとな》まれていたのも、青物市場の賑《にぎ》わいとかかわりがある。

その朝も、暑い陽射しが三河《みかわ》町の往来に降っていた。

界隈《かいわい》の裏店の路地の木で、蟬《せみ》が賑やかに鳴き騒いでいた。暑さはまだまだ続きそうな、夏の終わりである。

ひとりの侍が、その三河町三丁目の往来を歩んでいた。

淡《あわ》い萌葱《もえぎ》の単衣《ひとえ》と濃紺《のうこん》に千筋縞《せんすじしま》を抜いた細袴《ほそばかま》を、五尺七、八寸（約一七二センチ）ほどののびやかな痩軀《そうく》に着け、黒鞘《くろざや》の二刀を袴の絵模様のように軽々と帯びていた。

総髪《そうはつ》に髷《まげ》を結《ゆ》い、広い額《ひたい》の下に通った鼻筋からひと筋に結んだ唇《くちびる》と、いく分張った顎《あご》まで少々日焼けしているものの、侍は色白だった。

二重《ふたえ》の大きく鋭い目つきも、濃い墨《すみ》で細く刷《は》いたふうなややさがった眉尻《まゆじり》が、厳《いか》めしさとか険《けわ》しさとかをやわらげており、むしろ頼りなさそうに見えるほど穏《おだ》やかで、のどかで、呑気《のんき》な、通りがかりの年増《としま》が何気なく目が合うと、思わず笑いかけたくなるような、町家の二階の物干し台に干した青空の下の夏風になびく晒《さらし》木綿《もめん》のようなさっぱりした愛嬌《あいきょう》を、侍の眼差《まなざ》しは感じさせた。

侍は、三河町三丁目の往来から、二丁目との境《さかい》を東へのびる通りへ曲がった。

その通りは、三河町から東へ内神田の町家をゆき、横大工町《よこだいく》をすぎ、竪大工町《たてだいく》と多町一丁目の境、鍋《なべ》町西横丁、鍛冶《かじ》町二丁目と鍋町の境を抜けると、日本橋と筋違見附《すじかいみつけ》の八辻ヶ原《やつじはら》を結ぶ大通りに出られる。

しかし、侍は竪大工町と多町一丁目の辻の半丁（約五四・五メートル）手前にある横大工町の辻で方角を転じ、蟬の声が聞こえる夏の朝に似合ったのどかな歩みを北へとった。

横大工町の北隣が銀《しろがね》町で、銀町の往来の東側に、青物役所の《御納屋《おなや》》が瓦葺屋根の二階家をかまえている。

御納屋は、江戸城の御膳《おぜん》所御賄《おまかない》所の青物の御用を承《うけたまわ》る役所である。

ただし、御納屋に幕府の役人は出張せず、多町、永富町、連雀町の青物三ヵ町の青物問屋組合を中心にした商人九十四人が、三年交替の三人ずつで、朝から夕七ツ（午後四時頃）まで御納屋につめて御用にあたり、配下に書役二人、青物の洗い方五人、乾物撰り方五人、さらに、ご城内へ運送する三十人の人足を雇い入れていた。

侍は、その御納屋の店表の、明るい朝の陽射しの下に立った。

往来に開いた広い間口のわきに、空の大八車が何台も止められていた。

表の腰高障子《こしだかしょうじ》が両開きになっていて、折れ曲りの前土間と、土間続きに式台《しきだい》ほどの高さの、半間（約九〇センチ）幅の拭縁《ぬぐいえん》からあがった店の間の座敷が、明るい往来からは薄暗く見えた。

店の間では、御納屋の紺看板《こんかんばん》を着けた商家の手代ふうの使用人らが、文机《ふづくえ》に向かって帳面に筆を走らせていた。

算盤《そろばん》をはじき、出た数を記している者もいる。

店の間の奥に帳場格子《ごうし》があって、これは看板を着けていない年配の番頭ふうが、暇《ひま》そうに煙管《キセル》を吹かし、使用人らの仕事ぶりを見守っていた。

後ろの壁の上に、朱引《しゅび》きの三本筋の提灯がずらりと並んでいた。

早朝の忙しい刻限がすぎて、御納屋の前の往来は人通りがまばらだった。

隣町の多町一丁目の青物市場の賑わいも、南の横大工町から北の銀町へ南北に通るこの往来までは伝わってこない。

ただ、夏の暑い朝の蟬の声だけが、かしましく聞こえている。

御納屋の店表に立った侍は、丁寧《ていねい》に火熨斗《ひのし》はあてているけれど、よく見ると、淡いと言うより、少々色あせた萌葱の単衣と肌着の襟元《えりもと》を、手を添《そ》え整《ととの》えた。

それから、袖や袴の埃《ほこり》をひと払いして、よし、と自らに呟《つぶや》きかけ、御納屋の軒庇をくぐった。

前土間に踏み入り、店の間へ声をかけようとしたとき、折れ曲りの土間の奥から、ねじり鉢巻《はちま》きに腹掛と半着姿の男らがぞくぞくと前土間に現れた。

男らは店表へ出て、大八車を賑やかに引き出し始めた。

そこへ、帳面と筆を手にした御納屋の紺看板の若い男が、折れ曲りの土間の奥から遅れて忙しげに出てきた。若い男は、

「仁八《じんぱち》さんは駒込《こまごめ》から板橋《いたばし》まで廻っておくれ。新吉《しんきち》さんは麴町《こうじ》、それから……」

と、千住《せんじゅ》、京橋《きょうばし》から新橋《しんばし》、両国《りょうごく》から本所《ほんじょ》へ向かう指示を、大八車を引き出した男らへ調子のよい口調で次々に与えていった。男らは指示を受け、かけ声をあげながら、轍を鳴らして東西へ分かれて出発していく。

「昼前に戻ってくるんだよ。頼んだよ」

若い男は、大八車の後ろからじゃれるように声を投げると、手にした帳面に素早く何かを書き記し、

「これで済み」

と、呟いたのが、前土間のわきによけていた侍に聞こえた。

男は二十四、五歳の歳《とし》ごろに思われた。中背で痩せており、長い顎に少々の出っ歯だった。帳面を開いて筆を手にした恰好《かっこう》のまま、前土間から折れ曲りのほうへいきかけた途端《とたん》、侍と目が合った。

侍は膝《ひざ》に手をそろえ、男に辞儀《じぎ》をした。

「あ？」

意外そうな声が、また聞こえた。

「お侍さん、何か？」

と、素《そ》っ気《け》なく質《ただ》した。

「唐木市兵衛《いちべえ》と申します。三河町の《宰領屋《さいりようや》》さんのご仲介を受け、青物御納屋役所行事役の九四郎《きゆうしろう》さんをお訪ねいたしました。お取次ぎを願えませんでしょうか」

「三河町の宰領屋さん？　ああ、するとお侍さん、お名前は唐木？」

「唐木市兵衛と申します」

市兵衛はまた辞儀をして繰りかえした。

「その唐木市兵衛さんが？」

男は、市兵衛の風貌を訝《いぶか》しそうに見廻した。

店の間の机に向かっていた使用人らも気づいて、ひとり、ふたりと、前土間の侍に好奇の目をよこした。

「ということは、宰領屋さんの仲介で、御納屋の仕事をなさるつもりで、見えられたわけですか」

「さようです」

市兵衛はさっぱりとした笑みを男に向けた。

「ははん。お侍さんが、御納屋の……」

「行事役《ぎょうじ》の九四郎さんに、何とぞお取次ぎを願います」

「照助《てるすけ》、なんだい」

店の間の帳場格子で煙管を玩《もてあそ》んでいる年配の番頭ふうが、照助という名の若い男に呼びかけた。

「はい。三河町の宰領屋さんの仲介でこられた唐木市兵衛さんです」

「ほう、宰領屋の仲介でかい。するってえと、二本差しのお侍さんが周一《しゅういち》の代役ってわけかい」

「ですよね？」

照助は念押しするように、市兵衛に向きなおった。

「詳しいことは存じません。宰領屋の矢藤太《やとうた》さんより、青物御納屋役所で働き手を求めている。九四郎さんを訪ねるようにと、言われたばかりにて」

「それでいいんだよ。照助、お侍さんを案内して差しあげな」

「承知しました。唐木さん、あちらもこの役所の行事役の善蔵《ぜんぞう》さんです。あたしは、書役の照助です。ほかの者はあとでいいか。まずは、こちらへ」

照助は折れ曲りの土間のほうへ先にたった。

折れ曲りの土間から、通り庭が裏手へ延びていた。通り庭の片側は、大きな竈《かまど》が三つ並び、流し場と井戸のある勝手の土間、片側は二階への階段ののぼり口や部屋が続き、勝手の土間では、下働きの端女《はしため》や下男らが立ち働いていた。

通り庭を抜け、畚や俵や樽が壁ぎわに積み重ねられ乾物の匂いがかすかに嗅げる土間へ入り、そこから黒光りのする拭縁にあがった。照助は、土間続きの縁側も庭側も腰障子を開け放った部屋に市兵衛を通すと、

「九四郎さんは取締役の紀右衛門《きえもん》さんの店に用があってお出かけです。すぐにお呼びしますので、こちらでお待ちを」

と言い残し、草履を鳴らして通り庭を戻っていった。

照助が勝手で、「お侍なんだからね」と、からかうように言い触らしながら、

店を出ていく気配がした。

市兵衛は刀を右わきに寝かせ、庭を背に端座《たんざ》した。

部屋の濡《ぬ》れ縁の先の狭い庭にも、瓦葺の屋根つきの井戸があって、井戸の周りは石畳《いしだたみ》になっていた。白い漆喰《しっくい》の土蔵が庭の一画に建っていて、土蔵の壁際の大きな楠《くすのき》が、土蔵の瓦屋根の上まで葉を繁《しげ》らせ、朝の光を浴びていた。

その楠でも、みんみん蟬が鳴いていた。

ほどなく、襷《たすき》がけの若い娘が、茶托《ちゃたく》に乗せた茶碗《ちゃわん》に煙草盆《たばこぼん》と団扇《うちわ》を運んできて、おかしいのを堪《こら》えて、「どうぞ」と市兵衛の膝の前に並べた。

「ありがとう」

かえした途端、娘は堪えきれずに噴き出し、慌《あわ》てて退《さが》っていった。

市兵衛は茶を一服《ぷく》含み、やれやれ、と思った。

二階で人の動く物音が、竿縁《さおぶち》天井ごしに聞こえた。だが、部屋は日陰になって朝露を含んだように涼《すず》しく、こんなものか、と思うほど静かだった。

ただ、東隣の多町の青物市場の雑踏がほのかに聞こえている。

市兵衛の店は、雉子《きじ》町の八郎《はちろう》店である。

雉子町と往来を隔てて東隣が銀町と佐柄木町で、そのまた東隣が多町である。

多町、永富町、連雀町の青物三ヵ町を中心にした江戸一番の大市場である神田青物市場は、むろん知っている。

雉子町の近所だから、買い物もまれにする。隣町の銀町に青物御納屋役所があるのも知っていて、その前を通りかかったこともある。

ただ、御納屋がこういうところだとは、初めて知った。

そうか、と市兵衛は茶碗を手にして呟いた。

何年も住んでいる町だから、知っているつもりだったが、雉子町以外の界隈を歩き廻った覚えが、多くないことに気づいた。

むろん、雉子町の風呂屋の朝湯にはいく。ただ、うかつにも灯台下暗しで、雉子町と周辺の界隈ご町内の事情やら様子やらを、あまり気に留めてこなかった。

三河町の請け人《うにん》宿の《宰領屋》に仕事の仲介を頼んでいるため、神田橋御門のほうの三河町へはたびたびいく。

「青物問屋肝煎《きもい》りの役所でも、一応は御公儀《ごこうぎ》の役所だから、あまり妙なのは仲介できないんだ。代わりが見つかるまでのつなぎでいいからさ。市兵衛さん、ちょっとの間だけ、請けてくれないか。銀町の名主の紀右衛門さんには、少しばかり義理があってね。ひとつ、頼むよ」

その朝、宰領屋へいくといきなり主人の矢藤太に言われた。

「義理とは、物も言いようだな。あちこちに義理の多い男だ」

市兵衛は皮肉ったが、

「そうかい？」

と、矢藤太は応《こた》えない様子だった。

市兵衛と矢藤太は、京で知り合って以来の少々子細《しさい》のある友だった。京にいたころから、性根《しようね》の図太《ずぶと》い如才《じよさい》ない男だった。

まあ、よいか。仕事はないよりあったほうがいい。

と、市兵衛は御納屋のつなぎの仕事を請けた。米櫃《こめびつ》も気になった。

それから、兄・片岡信正《かたおかのぶまさ》の赤坂《あかさか》御門内の諏訪坂《すわざか》の屋敷も、しばしば訪れる。

兄の信正は、公儀十人目付役《じゆうにんめつけやく》に就《つ》く家禄千五百石の旗本《はたもと》である。先代の片岡賢斎《けんさい》も、公儀目付役に就いていた。信正が賢斎の長男で片岡家を継ぎ、信正の下に次兄と姉がおり、市兵衛は賢斎の第四子だった。

信正ら三人の兄や姉と、市兵衛は母親が違う。幼名を才蔵《さいぞう》と言った。片岡家で育ったが、十三歳のときに父・賢斎が亡くなった。

それを機に、これにも子細があって片岡家を出て、祖父の唐木忠左衛門の下で元服を果たし、唐木市兵衛と名乗ったのだった。

市兵衛は今年、四十歳になった。

十五年上の五十五歳の兄・信正には、四十すぎの奥方の佐波《さなみ》がいる。

佐波は、鎌倉河岸のある鎌倉町河岸横町で、京風の料理屋《薄墨《うすずみ》》を営む静観《せいかん》のひとり娘だった。信正がまだ若き目付だった二十九歳のとき、薄墨の客となって、亭主であり気むずかしい料理人でもある父親・静観を助け、十六歳にして薄墨の女将《おかみ》をけな気に務《つと》めているのを見た。

信正は佐波を見初《みそ》め、二人は割《わ》りない仲となった。以来、公儀目付役旗本と町家の一介の料理屋の若き女将の秘めやかな事情は、それも様々な子細経緯の歳月をへて続いた。

四十歳をすぎてから、佐波に信正の子ができた。

信正は佐波を片岡家の奥方に迎え、去年、第一子の信之助《しんのすけ》が生まれた。

佐波が片岡家の奥方に入る前、市兵衛は信正に呼ばれ、京風料理屋・薄墨の値の張る御膳をいく度も馳走になった。

よって、お濠端《ほりばた》に十間幅（約一八メートル）の大通りをつらねる鎌倉河岸にも、多少、馴染《なじ》みはあった。けれど、奥方の佐波が信之助を産み、信正は屋敷ですごすことが多くなって薄墨にいく機会が減った。

　市兵衛の暮らしでは、値の張る料理屋の薄墨に顔を出すのは気が引け、鎌倉河岸へも近ごろはとんと足を運ばなくなっていた。

　大川にそそぐ油堀《あぶらぼり》に架《か》かる下ノ橋より堤道をとって、千鳥橋《ちどりばし》に近い堀川《ほりかわ》町の油堀端に、軒に赤提灯を吊るし縄暖簾を提げた一膳飯屋の《喜楽亭《きらくてい》》があった。

　市兵衛は、喜楽亭の定客だった。だからか、住まいのある雉子町界隈よりも、夕刻から、ときには夜更《よふ》けまでをしばしばすごした、喜楽亭のある深川の油堀界隈に、親しみや馴染みを覚えていた。

　ところが先月、蠟燭《ろうそく》が吹き消されたかのごとくに、不意に、突然、その喜楽亭が閉じられた。

　じつは名前は知らず、おやじさん、とか、おやじ、と呼んでいた六十前か六十すぎか、歳《とし》すらも知らなかったねじり鉢巻きの喜楽亭の亭主が、ある日、帰らぬ人となったからだ。

　異変に気づいたのは、市兵衛が定客になる前から喜楽亭の定客だった北町奉行所定町廻《じょうまちまわ》り方同心《かたどうしん》の渋井鬼三次《しぶいきさじ》と、渋井の岡っ引の助弥《すけや》だった。

　夕方近く、渋井と助弥が喜楽亭へいくと、これまでそんなことは一度もなかったのに、表の板戸が閉じられたままだった。留守か、珍しいな、と渋井と助弥は顔を見合わせた。

だが、喜楽亭に勝手に住みついた痩せ犬の《居候《いそうろう》》が、店の中でしきりに吠《ほ》えていた。二人は店の裏へ廻り、勝手口の板戸をこじ開け、暗く湿っぽい店に入り、「おやじ」と亭主を呼んだ。

店の勝手の土間には、屋根裏部屋にあがる板梯子《いたばしご》があり、亭主はその三畳ほどの屋根裏部屋で寝起きしていた。居候は、屋根裏部屋の亭主を呼ぶかのように、板梯子の下から吠えていた。

屋根裏部屋にあがると、かび臭い布団《ふとん》にくるまった亭主の影が、黒く冷たい石のようになっていた。

「おやじ、おやじ……」

渋井は大声で呼びかけたが、亭主は目を覚まさなかった。

京橋北の柳町《やなぎ》で小さな診療所を開く蘭医《らんい》の柳井宗秀《やないそうしゆう》も、喜楽亭の定客だった。助弥が柳町へ走り、宗秀は慌てて駆けつけた。

「卒中だ」

渋井と助弥に、宗秀は静かに、儚《はかな》げに言った。

卒中とは、今で言えば脳梗塞《のうこうそく》か脳出血である。渋井が声を放って童子のように泣くのを始めて見た、と市兵衛はあとから宗秀に聞いた。

市兵衛は、渋井と岡っ引の助弥、そのまた下っ引の蓮蔵《れんぞう》、宗秀、そして、喜楽亭で呑み食いしていた西永代町《にしえいたい》の干鰯《ほしか》市場で働く人足ら、家主や堀川町の近所の住人らとともに、身寄りのない亭主を仙台堀端の寺に葬《ほうむ》った。

それは、両国が川開きになって数日後のことだった。

夕方、市兵衛は、渋井や宗秀や助弥や蓮蔵らとともに、寺から仙台堀に沿って大川端の上ノ橋の袂《たもと》に出た。夕日が西の空に沈んだばかりで、空はまだ青く、夕日に照らされた雲は茜《あかね》色に染まっていた。

大川の上流の両国の空に、白い花火が音もなくあがっていた。

大川端に佇《たたず》んだ渋井の足下で、居候がしょ気ていた。

「市兵衛、先生、決めたぜ。おやじの四十九日が終わるまで、酒は呑《の》まねえ。美味《うま》い酒を呑ませてもらったおやじへの、せめてもの供養だ。しばらくはお役目ひと筋だ。当分、市兵衛や先生とも、会えねえかもな」

渋井が、紺色に沈んだ夕方の大川の川面を眺めて言った。

「渋井の旦那、それでいいさ。おやじがいなくなり、喜楽亭は閉じた。寂《さび》しくなったが、仕方がない。仕事に励《はげ》め」

それでいいさ、と宗秀が繰りかえし、渋井は頷《うなず》いた。ひょろりと背の高い助弥とずんぐりむっくりの蓮蔵は、渋井の傍らでむっつりと黙《だま》りこんでいる。

「渋井さん、居候はどうするのですか」

市兵衛が訊《き》いた。

「こいつか」

渋井は、居候を見おろした。居候はうな垂れ、悲しげに小さく鳴いた。

「こいつは、愛宕《あたご》下から勝手におれについてきて、喜楽亭に勝手に棲《す》みついた。こんなやつでも、おやじは可愛《かわい》がってた。おれについてきたきゃあ、それでもかまわねえ。それがこいつとの縁なら、面倒ぐらいみてやるさ。じゃあな」

渋井は定服《じょうふく》の黒羽織《くろばおり》をひるがえし、佐賀《さが》町の日の陰った浜《はま》通りを、永代橋のほうへ戻っていった。居候は渋井の足下から離れず、助弥と蓮蔵も渋井に従って、三人と一匹はたちまち小さくなった。

喜楽亭が閉じてから、市兵衛が深川にいく用はなかった。

あの日以来、渋井らとは会っていない。宗秀とも無沙汰をしている。

市兵衛の脳裡《のうり》に、十三歳の冬、父親・片岡賢斎が亡くなってから江戸を出て、奈良、大坂、京、そして諸国を廻った旅の歳月が甦《よみがえ》った。

春には春の、夏には夏の、秋には秋の、冬には冬の、それぞれのすごした季節はいく度もすぎていき、放浪の日々に明け暮れた歳月だった。

二十年以上のときをへて、市兵衛は江戸に戻った。そして、神田のこの界隈に住まいを定めてからも、はや五年以上がたっている。

そうなのだな、と市兵衛はまた呟き、冷《さ》めた茶を一服した。

市兵衛は今、御納屋の部屋で茶を喫しながら、十三歳の冬に江戸をたってから未だ自分が仮の宿にいることに、改めて気づかされたのだった。

二

市兵衛は陽射しの降る明るい庭を背に、《青物御納屋役所》行事役の多町の《灘屋《なだや》》九匹郎、その両側に居並ぶ永富町の杉村《すぎむら》善蔵、連雀町の《とうがん屋》宏左衛門《ひろざえもん》の青物三ヵ町の、青物問屋の主人と向き合っていた。

照助は市兵衛の左手、土間と拭縁を背にして、市兵衛と対座する三人の行事役の間をとり持つような位置に坐っていた。

髷が白い九四郎は、よく肥《こ》えていて、六十前後の歳ごろに思われた。

宏左衛門は九四郎よりは若い五十代の半ばらしく、ずんぐりとしているが、九四郎の半分ぐらいに見えるほど小柄だった。杉村善蔵は二人よりだいぶ若く、四十前後から三十代の半ばすぎの風貌で、みな裕福な様子の、黒や鼠《ねずみ》色、朽葉《くちば》色などの仕たてのよい絽《ろ》織の小袖を着流し、縞模様や独鈷《どっこ》模様の博多《はかた》帯を、丸い腹を下から支えるように楽に締めていた。

市兵衛との話は、でっぷりと肥えた色白の灘屋九四郎が進めていた。

「……そういうわけで、矢藤太からは、雉子町の市兵衛さんという名と、算盤が達者で人物人柄は申し分なく、台所勘定《かんじょう》の不得手なお武家の臨時の用人《ようにん》役を請け負ってこられた方と聞かされ、てっきり、お店奉公をなさっていたのが、奉公先が閉じたか何か事情があって奉公を辞め、矢藤太の仲介で渡りの用人役をなさっていらっしゃるのだろうと、勝手に思いこんでおりました。元はお店の手代で人物を見こまれた者が、お武家の用人役として二本を差してご奉公をする場合が、近ごろは珍しくありません。ですから、そういう人なら間違いはあるまい、病人の病が癒《い》えて復帰できるまでの代人でよければ聞いてみてくれないかと、気安く頼んだんです。まさか唐木さんのような、本物の二本差しのお侍さんが見え

ると は思いませんでした。少々ご無礼なお頼みをしたかなと、畏《おそ》れ入っております」

あはは……と、九四郎は自分の思い違いを畏れ入るのではなく、愉快そうに笑った。

「矢藤太め、唐木市兵衛さんと、姓と名を初めにちゃんと言っておれば、勘違いはしなかったんですが、あの男は妙に見え透《す》いた世辞《せじ》や、つまらぬ小細工を弄《ろう》するくせがあって、面倒な男でございます。余計な気を廻さず普通にしておれば、仕事のできる男なんですがね。唐木さんには、かえってご迷惑だったのではありませんか」

「いえ。わたくしにできる勤めであれば、お雇いいただく所存でうかがいました」

市兵衛は殊勝に言った。

「はあ、所存ですか」

九四郎がまた愉快そうに笑い、宏左衛門と善蔵はにやにやしている。

「むずかしい勤めではありません。お武家の用人をなさっておられたなら、できる勤めです。算盤どころか字もろくに書けぬ、というのであれば、さすがにどれだけ人物人柄がよくても困りますがな。ただ、申しましたように、御納屋は御公儀のお役所でありながら、御公儀のお役人方は出張なさっておりません。御納屋の取締役は銀町の紀右衛門さんと新銀町の順次郎《じゅんじろう》さんのお二人の名主が就き、御納屋にはつめず、日に一度、交替で見廻りにこられるだけです。行事役のわたしどもは、多町、永富町、連雀町でそれぞれ青物と土物《つちもの》の問屋を営んでおる商人です。書役がこの照助とただ今、病気療養中の周一の二人。洗い方の五名、乾物撰り方の五名を加え、事務方が都合十五名。青物をお城まで運び入れる人足が三十名。ほかに婢女や下男など下働きの者を、だいたい五、六名おいており、人足や下働きの者の中には住みこみもおりますが、みな、青物市場界隈の町家の者です。人足の中には、お侍さんへの口の利《き》き方もろくに知らぬ者や、気の荒い者もおります。そういう者らと一緒に勤め、ときには指図を受けることになります。お侍さんに無礼なふる舞いにおよぶことも、なきにしもあらずです。それを、無礼者、手打ちにいたす、というのでは困ります。お侍さんには無礼でも、町家ではあたり前の場合が往々にしてありますから、我慢していただかねばなりません。のみならず、御納屋の仕事中は物騒なお腰の物ははずしていただいて、照助のまとっておるこの紺看板を、着て勤めることに相なります」

九四郎は、紺看板を着けた照助へ手をかざした。照助は、澄まし顔で軽い咳《せき》払いをした。

「わたくしは若いころ、大坂堂島《どうじま》の仲買問屋に寄寓《きぐう》し、算盤と商いを少々学びました。灘《なだ》の醸造業者の下で酒造りを手伝い、河内《かわち》の豪農の世話になって、米作りにも携《たずさ》わりました。商人の厳しさ、職人の気の荒さ、農民の頑固さは、知っております。ご懸念《けねん》にはおよびません」

「ほう、大坂の堂島の。灘で酒造りで、河内で米作りですか。すると、唐木さんのお生まれは、元はお侍さんではないのですか？」

「江戸のある武家の生まれです。子細があって、その武家を出て、わが祖父の姓の唐木を名乗っております。わが祖父は唐木忠左衛門と申し、わが父に足軽として仕《つか》えておりました」

「ほう、唐木さんのお父上とおじいさまが、主従という……何やら、こみ入っておりますな」

　九四郎は不審を隠さずに訊いた。

「上方へはどういうわけで？」

「上方には、剣の修行のために上りました」

「剣の修行？　剣術を習うなら、江戸ではありませんか。お武家は江戸、商人は上方、なのでは?」

「じつは、思うところがあって、奈良の法相宗興福寺で剣の修行をいたしました。興福寺は平安のころより、多くの僧兵を抱えておりました。今はもう、僧兵はおりませんが、武術は僧としての身心を練磨《れんま》する修行のひとつとして、古《いにしえ》より伝えられております」

「おやおや、お寺で仏さんにお仕えでしたか。いろいろとお好みの広いお方だ。では大坂へは、剣の稽古を投げ出して、商いやら酒造りやら米作りに、お好みが移られたわけですな」

九四郎は言ってから、ぶしつけな口調に気づき、

「これは失礼を」

と、ぺこんと頭を垂《た》れた。

「まあ、そうです」

市兵衛は意に介さず、のどかにこたえた。

宏左衛門が首をかしげ善蔵は煙管を吹かして、市兵衛を見守っている。

「若きころは、ただひたすら強くなりたいと思い、剣術の稽古に励みました。ですが、稽古に明け暮れているうちに、金を稼《かせ》がずに金を使い、米を作らず米を食

い。酒を造らず酒を呑む自分のあり方に、不審を覚えたのです。なぜ、侍はそれを許されるのか。剣術の稽古より、もっと大事なことが、自分のなさねばならぬことがあるのではないかと。それで、興福寺を出て大坂に……」

するると、隣の善蔵が煙管の吸殻を煙草盆の灰吹《はいふ》きに落としてから言った。

「失礼ですが、唐木さん、今おいくつで」

宏左衛門が同じことを聞きたかったというふうに、ふむ、と頷いた。

「今年、四十歳に相なりました」

「四十歳？　若いね。あたしゃ三十七だよ。てっきり、あたしより年下だと思ってましたよ。三十をすぎたばかりかな。もしかしたら三十前かなってね。年上でしたか。よっぽど気が若いんだね。かみさんと子供は？」

「おりません」

「だろうね。若いはずだよ。なあ」

善蔵は若い照助に同意を求めた。照助は、へっ、と笑って首をすくめた。

「住まいは雉子町ですよね」

「雉子町の八郎店です」

いえね、と善蔵は言いかけ、煙草盆の刻みを煙管につめ、火をつけた。煙管をひと息吹かし、燻《くゆ》らした。

「今、思い出しましたよ。唐木市兵衛さんの名前と評判を、聞いたことがあります。誰に聞いたのだったかな。雉子町の裏店に、滅法《めっぽう》腕のたつ浪人さんがいる。二年ほど前、その浪人さんの店に押しこみが入って、浪人さんが、えいやっ、て押しこみを斬り捨て退治したもんだから、町内の者がみな大いに感心した。その浪人さんが、唐木市兵衛、という名でした。唐木さんのことですね」

「はいはい。あたしも雉子町のその評判は、聞いた覚えがあります。確かそうでした。唐木市兵衛さんでした。《風の剣》を使う凄腕《すごうで》のお侍さんだとね」

宏左衛門が、善蔵の話に調子を合わせて言った。

「ええっ、風の剣？　なんですか、風の剣って」

照助が急に市兵衛に関心を示した。

「だから、風のように目にも見えぬ鮮《あざ》やかさで、ぱっぱっぱっと、群がる悪人どもを斬りまくるのさ」

善蔵が煙管をふって見せた。

「す、凄いじゃありませんか。唐木さんは風の剣を使われるんですか。あたしにも、風の剣を教えてくださいな。ほら、一、二年前から物騒な辻斬りや強盗が続いているじゃないですか。この春の浅草《あさくさ》であった首を見事に刎《は》ねた一件なんか、びっくりしましたよ。ですからわたしも、少しは剣術を身につけていたほうがいいと前から思っていたんです」

「馬鹿を言うんじゃない。唐木さんは修行に修行を積んで、稽古に稽古を重ねて風の剣の極意を会得なさったんだ。照助ごとき若輩者《じやくはいもの》が、ちょいちょいと真似《まね》をして会得できるという代物ではないんだよ」

「それじゃあ、善蔵さんは、唐木さんの風の剣をご存じなんですか。ご覧になったことが、あるんですか。宏左衛門さんはどうなんです？」

「あたしはただ、そういう評判を聞いただけだよ……」

「あたしだって、知ってるとは言ってないじゃないか。そりゃあ、知らないよ。見てもいない。けどね、あたしは照助より十以上も年上さ。亀の甲より年の劫《こう》って言うだろう。長い経験を積んで身についた知恵で、照助よりは世間のことがわかるんだよ。剣の極意だって、歳を重ねればある程度は推量が働く。そうしたもんなんだ。ねえ、唐木さん」

「風の剣の極意に、善蔵さんの年の劫と、なんのかかり合いがあるんですか。いい加減なことを言わないでくださいよ。ですよね、唐木さん」

照助が唇《とが》を尖らし、市兵衛が風の剣の極意を語り出すのを待っていた。善蔵は煙管を玩び、宏左衛門は目をぱちくりさせ、市兵衛から目を離さなかった。

九四郎はと言えば、腕組みをしてくだらなそうに唇をへの字に結んでいながら、その遣《や》りとりをちょいと面白がっているふうだった。

市兵衛は苦笑した。

「吹く風は斬っても斬れぬし、風を防ぐことはできません。風のように攻め、守り、進退ができれば、どのような相手にも敗れることはない。若い修行者だったころ、ただ強くなりたい一念で、風になり、風のように動けばと考えました。じつは矢藤太、あいや、宰領屋のご主人の矢藤太さんとは古い知り合いで、矢藤太さんが、武家の用人役にわたくしを仲介するため、以前にわたくしがその話をしたことを仲介先に誇大に言い出し、それが伝わったのだと思われます。むろん、風になれはしません。それは武芸者がそのようにあろうとする心がまえ、というほどのものであって、極意ではありません」

「それはそうかもしれません。しかしですよ、唐木さん」

善蔵が煙管の雁首《がんくび》を市兵衛に向け、なおも言おうとするのを、

「何とぞ、風の剣の話はそれまでに」

と、なだめるように手を差し出して止めた。そして、九四郎へ向きなおり、ゆったりと微笑《ほほえ》んだ。

「灘屋さん、わたくしを御納屋でお雇いいただけるのであれば、どのような仕事をするのか、お教え願えませんか」

「あは、そうでしたそうでした。それが肝心なことでしたな。忘れておりましたよ。みな、余計な話はそれまでだ」

九四郎は腕組みをといて膝を叩《たた》いた。

照助はつまらなそうに生返事をし、宏左衛門は白髪の目だつ鬢を整え、善蔵は煙管に煙草盆の刻みをまたつめ始めた。

「この神田の青物市場は、慶長年間より開かれており、日本橋の魚河岸より大きい江戸一番の大市場なのです。幕府御用の青物御納屋役所がこの銀町に設けられ、お城に毎日お納めする野菜は、わが神田青物市場において、すべてお買いあげいただいておりました。多町、永富町、連雀町の青物三ヵ町を中心に、須田町、佐柄木町、通新石町を加えた町家の組合内九十四の青物問屋では、それぞれ、葉物野菜、根菜、果物、乾き物などの専売を定めておりますので、毎朝、御膳所御賄所より差し出されます看板帳の注文の品々を、御納屋のわたしども行事役が専売の各問屋に割りふり、要《い》りようの品数を集めるのです」

九四郎は、よろしいか、というふうにひと呼吸をおいた。

「薬物野菜、根菜、果物、乾き物などの品々を問屋より集めるにあたっては、わたしども行事役が指図し、書役が各問屋に差し出す品触れを拵《こしら》えます。品触れには、問屋ごとに種類と品数、書役の勘定したお買あげ値段が記されております。その品触れにもとづいて各問屋から品々が御納屋に集まりますと、形のよい綺麗な物を選りすぐって書役が看板帳と間違いがないかを引き合わせ、それをわたしども行事役が承認いたし、御膳所御賄所の下役に引きわたします。御城内の御膳所御賄所までの運送は、御納屋雇いの人足どもが務め、お買あげの勘定は、勘定日に品触れに記した総額を各問屋に配分します。ざっとまあ、そういう仕組になっておるわけですな。そこで、唐木さんには、この照助の相方の書役をお願いしたいのです。先ほど、ちらと申しましたもうひとりの書役の周一が病気療養中のため、照助ひとりではとても手が足りないのです。問屋への品触れに、遅れなどの粗漏《そろう》があってはなりませんし、相方同士でも、品数や勘定に間違いがないよう、確かめ合ってもらわねばなりませんのでね」

「務めは、それだけですか」

九四郎に訊きかえすと、傍らの照助が、ふん、と鼻を鳴らした。九四郎は市兵衛との間に、ぼってりとふくれた瞼《まぶた》の目を泳がせた。

「江戸御府内には、神田のほかに、大きいのから小さいのまで、十を超える青物市場があります。駒込の土物店の青物市場は、神田に次ぐ大きな根菜が主な市場です。千住、京橋、両国、本所にも青物市場がありますが、どれもこの神田青物市場の規模とは比べ物になりません。ですから、天明《てんめい》の末まで、江戸城内の青物御用はわが神田が負担しておりました。負担と申しましたのは、じつは、ずっと以前はそれなりのお買あげの値段であったのが、ときが下って諸色《しよしき》（物価）が軒並み高くなっても、お買あげの値段はあまり変わらなかった。それゆえ、お買あげに損失が出るようになり、毎年、三千五百両内外の損失高になっておったのです。寛政《かんせい》の御改革でそれがようやく改められ、神田以外の大小の市場でも、十分のうちの三分の負担を引き受けることが決まりました。その割りふりの触れ元を神田が申しつけられており、各市場ごとの勘定を、不公平がないように出さねばなりません。じつは、神田市場内の品触れより、そっちの勘定がそれぞれの市場の規模により違っておりますので、まことに厄介《やつかい》なのです。つまり、その勘定も書役の照助と唐木さんの仕事になります。算盤ができる方なら、むずかしい勘定ではありません。ただ、慣れるまでは細かくて手間がかかるのです。なあ、照助。おまえもようやく慣れたところだな」

照助は、尖った両肩の間に首を埋め、「ええ、まあね」と、ちょっと照れた様子を見せて澄ました。

「わかりました。では本日より、御納屋の書役にお雇いいただくということで、よろしいでしょうか」

市兵衛が念を押し、

「けっこうですとも」

と、九四郎がにこやかに言った。

「宏左衛門さん、善蔵さん、何とぞよろしくお願いいたします。照助さん、よろしくお指図をお願いいたします」

市兵衛は九四郎の両隣の宏左衛門と善蔵、照助の順に膝を向け、頭をさげた。

宏左衛門と善蔵は、「よろしく」「頼んだよ」と早速、気さくに言った。だが、照助はやや胸を反《そ》らし気味に斜《しゃ》にかまえた。

「こっちこそよろしく。ただし、唐木さん、あたしは二十四です。四十歳の唐木さんから見たら、小僧かもしれませんがね。こう見えて、あたしは算盤勘定が得意なんです。御公儀の勘定方にだって、負けない自信はあります。御納屋に勤めて三年半です。歳は下でも、御納屋じゃあ、あたしが先輩です。そこんとこのけじめは、ちゃんとつけてくださいよ」

煙管を咥《くわ》えた善蔵が、煙と一緒に、ぷっ、と噴いた。宏左衛門は、おかしそうに鼻先で笑った。

「心得ております。照助さんのご指導に従い、精一杯、励む所存です」

「あはは、照助、先に勤めているからって、そんな口を聞くもんじゃないよ。ともかく、おまえが唐木さんを、役所のみなに引き合わせておあげ。それから、唐木さん、昼が済んでから御納屋の取締役の紀右衛門さんと順次郎さんのお店に、ご挨拶にうかがいますから、そのおつもりで」

「承知いたしました」

そこへ、下男が草履を鳴らし、拭縁の前の土間に姿を見せた。

「杉村さん、永富町のお店からお使いの方が見えております」

永富町の往来は土物店と呼ばれていて、土物の野菜を商う問屋が軒をつらねている。

「おう、そうかい。わかった。ちょいと失礼」

善蔵が煙管を煙草入れに仕舞い、立ちあがった。

それがきっかけになったかのように、庭の土蔵の瓦屋根の上まで葉を繁らせた楠で、みんみん蝉が急に賑やかに鳴き始めた。

三

御納屋の務めは、市場の始まる夜明け前の早朝より夕七ツまでである。

早朝の御膳所御賄所へ青物を納める大声が飛び交う繁忙どきがすぎると、その日の青物御用の台帳の整理、お買いあげ値段の確認、江戸市中の各青物市場の負担額の算定などの事務があって、書役の仕事は忙しく続く。

ときどき、臨時に御城内より註文《ちゅうもん》の看板帳が届けられ、いっそう慌ただしくなる場合もあるらしかった。だが、

「滅多《めった》にないから、安心していいですからね」

と、照助は先輩らしい余裕を見せて言った。

また、神田青物市場は江戸市中の青物市場の触れ元を申しつけられているのみならず、どの品であっても、走り物は神田市場の承諾がなければほかの市場では

売買できない面目《めんもく》が与えられていると、照助はこれも自慢げに言った。

　御納屋では、朝食と昼食の賄《まかない》がついた。

　端女が野菜の煮つけに沢庵《たくあん》の漬物、味噌汁《みそしる》に白い飯の膳を運んできて、照助と向かい合って昼食を摂《と》った。

　その日の午後、市兵衛は早速紺看板を着け、九四郎に従って御納屋取締役の俗に本銀町と呼ぶ銀町の名主の紀右衛門と、同じく新銀町の名主の順次郎の店へ、御納屋勤めの挨拶廻りをした。

　両刀は帯びていない。それでも、総髪に髷を結った風貌と、千筋縞の紺袴の拵えがすぐに武士と知れ、武士の御納屋勤めが意外そうに、あれこれ訊かれた。

　紀右衛門も順次郎も、市兵衛の人柄や人品に好感を抱いたようで、帰りぎわには、まあ、しっかりおやりと、それぞれに励まされた。

　それから夕七ツまで、照助から仕事の段どりなどをいろいろと教わり、外廻りから戻ってきた御納屋の勤め人との顔合わせなどが続いた。

「とにかく、朝は目が廻るほど忙しくなります。当面は、あたしの仕事の段どりを見て、覚えるんですね。何をどうするかは、あたしが指示を出しますから」

　帰り支度《じたく》にかかりながら、照助は言った。

「はい。当面はそのようにいたします」

市兵衛も帰り支度にかかった。と言っても、御納屋の紺看板を仕事部屋の衣紋《えもん》掛《かけ》にかけ、二刀を腰に帯びるだけである。

照助は、市兵衛が黒鞘の二刀を衣擦《きぬず》れの音をたてて腰に帯びると、丸い目を皮肉にゆるめた。

「やっぱり、お侍さんは刀がないと納まりませんか」

「慣れですね。これがないと腰の定まりが、しっくりこないのです」

笑ってこたえた。

「市兵衛さん」

と、照助ははや親しい間柄のように呼びかけた。

「あたしら御納屋の勤め人がよく使う酒亭があります。飯も食えますし、亭主の打つ蕎麦《そば》が美味いんです。お近づきのしるしに、一杯、やりませんか。今夜はあたしに勘定を任《まか》せていただいて。もっとも、行事役さんらお金持ちがいく高級料亭ではありませんがね」

照助は渋色木綿の単衣の平べったい胸を、気軽く叩いて見せた。

「はい。ではお言葉に甘えて、馳走に相なります」

横大工町の辻から、北へ銀町へ通る往来に面した御納屋の裏手は、多町一丁目である。井戸や土蔵があり、楠が土蔵の瓦屋根の上にまで枝葉を広げる御納屋の庭を囲う土塀の、引違いの木戸門より、多町一丁目との境の小路に出ることができた。

「ここは、このあたりじゃ、青物新道《しんみち》と呼ばれています。多町一丁目の地主さんらが、青物市場の雑踏を通らなくてもいいように通したんです」

照助は先に立って、乾物屋、瀬戸物店、傘《かさ》屋、魚店、団子煎餅《だんごせんべい》屋、醬油《しようゆ》酢《す》を商う小店が軒を並べる新道を北にとった。

夏の夕空が、軒の上に赤く見えた。

青物市場の賑わいは終わっているが、新道はまだ存外に人通りがあった。道の先を両天秤に菅笠をつけた行商が、帰りを急いでいる。

「あそこです」

ほどなく、小店の並びの多町側に、はや火の入った看板行灯を道端にたてた酒亭ふうの店が見えた。看板行灯に記した、《さけめし》と《蛤屋《はまぐりや》》の屋号が読めた。表は両引きの格子戸になっていて、草色の半暖簾がかかっていた。

油堀の喜楽亭のような一膳飯屋を思い描いていたところが、喜楽亭よりずっと小綺麗で、屋根裏部屋ではないちゃんとした二階家だった。

風通しに、片方の格子戸が引かれ、店の中の明かりと賑わいが、夕暮れの新道にもれていた。

喜楽亭より、鎌倉河岸の京風料理屋《薄墨》に似た造りだった。

照助が慣れた様子で暖簾を分けて、蚊遣《かや》りを焚《た》いた煙がうっすらと燻《けぶ》る蛤屋に入った。

「おいでなさい」

蘇芳《すおう》色に笹小紋《ささこもん》の女が、照助と後ろの市兵衛に笑いかけた。

女は湯気ののぼる鉢を、両手にして土間に立っていた。

島田の下の薄化粧をした白い顔に、口紅が目だった。笑みはやわらかいが、華やかな輝きより、遠慮がちで静かなためらいが感じられた。

「今宵《こよい》は、新しいお客を連れてきたよ」

照助が女に親しげに言った。

市兵衛は、照助の後ろで会釈《えしゃく》をした。

「お侍さん?」

と、市兵衛にかえした会釈に、少々の好奇をまぜた。

年増と言われる年ごろになった女の眼差しには、冷めた媚《こび》がかすかにあった。

すぐに、客席に湯気ののぼる鉢を運んでいった。

蛤屋は、花茣蓙《ござ》を敷いた長腰掛が店土間の南側に縦《たて》に二台、中に横向きに四台が並び、店土間の北側は、畳敷の床《とこ》の席が衝立《ついたて》で隔てて四つ設《もう》けられていた。

東側の調理場と店土間を板壁が間仕切りして、板壁に空けた窓ごしに奥の調理場の様子が見えた。

後ろ鉢巻きの料理人の背中が、白くのぼる湯気の中で、右や左に忙しそうに立ち働いていた。仕きりの窓は板敷の棚になっていて、調理場で拵えた料理の碗や平皿が並べられている。

板壁の上に黒塗りに白字で、おさしみ二十四文、おなます二十文、お鍋もの三十二文、天ぷら十六文、などと記した献立の札がいく枚も並んでいた。

値段は喜楽亭とほとんど変わらなかったので、市兵衛はひとまず安心した。

「お吉《きち》さん、こちらに唐木市兵衛さんだよ。今日から周一さんの代役で、しばらく御納屋にお勤めさ。唐木さん、蛤屋の娘のお吉さんです。娘と言っても、出戻りですけどね。はは」

照助は、南側の縦に二台並んだ長腰掛の仕きりに近いほうの席にかけ、客に鉢

を運んでから註文を聞きにきたお吉という女をからかった。お吉は、照助の戯《ざ》れ言《ごと》を気にかけるふうも見せず、

「ようこそ」

と、市兵衛に言った。

市兵衛は刀をはずし、照助と並んで腰かけた。

「お酒は冷やで……」

「やっぱり冷やだよ、こう暑いとね。汗もかいたし。唐木さん、冷やでいいでしょう。お吉さん、今日の刺身は何？」

照助は市兵衛の返事を待たず、お吉にじゃれるように話しかける。

「今日は、ひらめと鱸《すずき》です」

「いいね。刺身といつもの煮つけをおくれ。唐木さん、ここのご主人の拵える煮つけが絶品なんです。江戸一番。ものは試しです。一度食ってみてください。そうだ。唐木さんも、お好みをどうぞ」

献立の札に、あさくさおのり、とあった。

「それでは、わたしは浅草海苔をさっとひと炙《あぶ》りして、いただきましょう。それと、漬物があれば……」

「承知しました。おさしみと煮つけ、ひと炙りした浅草海苔、大根人参、それと茄子を盛り合わせた漬物で、よろしいですね」

「ぱりぱりした浅草海苔に漬物ですか。いいですね。酒が進みそうだ」

お吉が、仕きり窓から註文の品を調理場の料理人に告げ、調理場から「おう」と太い声がかえってきた。

「お父っつあん、照ちゃんがお侍のお客さんを連れて見えてるよ」

続けて、お吉は言った。後ろ鉢巻きの料理人が、仕きり窓から照助と市兵衛に汗ばんだ顔をほころばせ、

「いらっしゃい」

と、快活に言った。

仕きりの出入り口にも暖簾がかかっていて、暖簾を払ってお吉より顔半分ほど背の低いよく太った年配の女が出てきた。

「照ちゃん、おいでなさい」

年配の女は人形のように可愛らしい色白で、にこやかだった。

やあ、と照助は年配の女へ軽く手をかざした。

「唐木さん、こちらのご主人の丹治《たんじ》さんと女将さんのお浜《はま》さんです。つまり、お

吉さんのお父っつあんとおっ母さんということで」

「唐木市兵衛です。照助さんに連れてきていただきました。よろしく」

市兵衛は腰掛を立って、辞儀をした。

「いいんですよ、唐木さん。お客さんなんだから、坐っててください」

お浜がむっちりした両掌を扇《あお》ぐようにして、市兵衛に言った。

お吉は、市兵衛のちょっと堅苦しい素ぶりに表情をゆるめた。

「そうですか。御納屋にお勤めで。では今後ともよろしく、ごひいきにお願いいたします。はい。どうぞごゆっくり」

と、お浜が調理場に退ってほどなく、冷たくほのかに香る酒の徳利《とつくり》と、銘々の黒塗りの膳に煮つけの鉢、味噌漬の大根や人参などの漬物、炙った浅草海苔をお吉が運んできた。

そのあと、盆にひらめと鱸の刺身を盛った平皿と、からし茄子の鉢が出た。

「からし茄子はうちのおまけ。冷や酒に合うから、食べてみてね」

と、盆を並べつつ言ったお吉の脂粉の香が、ほのかに匂った。

からし茄子は大きめの賽《さい》の目にきって、からし醬油であえた和《あ》え物で、醬油だけではない甘く感じる塩っ気が染みていて、酒の肴にあった。

「からし茄子かい。いいね。さあ、唐木さん、まずは一献《いっこん》、いきましょう」

　照助が徳利を差し、市兵衛も差しかえし、二杯三杯と差し交わしてから、あとは手酌のささやかな酒盛りになった。

　ただ、若い照助は、呑むほうより食欲のほうが旺盛だった。

「蛤屋の煮つけは、甘辛さを抑えた京風のこくのある味つけでね。京風の味付けは、出汁《だし》が命なんです。あたしは、神田生まれの神田で育った生粋《きっすい》の神田っ子ですけどね。確かに、甘さと辛さがぴりぴりする男らしい江戸の煮つけもいい。悪くはない。捨てがたい。うどんだってそうです。全身こしだらけみたいなごつごつしたうどんを、真っ黒なうどん汁でいただく。それが江戸の男ってもんですよ。美味しおっせえ、てなことを言う上方のなよなよしたのは気に入りません。苛々《いらいら》させられます。が、美味いものはやっぱり美味い。風味、味わいのきめ細やかさ。堪りません。ここのご主人が言うには、京風料理のわずかな物足りなさは、わざとそうしているんだそうです。その物足りなさに、料理をいただくお客が、おのれの思いを最後の味つけとして、料理に添えるんだそうです。さすが。凄い。やっぱり千年の都です」

　照助は煮つけの椎茸を、顎に汁を垂らして頬張った。

煮つけは、大根人参椎茸、山芋慈姑、それにはんぺんと鱸の切身が合わせてある。照助は口いっぱいの椎茸を、冷や酒で勢いよく流しこんでいく。風味や味わいのきめ細やかさを楽しんでいるふうには、見えなかった。

確かに、煮つけは照助が自慢するのももっともな美味さだった。

薄墨の料理人の静観なら、これは京風の味つけどすな、と気に入るかもしれない。けれど、喜楽亭の亭主が拵える甘辛さがたっぷりの煮つけは、深川の油堀の夕景色に似合っていた。

渋井さんや宗秀先生は、どういうだろうか。亭主が、突然、卒中で亡くなって四十九日はすぎていない。渋井さんはまだ酒を断っているのだろうか、居候はどうしているのかな、と市兵衛は思った。

照助の煮つけの講釈は、延々と続いた。市兵衛の困惑やら生返事に気づく気配はなく、少し閉口した。

照助の講釈を聞き流しながら、それとなく店内を見廻した。照助に連れられてきたときは、客の入りはまだ半分程度だったのが、いつの間にか全部の席が客で埋まっていた。新しい客を、お吉が申しわけなさそうに断わっている。

明けたままの格子戸の先の青物新道は、すでに夕闇に包まれていた。

天井にかけた三つの八間《はちけん》（吊り行灯）の明かりが明るく照らし、蚊遣を焚いてうっすらと煙がくすぶり、客らの心地よげな賑わいに包まれた店は、夏の酒場らしい風情《ふぜい》が感じられた。

「周一さんは、どこも悪くない本当に元気な方だったんですよ。それがどうしたことか、半月ほど前から急に元気がなくなりましてね。初めは、霍乱《かくらん》だよ、たまには酒を断って、ひと晩ゆっくり休めば治るよ、なんてみな無責任に言ってたんです。あたしは、そんなもんじゃないんじゃないの、と疑っていたんです。そしたら思ったとおり、霍乱なんかじゃなくて、江戸煩《わずら》いってやつですよ、例の厄介な。いやですね。なんで江戸なんですかね」

照助の話は、気づいたときには、京風の煮つけの味つけから、御納屋の勤め人の噂話に移っていた。

「でもね、ここだけの話ですよ。行事役の宏左衛門さんは、わたしらとは比べ物にならないお金持ちですけれど……」

と、照助が続けているときだった。

北側の畳敷きの床の衝立で隔てた席にいる、浪人風体の侍と小さな童子と童女の三人連れに、市兵衛は気をそそられた。

その席は調理場の隣で、調理場から二階へあがる階段の下になっており、大人が立ちあがると、階段の裏羽目板《はめいた》に頭がつかえる片隅だった。

さて？

市兵衛は、侍と子供らを見るともなしに見た。

そう言えば、店に入ったとき、侍と子供らはすでにその席にいた。

侍は月代《さかやき》をのばし、土色をした痩せた顔つきの口元と骨ばった顎を、青黒い無精髭が覆《おお》っていた。鋭い目の下の隈《くま》が侍の風貌に影を落とし、渋茶色の地味な単衣の前襟の間から、胸の鎖骨《さこつ》のくぼみが見えるほど痩せていた。ただ、端座した濃い鼠色の袴の陰に寝かせた黒鞘が、険しさをのぞかせていた。

子供らは、兄と妹のようだった。侍と向き合い、膳について箸と碗を懸命に動かしていた。兄もまだ幼い童子だが、妹のほうはやっと箸や碗を思うとおりに使える年ごろになったばかりに見えた。

二人は膳を並べ、行儀よく坐った白い足が着物の裾からのぞいていた。無邪気にひたすら空腹を満たそうとする様子が伝わってきた。

侍は伏せた眼差しの奥に、いっさいの険しさを仕舞《しま》いこんで、子供らへ絶えず微笑みかけていた。膳には、肴の皿ひとつに徳利があるだけで、ゆっくりと杯《さかずき》を口に運び、わずかな酒をささやかに楽しんでいるふうだった。

侍は杯を舐めつつ、とき折り、箸と碗を動かす子供らの周りの何かを追って、目を泳がせた。

と、一方の手に杯をあげた恰好で、片方の手の一本の指先を、子供らの頭の上にはじかせた。それはまるで、指先の戯れのように見えた。

子供らは気に留めず、食べることに夢中である。

今度は、童女の丸い頰のすぐそばで、指先をはじかせた。

あっ、と思わず声が出かかった。

かまわず童女は、小さな両手で味噌汁の碗を持ち、少しずつ飲んでから、生えたばかりの歯を見せて侍に笑いかけた。

おいしいか？　というふうに侍も笑みをかえした。

蚊遣を焚いているが、それでも時どき蚊の羽音が聞こえてくる。

羽音が細い糸を引き、市兵衛を狙って一匹の蚊が飛んできた。

すかさず、羽音のするほうへ人差し指をはじかせた。羽音が途絶え、細い糸がくるくると輪を描くように、小さな黒い粒が土間の隅の薄暗がりに消えた。

照助が御納屋の噂話を止め、は？　という顔つきになった。

しかし市兵衛は、再び侍と子供らのほうへ向いた。

途端、侍と目が合った。侍は濃い隈に縁どられた険しい目つきを、市兵衛に向けていた。三十代の半ばにならない歳に思われた。ただ、土色の顔には憔悴《しょうすい》が隠せなかった。

眼差しの一瞬の交錯ののち、市兵衛と侍は即座になごやかさをとり戻した。互いに笑みを浮かべ、さり気ない目礼を交わした。侍に気づいた子供らが、土間の客の頭ごしに市兵衛へつぶらな眼差しを寄こし、笑顔をはじけさせた。

「唐木さん、あちらのお侍さんをご存じなんで？」

照助が侍と子供らを一瞥《いちべつ》し、市兵衛に言った。

「いえ。たまたま目が合っただけです」

「そうなんですか。名前は知りませんが、あのお侍さんは町内で見かけたことがあります。きっと、ご近所なんでしょうね。この店で見かけるのは、今夜が初めてですが。あんなおちびさんたちがいたんだ。おかみさんはどうしたんだろう」

照助はどうでもよさそうに、「それでね」と、また御納屋の噂話の続きを始めた。やれやれ、と思いながら、市兵衛は相槌《あいづち》を打った。

すると、賑わう店の中に、童女の澄んだ声が聞こえた。

「お父さん、お茄子の田楽《でんがく》をいただいていい？」

市兵衛は客の頭ごしに、童女を見やった。

侍は杯を手にした恰好で、機嫌よく頷いている。

「お茄子の田楽だね。織江《おりえ》は田楽が食べられるのかい」

「うん。お味噌が甘くておいしいの」

「そうか。小弥太《こやた》は何がいい。おまえも好きな物をお食べ」

「お父さん、わたしはお魚のてんぷらがいい」

小弥太と言う兄のほうが、童子らしい高い声で言った。

「よしよし。織江はお茄子の田楽、小弥太はお魚の天ぷらだな。姐《ねえ》さん、お願いします……」

と、侍はお吉を呼んで、新しい徳利と一緒に註文した。

お吉が兄弟のほうへ腰をかがめ何かを話しかけ、兄弟はお吉に頷いている。

「その不良の倅《せがれ》が佐柄木町の青物市場で、そこの問屋の娘を見初《みそ》め、宏左衛門さんは年ごろの倅がそういうことならと、話を持っていったんです。相手の問屋の主人はむろん顔見知りだし、娘の器量もまあまあ。悪い話じゃない、と思っていたところが、娘のほうが首を縦にふらない。なぜだ、とうがん屋さんの倅の何が気に入らない、とわけを問い質《ただ》してみると、なんと、娘のほうは八辻ヶ原のさる大名屋敷の勤番侍と懇《ねんご》ろになっていたんです。勤番侍は、佐柄木町によく買い物にきていたらしいんです。若い侍と町家の娘が、目と目が合って、ぽっと顔を赤らめ、というのが始まりで、しかも、娘のお腹の中にはすでに……」

照助はそこまで話して、急に周りにはばかる素ぶりを見せ、聞きとれないくらいに声をひそめた。

市兵衛は話の成りゆきを察し、「そうなんですか」とかえした。

「あたしから聞いたなんて、言い触らしちゃだめですよ」

「はい。わかっています」

とこたえたとき、お吉が湯気ののぼる茄子の田楽と魚の天ぷらの皿、それと徳利を運んできた。織江と小弥太の膳に並べ、侍の膳には徳利をおいた。

二人は美味しそうに食べ始めた。

ところが、織江は途中で食べられなくなり、半分ほどを残して侍に言った。

「お父さん、お腹が一杯なの。これ食べてちょうだい」

「そうか、お腹が一杯になったか。よかったな。では、残りはお父さんがいただくぞ」

　すると、小弥太も箸をおいて言った。

「お父さん、わたしももう食べられない。残していい」

「おまえもお腹が一杯か。いいとも。それもお父さんがいただくからな」

　にこやかにこたえつつ、侍はゆっくり杯を舐めている。

「お父さん、お外で遊んできてもいい」

　織江が言い、侍はそれにも「いいよ」と穏やかにこたえた。

「織江、おいで」

　小弥太が織江と土間におり、客の間を抜けると、表の格子戸から新道へ走り出た。二人は、「こっちだよ」「お兄ちゃん、待って」「早くおいで」「待ってったら」などと、甲高《かんだか》い声をかけ合い、わあ、と幼い喚声を交わし、店の前をいったりきたりし始めた。

　一方、父親の侍は子供らの声がするたび、まるで自分に声をかけられたみたいにひとり頷き、杯を舐めるように呑み続けた。とき折り、小さな咳をした。子供らの残した皿に箸を少しつけた。

　だが、殆《ほとん》ど食べなかった。

　侍が三本の徳利を空けて席を立つまで、兄と妹は何度か表戸にきて店の中をのぞいた。店の片隅に侍の姿を確かめ、また遊びに戻っていく。

すっかり暮れた新道で遊ぶ幼い兄妹を、店の明かりと道端にたてた看板行灯が見守っていた。

土間に降りた侍は、草履をつっかけ、黒塗り鞘の刀を腰に帯びた。

立ちあがった侍の長身でひどく痩せた体軀が、いっそう目だった。痩けた頰が酒で赤らみ、火照《ほて》っていた。お吉に食べ物を残したことを詫《わ》びつつ、勘定を払った。お吉は腰を折り、代金を受けとっている。

そこへ、小弥太と織江が店土間に入ってきて、侍の両腕にすがった。

お吉は子供らに微笑み、白い両掌に織江の丸い頰をくるんで話しかけた。

織江がお吉に何か言って、侍とお吉がなごやかに笑った。

「では、馳走に相なりました」

侍は片腕で軽々と織江を抱えあげ、片方の手で小弥太の手を引いた。

いきかけた侍は、ふと気づいたかのように、市兵衛へ一瞥を寄こし、市兵衛も小さく笑みをかえした。侍に手を引かれた小弥太が、客の間から市兵衛へのぞくような素ぶりを見せ、市兵衛に笑いかけた。侍の片腕に抱かれた織江も、市兵衛に笑みを向けていた。

店の客が、子供連れの侍の悠然とした素ぶりに気を引かれ、侍と子供らが店を出て暗い新道を戻っていくのを目で追った。

お吉は新道に出て、侍と子供らを見送った。

束の間、店は静かになった。だが、お吉が戻り、思い出したようにまたすぐに賑わいをとり戻した。

「唐木さん、あのお侍さんがだいぶ気にかかるようですね」

市兵衛が目を戻すと、照助が見透《みす》かして言った。

「気にかかるというわけでは」

「こっちが話しているのに上の空で、お侍さんと子供らのほうばかりを、さっきから見ていたじゃありませんか。別に、いいんですけどね」

「申しわけありません。わたしと同じ浪人の身のようでしたから、つい、わが身につまされて。余計なことですが、浪人の身で幼い子供らを育てていくのは、さぞかし大変だろうなと」

「でしょうね。どう見ても裕福そうには見えませんし」

女将のお浜が、冷やの徳利を替えにきた。

「女将さん、今帰った子連れのお侍さんは、この界隈の住人だね」

「銀町の正蔵店《しょうぞう》の信夫平八《しのぶへいはち》さんです。出羽の米沢《よねざわ》か、そこらあたりのご浪人さんだそうですよ」

「ここへはよく、くるのかい」

「いいえ。今夜が初めてです。顔は知っていましたけどね。もう七、八年ほど前に若いおかみさんと江戸に出てきて、牛込《うしごめ》で手習所を開いていたそうです。ところが、おかみさんが病気に罹《かか》っちゃってね。牛込の田舎より、神田のほうがいい医者が多いだろうからって、この春こっちへ」

お浜は、空いた徳利や皿を盆に載せながら言った。

「おかみさんはよくなったのかい」

「それが、お気の毒に、夏の初めに、亡くなったんですよ。あんなに幼い子供たちを遺《のこ》して、さぞかし無念だったろうね。まだ、三十をすぎたばかりだそうで、本当に可哀想ですよ……」

「じゃあやっぱり、江戸煩い?」

お浜は、いいえ、というふうに首を左右にふり、

「こっちのほうみたいですよ」

と、自分の丸い身体《からだ》の胸を指先で突いた。

そのとき、夜の帳を蹴散らすように新道をくる乱れた足音が聞こえた。

ふり向くと、草色の暖簾をはらい、三人の男が表戸をくぐって蛤屋の店土間に雪駄《せった》を鳴らした。

「おいでなさい」

信夫平八と子供らの席を片づけていたお吉が言った。

四

井桁《いげた》模様の白衣《びやくえ》に黒羽織の定服の町方同心と、ひとりは鈍茶《にびちや》の羽織に納戸色の綿の単衣を尻端折り《しりはしより》に黒股引と、いまひとりは羽織ではなく、太縞の着物を尻端折りに黒股引の御用聞風体が、同心を前に大股で店の中へ踏みこんだ。

博多帯に差した刀の柄と十手《じつて》の朱房《しゆぶさ》が、同心の羽織の間に見えた。

浅黒いあばた肌の頰のたるんだ、五十年配の恰幅《かつぷく》のいい同心だった。続く納戸色の岡っ引は、同心よりずっと年上で、髷は真っ白だったが、肩幅が広く、同心よりも頑健《がんけん》そうに見えた。その後ろの三人目は、背丈は前の二人よりもいくらか高いものの、痩せて歳も若く、年配の岡っ引の下っ引という風情だった。

仕きりの奥から主人の丹治が、後ろ鉢巻きをとって現れ、お浜とお吉が丹治の後ろにつき、

「宍戸《しど》さま、お暑い中、お役目ご苦労さまでございます」

と、そろって辞儀をした。

「今まで、上野《うえの》で仕事さ。喉が乾いたんで、蛤屋で一杯やって帰ろうということになった。あがるぜ」

「どうぞ。文六《ぶんろく》親分、おいでなさい。お疲れさまでございます。ささ、おあがりください。捨松《すてまつ》さんもどうぞ……」

「丹治さん、相変わらずの繁盛ぶりだね」

文六が大きく見開いた目で、店中を素早く見廻していく。

「ありがたいことでございます。今夜は、お糸《いと》姐さんは」

「若いのを二人連れて、あとからくることになっている。とにかく、冷たいのを頼む。肴は任《まか》せる。みつくろってくれ」

文六の見廻す目が、市兵衛と照助を見つけて止まった。

照助が、月代に乗せた髷を整える仕種をしながら、文六へ小首をすくめて決まり悪げな笑みを見せた。文六の下っ引の捨松が、探るような目つきを市兵衛に寄

こしていた。

「照助さん。久しぶりだね。ここへはよくくるのかい」

文六が張りのある声を寄こした。

「たまに。仕事帰りにちょいと一杯、というぐらいで」

町方の宍戸が腰の刀をはずし、平八と子供たちのいた階段の裏羽目板が頭につかえそうな床に、先にあがっていた。

「御納屋の近くに美味い酒と料理を楽しめるこういう店があって、いいね」

文六は照助に馴れ馴れしく話しかけながら、宍戸のあとから床にあがり、宍戸と向き合って胡坐《あぐら》をかいた。捨松は片足を土間に残した半身の恰好で、文六の隣に腰かけた。

お吉が杯と肴の猪口を載せた膳を三人の前に並べ、お浜が五、六本の徳利を盆に載せて運んできた。お浜とお吉は、三人に酌《しゃく》をしていく。

「ああ、美味《うめ》えな」

宍戸の濁声《だみごえ》が言った。ひと息で呑み乾《ほ》した宍戸の杯に、お吉がまた酌をする。

宍戸はそれも呑み乾し、

「美人の酌だと、美味え酒がいっそう美味くなるぜ。なあ」

がはは……

と、濁《にご》った笑い声をまいた。

しかし、文六は勢いよく杯をあおってから、お吉の酌の二杯目を手にかざしたまま、照助にまた話しかけた。

「周一さんの具合が悪いそうじゃないか。相方に寝こまれると、大変だろう」

「仕方がありませんよ。江戸煩いですから」

「江戸煩い？　そいつは厄介だ」

文六と照助の江戸煩いの遣りとりで、店の客がざわついた。誰それも江戸煩いでさ、近ごろおれもね、などとそんな声が聞こえた。

江戸煩いとは脚気《かっけ》である。ビタミンB_1不足が原因である。

「誰だい」

宍戸が文六に訊いている。

「そこの青物御納屋役所の、書役に雇われている照助です」

「あの侍は……」

「誰ですかね。おめえ、知ってるかい」

「いえ、あっしも……」

途ぎれ途ぎれに、三人の遣りとりが聞こえた。照助が、目だたぬように市兵衛に顔を寄せ、

「蛤屋はお勧めの酒亭ですが、ああいう方々もくるんで、それがちょっと、面倒臭いんです」

と、ささやいた。文六がまた話しかけてきた。

「照助さん。連れのお侍さんはどちらの？」

宍戸と捨松が、真顔を市兵衛に向けている。

「唐木市兵衛さんです。周一さんが仕事に戻れるまでの代役で、今日から御納屋にお勤めです」

照助が言った。

「唐木市兵衛です。しばらく、御納屋に勤めることに相なりました」

市兵衛は杯を膳において、土間の客ごしに三人へ頭を垂れた。

「ほう、お侍さんが御納屋にお勤めとは、珍しい。唐木さんのお住まいは、この近所なんで？」

「雉子町の八郎店です」

「雉子町の八郎店なら、四軒町《よんけん》のほうですね。八郎店は長いんですか」

「五年以上になります」

「五年は長いほうだ。それまでは」

「上方にいたり、諸国の旅をしておりました」

「ご浪人さんですね。生国はどちらで」

「生まれは江戸です。子細があって、子供のころに江戸を離れておりました」

「子供のころに、ということは、養子縁組か何かで」

「いえ。わたしの一存で江戸を出ました」

「子供のころに、唐木さんの一存で江戸を出た？」

文六と宍戸が顔を見合わせた。宍戸が、妙だな、というふうに唇をへの字に結び、眉を吊りあげた。

「三河町の請け人宿の宰領屋さんの仲介により、御納屋の勤めに就きました。ご不審ならば、宰領屋のご主人の矢藤太さんにお訊《たず》ねいただけば……」

「ああ、宰領屋の矢藤太さんですか。矢藤太さんは知っています。いきなり不仕つけなお訊ねをしました。あっしは紺屋《こんや》町の文六と申します。こちらの南御番所の宍戸の旦那の下で御用を務めており、務めながら、余計な詮索をして人さまに嫌われております。ご勘弁願います」

市兵衛は顔つきをやわらげ、文六に頷いた。

宍戸は、お吉が運んできた刺身の大皿に箸をつけていた。腹が減っていたらしく、あばた面《づら》の頬と団子鼻をふくらませ、大きな切身を頬張り、唇に醬油の跡を残して旺盛に咀嚼《そしやく》していた。しかし、宍戸は咀嚼しながらぞんざいに訊いた。

「唐木さんは、元からお侍かい」

「父方は、武家でした」

「父方は？　母方は違うのかい」

「母はわたしを産んですぐに亡くなり、母のことも母方のことも、詳しくは知らないのです」

捨松が宍戸の杯に酌をし、宍戸はひと息にあおって口の中の物と一緒に吞みこんだ。そして、日焼けして干からびた手の甲を見せ、唇をぬぐった。

「武家にもいろいろあるからな。するってえと、父方はどこかのご家中の家柄だったのかい。あるいは御公儀の直参かい。それとも、代々続く由緒あるご浪人さんの家柄かい」

さり気なく、宍戸は市兵衛をからかった。捨松が噴いた。周りの客が、市兵衛へ嘲笑《ちようしよう》を投げた。ただ、文六は笑っていなかった。照助も、ばつが悪そうに肩をすぼめている。

「少々こみ入った事情があり、話が長くなります。そのお訊ねに、おこたえせねばなりませんか」

市兵衛が平然と言うと、文六は老練な笑みを市兵衛に見せた。

仕きりの棚の前で背中を向けていたお吉が、島田を小さくゆらし、市兵衛へ一瞥を寄こした。そのとき、

「市兵衛さん」

と、店の賑わいをいっそう活気づけるように、高い声がかかった。

「おいでなさい」

お吉が素早くふりかえって、三人連れの客に白い歯を見せた。

黒い着物を尻端折りにして、黒の股引を着けているが、明らかに男装とわかる大柄で豊満な身体つきの女が、二人の若衆《わかしゅ》を率いていた。化粧っ気はなく、長い黒髪を頭の上に束ねて、これは鮮《あざ》やかな朱の三本の笄《こうがい》で止めていた。

かなりの年配の年増に見えた。

だが、率いている二人の若衆はどちらも十代に思われた。

若衆の着流しを尻端折りの下は、細長い素足に草履をつっかけていて、だらし

なく寛《くつろ》げた前襟の間からは、肉の薄い胸がはだけていた。

綺麗に剃った月代とわざとらしく歪めた小銀杏《こいちょう》が、無頼《ぶらい》を気どっている。

若衆のひとりが、女に率《ひき》いられて客の間を進みながら、客の頭ごしに市兵衛へ
また呼びかけるように言った。

「あっしです。良一郎《りょういちろう》ですよ」

「おお、良一郎さんでしたか。久しぶりですね」

思わず、市兵衛の声も大きくなった。捨松が立って、

「姐さん、こっちです」

と、二人の若衆を連れた年増を呼んだ。

「良一郎さん、もしかしたら御用のお務めを？」

「ちょいとわけがありましてね。先月から、文六親分とお糸姐さんの世話になっ
ているんです」

前をゆく岡っ引ふうに拵えた年増が、お糸姐さんと思われた。

お糸は、市兵衛へ横目の探りを入れながら、捨松が手招きする、宍戸と文六の
いる床の席へ近づいていった。

「どうも、旦那」

宍戸は、ふむ、とうなった。

「親分、やっぱり駄目だったよ。何も知らないって、その一点張りさ」

お糸が文六に向いて言った。

「そうかい。そうだろうとは、思っていたがな。仕方がねえ。まあ、ご苦労だった。あがって一杯やれ。こっちも今始めたとこだ」

文六がお糸を隣に坐らせた。

「おめえらも、腹が減ったろう。好きなだけ呑んで、食いたいものを食え。お吉さん、みなの杯と酒を持ってきてくれ。いいんだ。坐るとこがなくても」

席はみな埋まっていたので、お吉は気遣った。

「富平《とみへい》と良一郎は、若いんだから立ってお呑み」

お糸が二人の若衆に言った。

「へい。あっしらは立っていただきやす」

若衆は、元気があり余っている素ぶりだった。

文六の隣に坐ったお糸が、市兵衛へそれとなく目配せし、良一郎に訊いた。

「あのお侍と、知り合いかい」

「あっしのじつの親父の、渋井鬼三次の知り合いというか、呑み友だちっていうか。宍戸の旦那もご存じの、京橋の宗秀先生とも、古いお知り合いです。どうやら、名門のお旗本のお生まれだそうです。子細は知りませんが、わけがあってご実家を出られたとか。唐木市兵衛っていう、一見、優しそうに見えて、じつはこっちの凄腕らしいんです」

良一郎は、両手の指で剣をかまえる恰好をした。

「唐木市兵衛か。そう言えば、渋井から前に聞いた気がするな」

宍戸が小首をかしげた。

良一郎はまた市兵衛へ向き、客の頭ごしに声をかけた。

「市兵衛さんはこの店に、よくくるんですか」

「今夜が初めてです。今日から、銀町の青物御納屋の勤めに就いています。療養中の人が戻ってくるまでの代役ですが。ところで、良一郎さんはいつから御用のお務めを？　もう、長いんですか」

「ええ、まあ。三月《みつき》になります。文六親分とお糸姐さんの下のそのまた下で、修業中です」

「そうですか。では、良一郎さんが御用の仕事をなさっている事情を、本石町《ほんこくちょう》のご両親はご存じなんですね」

「文八郎《ぶんぱちろう》さんは知っています。文八郎さんと文六親分は、以前よりおつき合いがありましてね。じつは、あっしが家業に身を入れないもんだから、しばらく文六親分の下で修業をして世間を見てこいって、文八郎さんに言われたんです。市兵衛さん、文八郎さんがそんなことを言ったってお袋が知ったら、ぎゃあぎゃあ騒いで大変なことになりますから、お袋には黙っててくださいね」

「わかりました。渋井さんには……」

「渋井さんに知れると、あの人のことですからお袋に話が伝わっちまって、やっぱり大騒ぎになりそうですから、お願いですから、黙っててください。宍戸の旦那が、折りを見て、話してくださいますから」

「いいですとも。渋井さんにも黙っています。安心してください」

良一郎は、北町奉行所定町廻り方の渋井鬼三次と別れた女房・お藤《ふじ》の間に生まれた倅だった。

お藤は渋井の恋女房だった。だが、本石町の老舗《しにせ》扇子《せんす》問屋のお嬢さま育ちのお藤は、少々無頼な気性の町方同心の渋井に愛想をつかして、良一郎が八歳のとき、この子は絶対に町方にさせたくない、と散々ごたついたあげくに、良一郎を連れて実家へ戻った。

そののち、お藤は同じ本石町の老舗扇子問屋の文八郎のもとに、良一郎を連れて嫁《とつ》ぎ、良一郎はいずれ文八郎の跡を継いで扇子問屋の商人になる身になった。

ところが、渋井の無頼な気性が流れているのか、あるいは、気の優しい文八郎が口うるさく言わず、父親の重しが効かないゆえか、十二、三歳から良一郎は盛り場の不良らとつるんで遊び歩くようになり、十五歳のころには、親に小遣いをねだる身で賭場に出入りする、一端《いっぱし》の博奕打《ばくちう》ちを気どり始めた。

二年前、母親のお藤は、三日も四日も家をあける良一郎の身を案じ、気をもみ、継父の文八郎では遠慮して強く言えないからと、

「渋井さんから、ちゃんと意見してやってくださいな」

と、渋井にねじこんだ。

おれに言われてもな、と渋井は困ったものの、血を分けた倅がこのままでは本物の博奕打ちになりかねないというのでは、放ってもおけなかった。

渋井が良一郎に厳しく意見し、すったもんだがあったその末に、良一郎の素行も収まり、家業を継ぐ修業に身を入れるようになったようだと、市兵衛は渋井から聞いていた。

市兵衛が、渋井にそういう倅がいる子細を知ったのはその折りだった。

良一郎は今年、十七歳になっている。

その良一郎が、家業の扇子問屋の修業に身を入れないので、継父の文八郎が、一度、世間を見てこいと、町方の御用聞の文六の下へ修業に出していた。

おそらく文六は、世事《せじ》に練れた人物、顔利き、と界隈でとおっているのだろう。

不良の倅の身を心配する父親の、もっともなふる舞いに思われた。

渋井の意見は、あまり効き目がなかったようだ。渋井を「あの人」と言う良一郎の呼び方も、父親に対する屈折が感じられて微笑ましい。

「思い出したぜ、唐木さん」

宍戸が、かしげた小首を市兵衛へ廻らし、濁声を無遠慮に投げかけた。

文六とお糸、下っ引の捨松、若い衆の富平と良一郎が、宍戸に合わせてふり向いた。照助は宍戸へ一瞥を投げ、市兵衛に目を戻した。

「渋井はてめえのことを、滅多に話さねえ偏屈《へんくつ》な野郎なんだが、唐木さんの噂をしていたのを聞いた覚えがある。神田の浪人者で、滅法腕のたつ男がいる。剣術自慢の渋井が、とうてい歯のたたねえ凄腕だとな。渋井はてめえが親しくしている仲間の中に、凄腕がいるのが自慢なのさ。さっき良一郎が言った柳町の柳井宗秀も、長崎《ながさき》で学問を納めた腕のたつ蘭医だと、渋井は自慢してた。確かに、宗秀の腕がいいのはおれも認める。渋井の仲介で、一度、診《み》てもらったことがある。足の踵《かかと》が急に歩けねえほど痛くなってな。初めは、江戸煩いじゃねえかと思って、びっくりした。宗秀先生に、江戸煩いではないが、呑むのも食うのもなるべく控えろと薬をくれた。一日たったら、嘘《うそ》みてえに痛みが治まった。さすが、渋井が自慢するだけのことのある名医だったぜ。渋井は、自慢できる凄腕しか仲間にしねえ現金な男さ。もっとも、てめえの剣術自慢は口だけだがな」

宍戸は唾《つば》と濁声を飛ばして笑った。宍戸の杯にお糸が酌をした。お糸のついだ酒を音をたててすすると、市兵衛を探るように続けた。

「渋井は唐木さんのことを、渡り用人が生業《なりわい》だと言ってた。あんた、侍のくせに算盤が得意なんだってな。渡りの用人仕事を請けて、浪人の身ながら武家奉公をしているそうじゃねえか。武家奉公は辞めたのかい」

「近ごろは、武家はどちらも台所事情が苦しいらしく、働き口がなかなか見つからないのです。働かねば米櫃が空になってしまいます。宰領屋の矢藤太さんに頼んで、どういう仕事でも、とお願いしております」

「どういう仕事でもが、御納屋の書役ってわけだ。さっき、訊き損ねたが、名門のお旗本のお生まれってえのは、本当かい。子細があってご実家を出たとか。そうだな、良一郎」

「へい。親父、じゃなくて渋井さんが、そんなことを言ってました。ですよね、市兵衛さん」

　市兵衛は大らかな眼差しを、宍戸へ向けていた。

「その子細とやらは、他人には言えないことなのかい。お旗本にもいろいろあるぜ。何千石の大家から、ただ、御目見《おめみえ》以上ってえだけの、高々百俵ていどの貧乏旗本までな。どうなんだい」

「先ほども申しました。少々こみ入った事情のある長話です。他人の身内の長話を聞かされるほど退屈なことはありませんし、いまのわたしは旗本ではなく、一介の浪人者です。御用のお調べでないのであれば、どうぞそれまでに」

「もっともだ。つまらねえ長話は、酒が不味《まず》くなるだけだからな。ところで、その凄腕の剣は何流を遣うんだい」

「流派はありません。若いころに自己流で稽古を積んだのみにて」

「なんだい。それにもこみ入った事情があるのかい。いいじゃねえか。何流の剣を遣うかぐらい」

「奈良の興福寺という寺で、剣の稽古を積みました。それのみです」

「ほう、奈良の興福寺でね。すると、出家の身かい」

「出家ではありません。興福寺では、剣の修行も仏門に仕える修行のひとつと考えられているのです」

「ふん、何やら御利益のありそうな剣じゃねえか」

「唐木さんは、興福寺で風の剣を修行されたんです」

照助が、言いたくて堪らない、という口調で割りこんできた。

「風の剣？　なんだい、それ」

と、宍戸がにやにやした。捨松は首をひねり、良一郎と富平は関心をそそられて目を丸くし、お糸は不思議そうな顔つきをしている。

文六ひとりが、市兵衛を凝っと見つめ、小さく首肯して見せた。

「姐さん、勘定だ」

客の中から声がかかり、「はあい」と、お吉が艶やかにかえした。

蛤屋の店土間は、まだまだ賑わっている。

そのとき、かすかに不穏な羽音をたてて飛んできた蚊を、市兵衛は指先ではじき飛ばした。

五

昼間、にいにい蟬が御納屋の庭の楠で鳴き騒いでいた。

機嫌を損ねた夏の終わりの天道が、苛だち怒って江戸の町を焼きつくそうとするかのように、炎天下の辻に陽炎《かげろう》がゆれていた。

御納屋の仕事を終え、夕七ツすぎに雉子町へ戻る途中、市兵衛は銀町と雉子町の間の往来を、北へとった。銀町の北隣は佐柄木町で、往来の突きあたりは昌平《しょうへい》橋《ばし》内の武家屋敷地の一画である。

夕日が瓦屋根をつらねる町並の影を、往来に落としていた。界隈の木々で騒ぐ蟬の声が、その往来にも聞こえている。

夕暮れが近づいた往来に、道ゆく人々はみな忙しなげだった。

その往来を、西側の雉子町の小路へ曲がりかけたときだった。

三日前の夕刻、蛤屋の床席の階段の裏羽目板の下に、父親の平八と妹の織江とともにいた小弥太の小さな身体が、東側の銀町の小路から、勢いよく往来の前方に走り出てきたのが見えた。

小弥太は唇を噛み締めるように結び、まっすぐ前を睨んで駆けてくる。

むろん、市兵衛には気づかない。蛤屋に大勢いた知らない大人たちの中のひとりで、父親の平八となぜかさり気なく会釈を交わし、六歳か七歳ぐらいの童子の小弥太自身も、客の間からほんの少しのぞいて笑いかけたけれど、その大勢いた大人たちの中の市兵衛を、見覚えているはずはなかった。

「小弥太さん」

市兵衛の傍らを駆け抜けていきそうな小弥太を、呼び止めた。

いきなり名前を呼ばれて、小弥太は立ち止まり、驚いた顔つきで声のするほうを見あげた。

あっ、と小弥太の吐息のような声が聞こえた。童子の不安を抱えた大きな目が市兵衛を見つめ、束の間、訝しそうにゆれた。

「わたしに見覚えは、ありませんか。先日、蛤屋というお店で、お父上と妹の織江さんと小弥太さんをお見かけしました。小弥太さんと織江さんは、お父上に連れられて、蛤屋に夕ご飯をいただきにきていたのでしょう。蛤屋のお店には、ほかにもお客さんが大勢いました。わたしもその中にいたので、小弥太さんを見覚えているのです。唐木市兵衛と言います。わたしは雉子町に住んでいます。ご近所同士ですね」

　小弥太は、訝しそうな顔つきのまま、市兵衛に頷いた。何かがあって、気が急いている様子だった。

「どうしました。不安そうに肩を上下させている。何があったのです。困っているのではありませんか。わたしにできることがあれば、お手伝いします」

　小弥太の不安をなだめるよう、冷めた口調で言った。

　どうしようか、と小弥太は迷っていた。かまわずいこうか、それとも市兵衛に頼もうか、躊躇《ためら》っている様子が見てとれた。

「小弥太さんの住まいは、正蔵店でしたね。お父上はいらっしゃるのですか」

「お父さんは、お出かけです」

　やっと、市兵衛を見あげて言った。そして、往来の前方へ往来に走り出てきた後ろの小路のほうへと、左見右見《とみこうみ》した。

「あのね、織江がね、うんと高い熱を出して起きられないんです。わたしはお医者さまを呼びにいくところです」

　たどたどしく続け、細い喉を小さく震わせ唾を呑みこんだ。

「織江さんが高い熱を出して、起きられないのですね。わかりました。お医者さまはわたしが呼んできましょう。小弥太さんは織江さんのそばにいてください。どちらのお医者さまですか」

「あっちのほう。道はわかります。けど、上手く言えません。白壁町《しろかべ》です。お母さんが病気で寝ていたときに、きていただいたお医者さまです。織江が苦しそうなんです。咳ばっかりして、泣いています」

小弥太の目が、少し潤《うる》んでいた。余ほど心配しているのだろう。

「では、こうしましょう。小弥太さんはお医者さまを呼んできてください。その間、織江さんはわたしが看《み》ていますから、安心してください。小弥太さん、急いで……」

小弥太は懸命に頷いた。

「唐木さま、織江をお願いします」

「市兵衛と呼んでください」

市兵衛は初めて、小弥太に微笑みかけた。

小弥太は市兵衛の傍らを素早く走り抜け、二階家がつらなる瓦屋根に赤い夕日が降る往来を、駆けていった。小弥太の姿が、往来を曲がって見えなくなると、市兵衛は踵《きびす》をかえし、銀町の正蔵店へ向かった。

銀町の小路から正蔵店の路地へ入る木戸が見つかった。

木戸は板屋根があって、木戸の上に店の住人の名と仕事を記した木札が、六、七枚かけてある。名前だけで、仕事が書かれていない札もあった。

信夫平八の木札には、手習師匠、と黒ずんだ木札にかすれた文字が読めた。

板屋根の店の並ぶ狭い路地に、どぶ板がのびていた。年配の職人ふうが、路地の中ほどの、萱《かや》が枝葉を広げる下の井戸端で、腹掛をはずして上半身をさらし、手拭で背中を擦《こす》っていた。

男の白い背中に、擦った跡が赤くついていた。

軒並の上空には、昼の名残りの青さが残り、萱の枝葉でにいにい蟬がまだ騒いでいる。

井戸端の職人ふうに、「あそこ」と、ぶっきらぼうな口調で、路地奥の信夫平八の店を教えられた。

板庇の下に、片引きの腰高障子が一尺（約三〇センチ）ほどが開いたままになって、店の中は薄暗かった。障子は所どころが破れ、黄ばんだ染みで汚れていた。

店の中から、物音や声は聞こえてこなかった。

「織江、いるかい」

市兵衛は声をかけながら、片引きの腰高障子を静かに引いた。

路地の明るみが店の薄暗さを押し退け、すぐに目が慣れた。狭い土間と、土間続きの落ち縁の板敷から一段あがる部屋が、ぼんやり浮かんだ。

店は蒸《む》し暑く、湿っぽい息苦しさがよどんでいた。

ただ、湿っぽい息苦しさの中に、甘い乳の匂いがかすかに嗅《か》げた。

部屋には布団が延べられ、その布団の中にくるまった小さく震える目が、市兵衛にそそがれていた。そうして、薄暗がりの中でひそかな咳が、まるで、はるか遠くで砧《きぬた》を打つ音のように聞こえた。

「織江、お兄ちゃんの小弥太さんから聞いてきたんだ。小弥太さんの友だちだから、恐がらなくていいんだよ。小弥太さんは、織江の病気を治してくれるお医者さまを呼びにいったんだ。お医者さまがくるまで、織江のそばにいるからね」

織江の弱々しい咳が、返事のようにかえってきた。

市兵衛は腰の両刀をはずし、部屋にあがった。刀を四畳半ほどの部屋の隅に寝かせ、織江のそばに坐った。布団に横たわった織江の怯《おび》えて涙ぐんだ目が、朦朧《もうろう》として市兵衛を見あげていた。

力なく開いた小さな赤い唇から、苦しげな咳が繰りかえしこぼれ出た。

「お父さんは？」

咳の合い間に、織江のささやき声が市兵衛に訊いた。

「お父さんとお兄ちゃんが帰ってくるまで、織江をひとりにはしないように、おじさんがそばにいることになったんだ。おじさんは、唐木市兵衛と言うんだよ。今から、織江のお友だちだからね」

市兵衛が笑みを近づけて言うと、織江は黙って頷いた。それから、何度も何度も、身体の全部で受け止めるかのような咳をした。織江の額に掌《てのひら》をおいた。しっとりとした肌触りでも、織江の人形のような額は驚くほど熱かった。

これはまずい。市兵衛は思った。

部屋を見廻した。小簞笥《こだんす》と枕屏風《まくらびょうぶ》に重ねた布団、角行灯に行李《こうり》、米櫃におおい櫃、小簞笥の上においた位牌《いはい》、丸鏡が並び、柱にかけた衣紋掛にはくたびれた帷子《かたびら》がさがっている。

土間には炉が二つの竈に、小さな流し場。煙出しの天窓の下の棚に、籠や壺や笊や茶碗や皿、すり鉢にすりこ木、水瓶《みずがめ》に水汲《く》みの桶などの所帯道具が、梁《はり》がむき出した薄暗い屋根裏下の湿り気の中にくすんで見えた。

棚の隣の手拭掛に手拭が干してある。

「織江、熱をさげないといけない。熱がさがれば、気持ちよくなるからね。待っておいで」

市兵衛の声に、熱に浮かされた目が、うん、とこたえるように動いた。

水瓶に水が少ししか残っていなかった。井戸端へいき、冷たい水を汲んだ。路地に、夕餉《ゆうげ》のおかずに目刺《めざし》を焼く匂いが流れていた。蝉の声は聞こえなくなっていた。日が落ち、店の屋根の上にまで、夕焼けの空が広がっていた。

小盥《たらい》に水を移し、濡らした手拭をしぼり、織江の小さな額においた。

織江は目を閉じ、何も言わなかった。眠っているのかもしれなかったが、長い絵に描いたようなまつ毛が震えている。

咳をするたびに、織江の細く小さな身体がゆれた。高熱にうなされて、織江の身体は小刻みに震え出し、つらそうな、小鳥のような泣き声を、喉を絞るかすれた吐息や咳の合い間にもらした。

高熱により、身体から体温が奪われていると思われた。

責め苛《さいな》む理不尽な力に、織江はあらがう術《すべ》もなく翻弄《ほんろう》されていた。不意に、

「お母さん……」

と、言ったように聞こえた。うなされているだけかもしれなかった。手拭はすぐに生温《なまぬる》くなった。市兵衛は手拭を水で冷やし、織江の額においた。

「お母さん……」

咳の合い間に、今度ははっきりと聞こえた。

母親はこの夏の初めに亡くなったと、蛤屋の女将のお浜が言っていた。織江にはまだ、母親の死が受け入れられていないのに違いなかった。

「なんということだ」

市兵衛は、胸を締めつけられた。

織江を布団にくるんだまま、市兵衛は膝の上に抱きあげた。

膝にかかるささやかな重みが、織江の儚い命を感じさせた。

この命を守ってやるとも、と市兵衛は自らに言い聞かせた。

両腕に力をこめ、その力が織江の身体に伝わるように抱き締めた。

「織江はお母さんと一緒にいるのだな。しばらくは一緒に居てもいいぞ。だが、ちゃんと戻ってくるのだぞ」

市兵衛は、織江の身体をなでさすりながら語りかけた。

織江は薄く目を開け、すぐに閉じた。喉をしぼる呼気と繰りかえす咳が、どれほど弱く脆《もろ》くとも、それが幼い織江の命の証《あかし》だった。

市兵衛は、織江が少しでも眠れるように、行灯に火を入れなかった。

暗がりに羽音をたて織江に襲いかかる蚊を、指先ではじいて追い払った。


日がすっかり暮れ、路地も店の中も真っ暗になってしばらくしてから、路地に提灯の明かりが射し、どぶ板が鳴った。

「織江、織江……」

小弥太が呼びかけながら、暗い店に駆けこんできた。

「小弥太さん、織江は眠っている。大丈夫だ」

市兵衛は小弥太に言い、力なく手足を垂らした織江を布団に寝かせた。

小弥太のあとから、剃髪《ていはつ》に十徳《じっとく》を着けた老医と診療道具の箱を提げた従者が店に入ってきた。

従者に、市兵衛と布団に横たわる織江に提灯を向けた。

「病人の父親は、おらんのかね」

老医が訊いた。漢方の医師のようだった。

「父親は出かけております」

「あんたは誰だ」

「知り合いの者です。小弥太さんが先生を呼びにいっている間、この子をひとりにしておけませんので、そばについておりました」

行灯に火を入れて言った。

「暑いな。このような風通しの悪い場所は、病人にはよくないのだが」

剃髪の下の顔を歪《ゆが》めて、行灯の明かりが照らした貧しい店を、不快げに見廻した。部屋にあがり、織江の傍らに着座した。織江の拵え物のような小さな手をとって、脈を診始めた。

従者が老医の背後で扇子を扇ぎ、風を送った。

老医は、いかにも不機嫌そうな顔つきで脈を診ている。

市兵衛は、土間の水瓶から小盥に新しい水を汲んで、老医の傍らにおいた。

小弥太は老医の反対側から、織江、織江、と朦朧としている織江に顔を近づけて呼びかけた。蒸し暑い夕暮れの町を急いで駆けたため、小弥太は汗をかき、濡れた髪が頬に縞になって貼りついていた。

老医が顔をあげ、織江に顔を近づけ呼びかける小弥太を邪魔そうに睨んだ。

「これ。先生のお邪魔をしてはならん」

老医の後ろの従者が、小弥太を咎《とが》めた。

「小弥太さん、こちらへ」

市兵衛は小弥太にささやき、自分の傍らへ退がらせた。

小弥太は、市兵衛の傍らで唇を嚙み締め、凝っと織江を見つめていたが、汗と一緒に涙が頰を伝い、やがてすすり泣き始めた。息をつまらせ、指で涙をぬぐった。

父親の平八はおらず、さぞかし心細いに違いなかった。

市兵衛は小弥太の小さな肩に、そっと手を廻した。着物が汗で湿っていた。小弥太の横顔は、途方に暮れ、打ちひしがれていた。

老医は、脈を診ると、額に掌をおいて熱を調べた。織江の目をのぞき、それで診察を終えた。

「風邪をこじらせたのじゃな。今夜の分の熱冷ましの薬を、おいておく。これを煎《せん》じて飲ませるのだ。父親が帰ってきたら、明日、薬をとりにくるようにと、言っておきなさい」

老医は小弥太から市兵衛へ不機嫌そうに目配せし、明日以後の薬は薬礼《やくれい》を済ませてからになる、よろしいな、と暗黙のうちに伝えた。小盥で手を洗い、従者の差し出した手拭で手を拭いた。

「先生、咳がひどく、息がとても苦しそうなのです。わたしたちは何を……」

そう訊くと、老医は手拭を従者に戻し、

「風邪じゃ。静かにしておるしかない」

と、無愛想に言いかえし、弱々しい咳を繰りかえす織江を打ち捨てるかのように、そそくさと帰っていった。

市兵衛は竈に火を入れ、土瓶《どびん》に熱冷ましの煎じ薬の拵えにかかった。

その間も、小弥太は織江の傍らにかがみ、額が織江の額につきそうな恰好でのぞきこんでいた。

心配でならない、という様子が痛々しかった。

煎じ薬ができると、市兵衛は織江の頭を少し持ちあげ、煎じて煮えた薬に息を吹きかけ冷ましつつ、少しずつゆっくりと、織江の小さな花びらのような唇の間に垂らした。

織江は呑みこむ力もなく、ぼうっとしていた。

咳が出て唇の間からこぼれたが、繰りかえし、辛抱強く垂らし続けた。

「さあ、呑んでごらん。呑めばうんと楽になるぞ。織江、頑張るんだ」

市兵衛が言い、

「織江、呑め。薬を呑まなきゃだめだ」

と、小弥太はにぎり締めた織江の手をゆらした。

織江は小弥太の声に気がつき、唇の間から雫《しずく》を垂らしながらも、懸命に呑みこもうとした。

四半刻《しはんとき》（約三〇分）ほどかかって、湯呑に半分ほどの煎じ薬をようやく呑ませたとき、もう夕六ツ（午後六時頃）を半刻《はんとき》（約一時間）はすぎている刻限だった。

薄い壁を隔てた隣の店で、人の立ち働く物音が聞こえていた。

話し声は交わされず、隣の住人は独り身のようだった。どぶ板を鳴らす足音も聞こえない重たく苛だたしい沈黙と、にじり寄るように更けていく蒸し暑い夏の夜が、店の外の路地を覆っていた。

織江の苦しげな咳だけが、今にも消え入りそうに続いている。

市兵衛は織江を寝かせ、小弥太に訊いた。

「小弥太さん、晩ご飯はいただきましたか」

小弥太は、首を左右にふった。

「晩ご飯は、父上が帰るまで待つのですか」

小弥太はまた首を左右にふり、「あれ」と、薄暗い土間の棚の笊を指差した。笊は小さな皿にかぶせてあり、皿には二つの白い握り飯が載せてあった。

「お父さんが、戻るまでお腹がすいたら、これを食べて待っておいでって」

平八は、幼い兄妹に握り飯を残し、昼すぎに出かけたのだった。

お櫃は空だった。鍋に、朝の豆腐《とうふ》の味噌汁が少し残っていた。棚の籠に、青菜と小茄子が二個、人参の使い残したようなきれ端が見つかった。

棚に並ぶ小壺には、醬油と塩、胡麻《ごま》油、味噌がそろえてあった。

流し場は綺麗で、土間の隅にはいつでも火が熾《おこ》せるように、附木《つけぎ》と薪《まき》が用意してある。

平八は子供らのため、朝昼晩の飯の支度をちゃんとしているのだ。父親なのだな、と市兵衛はしみじみ思った。

「小弥太さん、お腹が空いているでしょうが、少し我慢して、待っていてください。このおにぎりで、織江にも食べられるような雑炊《ぞうすい》を拵えようと思うのです。いいですね」

はい、と小弥太は首肯した。

市兵衛は、竈に薪をくべて小さな火を燃えたたせ、底に味噌を薄く塗った土鍋をかけた。二個の握り飯をくずして笊に入れ、たっぷりの流水で洗って粘りをとって水きりした。それから、青菜を千ぎり、人参も細ぎれにし、織江のような幼い子供でも食べられるように、小茄子は一個ずつへたを落とし、皮をむいて四つにきった。

土鍋の底に塗った味噌を弱火で焼きながら、もうひとつの竈にも火を熾し、別の小鍋に胡麻油を垂らして、細ぎれの人参と小茄子を、ほんの少々の醬油と塩で軽く炒めた。

土鍋の味噌が焼けて、香ばしい匂いがたち始めると、味噌汁の少しの残りのほかに、味噌汁より多めの量の水を土鍋に加え、杓子《しゃくし》でまぜながら味噌を煮溶《にと》かした。そこに水きりした飯を入れ、油炒めした人参の細ぎれと小茄子をまぜ、さらにひと煮炊きさせた。雑炊が煮たって湯気をのぼらせる鍋に、千ぎりにした青菜を最後にちらし、杓子でまぜた。

甘く焼けた味噌の匂いとかすかな胡麻の香が、店によどんでいた蒸し暑さを、外へ追いやった。

市兵衛は、たっぷりと雑炊をつぎ小茄子を入れた茶碗と、残念ながら茶葉は見つからなかったので、水を汲んだ湯呑を添えて膳に並べ、小弥太の前においた。

「小弥太さん、できました。熱いので、ふうふうして冷《さ》ましながら、ゆっくりいただいてください」

小弥太は空腹を堪えていたからか、何も言わずに雑炊がのぼらせる湯気をふうふうと吹きつつ、熱い雑炊をすすり始めた。すすりながら、汗をかいた。途中ですするのを止め、口の中の熱い雑炊を水を含んで冷ました。

小弥太はひと息吐き、ようやく顔をほころばせた。

「唐木さま、とても美味しいです」

「そうですか。それはよかった。小弥太さん、わたしは小弥太さんと呼んでいます。今から、小弥太さん市兵衛さん、とお互いに呼び合いましょう」

「はい、唐木さま」

織江が怠《だる》そうに薄く目を開け、雑炊をすする小弥太を見あげた。

「お兄ちゃん、お父さんは？」

織江の声はかすれ、絶えず小さな咳を繰りかえしている。

小弥太は碗と箸を膳におき、織江の熱で火照った顔に顔を近づけた。

「お父さんはまだだよ。我慢するんだよ」

と、妹をいたわるように言った。

「お父さん……どこへ、いったの」

織江は小弥太にまた訊いた。

「織江、お父さんはきっとお仕事でお出かけなのだ。お仕事が済めば、お父さんは必ず戻ってくる。安心して待っていなさい。織江、お腹が空いているだろう。お兄ちゃんと一緒に、雑炊を食べるかい？」

市兵衛が言った。

しかし、織江は苦しそうに咳をするばかりで、返事ができなかった。熱のせいか、市兵衛を呆然と見あげる目は赤く潤んでいた。

織江の額の手拭を換えた。熱はさがっていなかった。小弥太は、織江の身を案じて、傍《かたわ》らから離れなかった。

「小弥太さん、わたしがついています。雑炊を食べて、元気をつけてください」

と言ったとき、路地のどぶ板を足早に踏む音が聞こえた。

「あ、お父さんだ」

小弥太は持ちかけた箸と碗を膳に戻し、土間へ飛び降りた。

「織江、お父さんだよ」

言いながら、暗い路地へ走り出た。

「お父さん、お帰りなさい」

「おお、小弥太、遅くなって済まなかった。お腹が空いただろう。すぐご飯の支度をするからな」

聞き覚えのある平八の、朗らかな声が聞こえた。

「お父さんが、お父さんが」

と、織江は自分に話しかけるように呟いた。

布団から起きあがろうとしたが、熱と咳に痛めつけられた幼い身体は言うことを聞かず、額の手拭を落としただけだった。

六

御納屋の仕事は、すぐに慣れた。

夜明け前から早朝までの、目の廻る繁忙な一刻半（約三時間）ほどがすぎ、城内の御賄所御膳所へ、青物、根菜、果物を運ぶ大八車の車列が、御納屋からかけ声をあげ賑やかに轍を鳴らして出払ってしまえば、その日の御用は果たしたも同然である。

市兵衛の算盤をはじく鮮《あざ》やかさと素早さは、照助の目を瞠《みは》らせた。

それから、勤め人の遅い朝飯になる。ご飯に味噌汁、沢庵とか茄子や胡瓜とかの漬物に、煮物か干し魚を焼いた菜が一品つく。

朝飯のあとは、青物市場の各問屋へ出した品触れの勘定と清算などを帳簿づけし、整理していけばよかった。

九ツ半（午後一時頃）ごろ遅い昼飯をとり、午後は夕七ツまでである。

粗漏《そろう》がないように段どりを決めて務めをこなしていれば、休みをとることもできたし、朝飯のあとにひと眠りすることも許された。

翌日、市兵衛は朝飯を済ませたあと、行事役の九四郎に午後の休みを申し入れた。初日と二日目で書役の務めを把握し、三日目には、はや長年勤めてきた書役と変わらぬ働きぶりを見せる市兵衛に、

「宰領屋の矢藤太がわざわざお侍を寄こしただけのことはある」

と、九四郎は感心していた。

「はい。照助が承知しておればかまいませんよ」

あっさり休みをもらうことができた。

午後、銀町の御納屋を出た市兵衛は、神田鍋町の大通りを日本橋へとった。大通りは老若男女、行商、荷車引き、郎党《ろうどう》を従える馬上の武家、行列を作る雲水《うんすい》の一団、旅芸人の一団、荷馬をつらねる馬子がゆき交う雑踏が、はるか南の陽炎《かげろう》にゆれる日本橋のほうへ続いている。

夏の終りの青空が、今日も続いていた。

天道の白い光が、通りがかりの人々に光の雨を容赦《ようしゃ》なく降らせ、往来に甍《いらか》をつらねる大店の、問屋の店先にさげた長暖簾をくぐり出た客が、まぶしい光に、「わあ」と声をあげて目を細めた。

神田を抜け、日本橋の本石町、本《ほん》町、室町《むろまち》をすぎ、日本橋に差しかかった。

魚市場の商いの盛況な朝の刻限ではないけれど、河岸場に係留する船や、堀をのぼりおりする船が絶えず、日本橋から江戸橋までの魚河岸は、昼がすぎても大勢の客で賑わっている。

日本橋の下を流れるお堀は、東方の一石橋《いっこくばし》の先で西丸下の曲輪《くるわ》を廻る濠とひとつになっている。石垣と白壁の曲輪の上に松林が枝をゆったりとのばし、青空と白雲を背に鮮やかな緑を刷いていた。

雲がなければ、日本橋の橋上から富士の山を望めた。だが、西の空の果ては、白い雲が景色を閉ざしていた。

市兵衛は日本橋を渡り、京橋のほうへと大通りをなおも歩んでいった。

京橋北の大通りから楓川《もみじ》のほうへ曲がって、楓川沿いの本材木町《ほんざいもく》八丁目の手前の柳町に、蘭医の町医者・柳井宗秀の診療所がある。

宗秀の診療所の裏手は、細い路地と垣根を境にして炭町《すみ》になっていて、そこに三軒の水茶屋の二階家が瓦屋根をつらね、天気のいい朝は、水茶屋の女たちが二階の出格子窓の欄干《らんかん》に干す湯巻きや緋《ひ》の長襦袢《ながじゅばん》などが、赤い幟《のぼり》のようにひるがえっているのが、診療所の窓から見えるのだった。

「先生、先だっては」

土間続きの寄付きのあがり框《かまち》に腰かけていた市兵衛は、間仕切の腰障子を引いて顔をのぞかせた宗秀へ、腰かけた恰好のままにんまりと笑みを投げた。

「うむ。先だってはな。市兵衛、うちにくるのは珍しいじゃないか。あがれよ」

宗秀も、腰障子を引いた間から顔をのぞかせた気安い恰好のまま言った。

先だって、というのは、深川油堀の一膳飯屋・喜楽亭の亭主の葬儀のあった日以来という意味である。

宗秀は中背の痩身で、おのれを医業ひと筋に捧げてきた背中が、少し丸くなっている。市兵衛と同じ総髪に髷を結っているが、近ごろ白髪が目だち、頭頂がやや薄くなっていた。

市兵衛は、大坂堂島の仲買問屋に寄寓して二十歳をすぎて間もないころから、宗秀と親交を結んできた。宗秀のほうは、長崎で医学を修め、大坂の蘭医の下で医業に就いていた。

宗秀は市兵衛よりわずか三つ年上のまだ四十三歳ながら、広い心と深い知恵を持ち、市兵衛が心おきなく語ることのできる友であり、師でもある。

「いいえ。ここでけっこうです。今から出かけねばならぬところがあります」

市兵衛はなおも笑みを、宗秀へ向けている。

「なんだ。出かける途中に寄ったのか。わたしに何か訊きたいのだな」

「これから往診ですか」

「ううむ。わざわざ往診にゆかなくともよい病人なのだ。だが、尾張《おわり》町の裕福なご隠居でな。尾張町の裏店に家作《かさく》（貸し家）を沢山所有し、高利で金貸も営んでおる。だから薬礼がいい。形ばかりの診察のあと、豪勢な料理と酒を馳走になる。この貧乏診療所には大事な患者さまさ。気は進まんが、いくしかあるまいと思っていたところに市兵衛がきた。そっちは、急な病人が出たと使いをやれば大丈夫だ。しかし、市兵衛に用があるなら仕方がない」

「先生ほどの名医が、患者さまから薬礼をぼるのですか。そんなことは、友として、師として仰《あお》ぐ先生にさせたくありませんね」

市兵衛が意味ありげに笑い、あがり框より腰をあげて刀を帯びた。宗秀は小首をかしげた。

「本日は、先生に往診をお願いしたいのです。患者は尾張町のご隠居ほど裕福でないことは、間違いありません。よって、薬礼はぼれません。ただし、ご隠居の豪勢な料理よりも美味しく、味わい深く、そこはかとない品格があって、はるかに格調の高い京料理を、往診の薬礼としてわたしが馳走いたします。薬礼をぼるために、いきたくもない往診にいくより、先生のような名医を必要とし、待ち望む病人のための往診にいくほうが、はるかに意義深いのではありませんか」

市兵衛はにやにや笑いを続けている。

「ぼるぼると、人聞きの悪い。裕福な方々から、わが診療所に善意のご寄付をいただいておるのだ。すなわち、往診の薬礼は鎌倉河岸の京料理の薄墨において、市兵衛が馳走するというわけか」

「薄墨とわかりましたか」

「わかるよ。薄墨の評判はこれまでも市兵衛から聞かされたではないか。いってみたいと、前から思っていたのだが、要するに、薬礼はぼるどころか、ないも同然なのだな」

「まあ、そういうことです。薄墨の美味い料理と芳醇《ほうじゅん》な下り酒で、終りです」

市兵衛はしゃあしゃあとかえした。

「ふん、せっかくの善意のご寄付をいただく機会を、ふいにさせる気か。それは、どういう病人だ」

「四歳の童女です。昨日の夕刻ごろから急に熱が出て、咳が止まりません。近所の漢方の医者によれば、風邪をこじらせたとの診たてでした。熱冷ましの煎じ薬をおいていきましたが、煎じ薬を呑ませても熱はさがりませんでした。ただ、風邪をこじらせただけとは思えません。それと、童女の母親は、この夏の初めに胸を患って亡くなっております」

市兵衛は真顔になっていた。

宗秀は眉間に深い皺を寄せて市兵衛を睨み、低くうなった。

「その子は、まさか、血を吐くような容体ではなかろうな」

「それはありません。ですが、雛鳥《ひなどり》の鳴くような咳がずっと続いています」

「市兵衛。わたしなど、医者として無力だ。何ほどのことができるか……だが、いってみよう。すぐ支度する」

四半刻後、市兵衛と宗秀は、楓川の河岸場から鎌倉河岸に荷を運ぶ荷足船《にたりぶね》に便乗することができた。

荷足船は、本材木町の土手蔵の並びと八丁堀の町家の間を流れる楓川を北に抜け、江戸橋、日本橋、一石橋をくぐって、曲輪を廻る濠を神田橋御門のほうへと漕ぎ進んでいった。

鎌倉河岸は、神田橋御門にいたる途中にある。

厳しい夏の陽射しの下の大通りをゆくのと違い、水面をゆく船上は涼しい川風がそよぎ、うっとりする心地よさだった。ゆきすぎる土手の柳や、武家屋敷の庭の木々で、にいにい蟬やちっち蟬、ひぐらしが騒いでいる。

市兵衛は、信夫平八と言う浪人と小弥太と織江の幼い兄妹との、ほんの触れ合い程度のかかり合いと昨夜の偶然の経緯を、宗秀に聞かせた。

「物好きだな、市兵衛。自分の物好きに人を巻きこみおって」

宗秀は、白髪の目だつほつれ毛を川風になびかせ、景色を眺めている。

「ご迷惑ですか」

市兵衛はそよ風に向かって訊いた。

「迷惑なものか。それが風の市兵衛だ。風に吹くままに吹かれるのが面白そうだから、わたしもつき合ってやるさ」

宗秀は笑ってこたえた。

鎌倉河岸へあがると、三河町一丁目へ廻り、搗餅《つきもち》の《那須屋《なすや》》で今川焼《いまがわ》を買った。

「小弥太はまだ六歳ですので、甘い物が好きでしょうから」

市兵衛は言い、それから正蔵店に急いだ。

往診道具を仕舞った柳の小行李は、市兵衛が肩にかついだ。


銀町の小路から正蔵店の木戸をくぐった。

井戸に木影を落とす萱の木で、昨日のにいにい蟬が、今日はひときわ賑やかに騒いでいる。

どぶ板を踏み鳴らし、子供らが市兵衛と宗秀の傍らを駆け抜けていった。

午後の白い陽だまりのできた路地を平八の店までゆくと、腰高障子は半ばまで開いており、薄暗い店に布団に横たわる織江と、織江の額の手拭を換えている小弥太の姿が見えた。

織江のつらそうな咳が聞こえた。

「あれか」

宗秀が市兵衛の背中で言った。宗秀に頷き、

「ごめん。信夫さん……」

と声をかけ、戸を今少し引き開けた。

小弥太が戸口の市兵衛を見つけ、はじけるように顔をほころばせた。

「市兵衛さん」

童子の高い声をあげ、布団に横たわった織江は、市兵衛に赤く潤んだ眼差しを向けた。

「織江、具合はどうだい」

市兵衛は笑みを見せて土間に入り、宗秀が続いた。

織江は何もこたえず、朦朧とした目で市兵衛を見あげている。昨夜と容体は変わったふうに見えなかった。店の中は、昨日の夕刻ほど蒸し暑くはなかった。

「小弥太さん、お父上は今日もお出かけですか」

「います」

小弥太は、薄暗い部屋の隅を指差した。

指差した先に、部屋の隅に放っておかれた荷物のように、手足を縮めて横たわる黒い人影が認められた。平八の静かな寝息が聞こえた。

「お父さんは、さっきまで織江につきっきりだったんです。疲れたから少しだけ眠るので、その間、織江の手拭を換えてやるようにと、言われています」

「お父上は、ひと晩中、織江の看病をしていたんですね」

「はい。昨日、市兵衛さんが帰ってから、ずっと……」

「先生」

ふむ、と宗秀が小弥太に頷きかけた。

「小弥太さん。初めてお目にかかります。わたしは柳町と言う町で診療所を開いている柳井宗秀と申す医者です。唐木市兵衛と親しくしている友達です。先ほど市兵衛より、小弥太さんの妹さんの織江さんが、高い熱を出して寝ている事情を聞き、ならば容体を診てみようと思いうかがいました。お父上はお休み中ゆえ、小弥太さんのお許しを得て、あがらせていただきますぞ」

「小弥太さん。宗秀先生は、長崎で西洋のお医者さんの勉強をなさったのです。織江の容体を診てもらっても、かまいませんね」

小弥太は呆然として、市兵衛と宗秀を交互に見あげた。

市兵衛は竹皮でくるんだ今川焼の、まだ熱いほどの温もりの残っている包みを小弥太へ差し出した。

「それからこれは、こちらにくる途中、買ってきました。今川焼です。甘い餡《あん》の入った餅は美味しいですよ。温かいうちにどうぞ」

「朝ご飯は、お父さんが支度をして、いただきました」

小弥太は、目に戸惑いを浮かべていた。侍は理由もなく他人から施《ほどこ》しを受けてはならないと、戒《いまし》められているのかもしれない。

しかし、まだ六歳の童子である。

「小弥太さんとわたしは友達になりました。友達に遠慮は要りません。今でなくても、お腹が空いたときに食べればいいのです。さあ」

市兵衛は小弥太を促し、笑いかけた。

「ありがとう」

小弥太は少し決まりが悪そうに、竹皮の包みを小さな両掌に載せた。

「先生」

「では……」

宗秀は落ち縁から部屋へあがり、織江の布団の傍らに着座した。

織江は見知らぬ宗秀に気づき、不思議そうに見あげている。

小さな咳が出た。

「織江さんだな。おじさんは宗秀と言う。医者だ。織江さんの容体を診させてもらうぞ。恐がらなくていいからね。おお、可愛い可愛い」

と、宗秀は笑みを見せて言い、織江の火照った頬を両掌で包み、額に掌をあてがった。それから、脈を診た。さらに、織江に顔を近づけ、低いささやき声で話しかけた。織江は、小さく頷いたり首を横にふったりした。

その間も咳は止まらず、不意に吐きそうな様子を見せ、喘《あえ》ぎ始めた。

「何か吐き出したいのだな。よしよし。吐いていいんだよ」

宗秀は懐の白い懐紙をとり出し、織江を抱き起こすようにして口に懐紙をあてそっと押さえた。織江は苦しそうに咳きこんで、やっと痰《たん》を吐き出した。そして、宗秀の腕の中でか細い泣き声を放った。

「できたできた」

宗秀は言いながら、懐紙の痰をじっくり見てまた織江に微笑みかけた。

「織江さん、少し楽になっただろう。今度は少し胸を診せてもらうよ」

抱き起こした人形のような身体を再び布団に寝かせ、寝巻の襟を開いた。

今にも壊れてしまいそうなほどに薄っぺらで、小さな白い胸の所どころに、指先を軽く押しあて、「痛いか」「ううん」「ここは」「ううん」と、織江とささやき声を交わした。

「痛い」

不意に、織江は苦しそうな声をあげた。

「そうか。ここが痛いのだな。わかった。もう済んだぞ。さあ、お休み」

宗秀は寝巻の襟をなおし、小盥の手拭を新たに絞って織江の額においた。

「先生」

市兵衛が言うと、

「肺を痛めておる」

と、宗秀は物憂げに言った。

そのとき、部屋の片隅で手足を縮めてうずくまっていた黒い影が、薄暗がりを押し退けるように、上体を起こした。黒い影は胡坐をかき、歪《いびつ》に尖った両肩と背中を、市兵衛と宗秀に向けていた。

左手につかんだ刀の鍔《つば》が、畳の上で不気味な響きをたてた。

「お父さん……」

声をかけた小弥太を咎めるように、影は両肩と背中をゆらし、激しく咳きこんだ。咳の発作が収まったあとに、疲れた呼気が続いた。

「信夫さん、唐木です。お休み中、勝手にあがらせていただきました」

市兵衛が言った。

平八はこたえず、呼気に合わせて両肩をゆっくりと上下させている。

「お父さん。市兵衛さんが織江のために、お医者さまを呼んでくださったんです。それから、これも市兵衛さんからいただきました」

小弥太は両掌に持った竹皮の包みを、平八の背中へ差し出した。

平八が小弥太へ顔をひねり、のびた月代や無精髭や、鷲鼻の鼻筋や頬がげっそりと痩けて高い頬骨の目だつ横顔が見えた。

「小弥太、それはおかえししなさい。唐木さんのご厚意に、ちゃんと、お礼を申してな」

小弥太は聞き分けよく、「はい」とこたえた。市兵衛の膝の前に、竹皮の包みをおいた。

「お礼を言いなさい」

　平八は嗄《かす》れ声で命じた。平八の言葉は冷やかだった。その冷やかさは、幼い小弥太には少しむごいくらいの厳しさが感じられた。だが、

「市兵衛さん、ご厚意、ありがとうございました」

　と、小弥太はけな気に言った。

　市兵衛は宗秀と顔を見合わせた。

「信夫さん、勝手にあがりこんだ無礼をお許しください。こちらは、京橋北の柳町で診療所を開いておられる蘭医の、柳井宗秀先生です。二十数年来のわが友でもあります。余計なお節介とは思いましたが、幼い織江さんの容体を少しでも和《やわ》らげられればと思い、わたしの勝手で先生に往診をお願いしました。申しわけありませんでした」

　そこでまた、平八は咳きこんだ。織江の咳も続いている。苦しそうな吐息をもらしつつ、平八は言った。

「唐木さん、昨夜は世話になりました。まことに助かりました。そのうえ今日もまた、重ね重ねのご親切になんと礼を申せばよいのか、言葉が見つかりません」

「袖摺《そです》り合うも他生《たしょう》の縁《えん》です。ときには、そういう場合もあります。何とぞ、お気になさらずに」

平八は市兵衛と宗秀へ、向きなおった。そうして、刀を右わきへおき、小弥太と布団に横たわり小さな咳を続けている織江を見つめた。

「わたしは、病に苦しんでいる幼い子がいるのに、看病もせず、ちゃんとした飯も与えず夜更けまで出歩いていた、愚かな父親です。さりながら、唐木さんのわが身にあまるご親切、施し、憐《あわ》れみは、ときとして重荷になることがあります。父親としてのおのれのいたらなさが、恥ずかしくなるのです。ご覧のとおりの浪人者にて、この貧乏暮らしです。われら親子を憐れみ、ご親切にしていただくご厚意に、感謝いたしております。ただ、このように落ちぶれ果て、身分もなく尾《お》羽《は》打《う》ち枯《か》らしたおのれは、ただ二本を帯びているだけで、侍と名乗る値打ちなどないことは、重々承知しております。にもかかわらず、わたしは侍の性根にしがみついておるのです。愚かと承知しつつ、おのれが侍であろうとすることを捨てきれぬのです。この子らを守り、この子らを侍の子として育てることが、わたしの性根の支えです。どうぞ、われらへの憐れみとご親切、施しは、これまでにしていただきたい」

「わたしも、二本を差し自ら侍と名乗っている身分のない浪人者です。同じ境遇の浪人者同士、相身互《あいみたが》いではいけませんか」

市兵衛は、さり気なく言った。

「憐れみをかけているのは信夫さんにではなく、病に苦しんでいる幼い織江さんにです。たまたま、わたしは柳井宗秀先生と知り合いでした。ご近所のお医者さまの診たてはひとつの診たてとして、宗秀先生にも診たてを勝手にお願いしたことは、織江さんの身を第一義に考えたゆえです。ひとりのお医者さまより、二人のお医者さまに診てもらったほうが、織江さんの病には、ほんの少しでもよいのではないかと、信夫さんのお許しも得ず勝手に判断いたしました」

そのとき、織江が苦しそうに咳きこんで、宗秀のあてた懐紙にまた痰を吐いた。宗秀は、織江に優しくささやきかけながら布団に寝かせ、新しく絞った手拭を織江の額に乗せた。織江は宗秀の腕に、力なく身をゆだねている。

平八は、市兵衛にはこたえず、宗秀に言った。

「柳井先生、薬礼はいかほどになりますか」

「わが友の市兵衛に頼まれて、勝手にきたのです。信夫さんから薬礼はいただきません」

宗秀はにこやかにこたえた。

「そういうわけにはいきません。金はあります」

「信夫さん。わたしは町医者ゆえ、二刀を帯びておりませんが、これでも武士なのです。友の頼み事に金をもらい受けるなど、そんな武士にあるまじきふる舞いは、わたしにはできません。信夫さんから改めて往診を頼まれたなら、その折りには薬礼をいただきます」

平八は眉をひそめ、沈黙をかえした。

すると、宗秀は真顔になった。

「医者にわかることは、じつは、少ないのです。ですが、織江さんが風邪をこじらせ寝ていれば治るという容体でないことはわかります。わかっていても、特効薬はなく、手の打ちようは限られているというのは同じですがな。熱冷ましと咳止めの薬を、おいてゆきます。水分を十分にとらせ、安静にして、熱が少しでもさがるように小まめに手拭を換えてやってください。黄色い痰が出ますので、それも小まめに吐かせてください。咳は小さな織江さんの体力を奪うので、ひどくなれば、必ず医者を呼んでください。すなわち、織江さんの病は、医者のできる手助けはほんのわずかしかなく、織江さん自身が、自分の体力で打ち勝たねばならないのです。三日、長くて四日のうちには……わかりますね」

宗秀の言葉の意味がわかり、平八の顔色は一気に青ざめ、苦悩に歪んだ。

「三日、四日のうちに？」

と、繰りかえした平八の声は震えていた。

「織江さんの力を信じることです。父親のあなたが、織江さんを励ましてやらねばなりません。これは病との負けられない戦《いくさ》です。あなたも健《すこ》やかでないと、この戦には勝てませんぞ」

宗秀は言い、

「よし、市兵衛、いこう」

と、市兵衛を促した。

「どうぞ、小弥太さん。友の志は受けるのが武士の作法ですよ」

市兵衛は小弥太に竹皮の包みを差し出し、微笑みかけた。

七

鎌倉町の河岸横町に京風料理の《薄墨》が、瀟洒《しょうしゃ》な店をかまえている。

その宵《よい》の薄闇が、水鳥の飛び交うお濠の水面にほのかにおりるころ、市兵衛と宗秀は、三和土《たたき》の店土間に備えた入れこみの床の畳敷きを、衝立で三席に仕きったひとつについていた。

店は引き違いの格子戸がたてられ、紅花に屋号を白く抜いた半暖簾がかかっている。三和土の店土間には、入れこみの席のほかに、四卓が並ぶ腰掛の席と、土間の奥に引違いの襖を閉じた四畳半の座敷を備えており、界隈の表店の主人や裕福な隠居らの定客が多く、少々値の張る料理屋である。

「市兵衛さん、おこしやす。お久しぶりどすな」

京料理の料理人で、薄墨の亭主の静観が市兵衛と宗秀を迎えた。白髪まじりの髷は灰色ながら、つとはまだたっぷりと豊かで、六十代の半ばとは思えぬほど溌《はっ》剌《らつ》として見える。

「静観さん、こちらはわが友でありわが師でもある医師の柳井宗秀先生です。今宵、静観さんの料理を楽しむために、先生をお招きしました」

「おお、柳井宗秀先生どすか。市兵衛さんより、先生のご高名はおうかがいしておりました。ようこそおこしやす」

と、宗秀と静観は辞儀を交わし、奥の座敷に、と静観が勧めるのを遠慮し、入れ床の席についたのだった。

静観は、表戸と同じ紅花に屋号を抜いた半暖簾で仕きる板場で料理をし、ひとり雇い入れた小女が接客をしている。

その小女が、市兵衛と宗秀に膳を運んできた。

膳には、あかえいの干物を茹《ゆ》で戻し、漬わらびと一緒に酒砂糖醬油で甘辛く煮つけた煮つけ、あらの刺身、いかの白味噌と山椒《さんしょう》和え、竹の子と蕗《ふき》の玉子とじ、蕪菜《かぶな》のおしたし、小鯛を酒蒸しにした吸物などの、鉢や椀、平皿が並び、黒塗りの提子《ひさげ》と杯が並んでいた。

鉢も丼も皿も、瓢簞《ひょうたん》や楓、菊、桃などの華麗な染付である。

「ご飯の膳は、あらの切身を塩ふりしたお焼物と、青菜と鎌《かま》ぼこのお汁に沢庵になります。お酒が終わるころにお運びします」

小女は、「ごゆっくり」と微笑み、退っていった。

「先生、わたしがおつぎします」

市兵衛は提子をとって、宗秀へ差した。

しかし、宗秀はすぐには杯をあげず、膳を見廻しにやにやと笑っている。

「これが薄墨のお膳か。とうときたな、市兵衛。まさに、奥ゆかしい美しさというか、深い品格を感じさせる料理の数々だな」

市兵衛は提子を差した恰好をくずさず、小さく噴いた。

「これをいただくのが、もったいない気がする。この鉢や皿や碗の染付模様の見事さがまた格調高い。確かに、わたしの薬礼に十分見合う料理と言っていい。ふむ、これはよい」

「気に入っていただけたのでしたら、よかった。渋井さんは四十九日がすぎるまで酒を断っておりますので、今宵は先生と二人ですが、これもときの流れです。われら二人でゆっくりいただきましょう。さあ、先生」

「喜楽亭の亭主が亡くなり、喜楽亭は閉じた。われらの幕もおりた。まさに、無常だな。いただく」

と、市兵衛と宗秀の静かな酒盛りが始まった。

明かりとりにたてた障子戸に、宵の帳《とばり》がまだ青く映っている刻限である。はや席が埋まっていて、客同士の穏やかな談笑とほろ酔いが、宵の刻限を彩っている。河岸場のある濠から、涼しい風が店土間に迷いこんだかのように流れ、船をつなぐ杭《くい》から魚を狙う翡翠《かわせみ》の鳴き声も聞こえてくる。

酒が進むうち、二人の遣りとりは信夫平八と子供らの話へ戻っていった。

「織江は肺を痛めておる。風邪をこじらせたのではない。信夫にはそれとなく言ったが、肺を痛めて人は生きられぬ。命にかかわる」

織江の容体のことになると、宗秀は急に深刻な口ぶりになった。

市兵衛は、周囲をはばかりつつ訊いた。

「織江は、労咳《ろうがい》なのですか」

「違う。労咳は老若男女、老いも若きも、強きも弱きも、それに罹《かか》った者の身体を静かに蝕《むしば》み、確実に破壊していく。医者であろうと聖《ひじり》であろうと、深山において修行を積んだ祈禱者《きとうしゃ》であろうと、なす術がない。しかも、次々と病人の周囲の者もその病に侵されてゆく。織江の吐いた痰を見た。幸いなことに、ほぼ間違いなく織江の病は労咳ではない」

「ああ、よかった」

「だがな、あの病も恐ろしいのだ。労咳と同じく、われら医者に打つ手がないのだからな。周囲の者は侵さぬが、死にいたる病なのだ。殊に、身体の丈夫ではない年寄や幼い子供らが罹ると、大抵は助からぬ」

「お、織江は助からぬのですか」

胸の鼓動が早鐘のように打った。

「いや。望みはある。労咳に歯はたたぬが、織江の病は戦える。ただし、戦うのは医者ではない。医者など、所詮《しょせん》、座興の道化師だ。戦うのは、幼い織江だ。

仮令《たとえ》、幼い子供でも戦って打ち勝つ望みはあるさ。長崎で、あの病に打ち勝って癒《い》えた子供を見たことがある。織江には、力を感じる。信夫にも言った。織江の力を信じようとな」

市兵衛は、目が潤んでくるのを杯をあおって隠した。

「それと今ひとつ、気にかかることがある」

宗秀が、膳ごしに提子を市兵衛へ差した。

「もしかすると、信夫さんのことではありませんか」

「そうだ。市兵衛もそう思うのか」

市兵衛はこたえるのをためらった。

「信夫は具合が悪そうだ。妻は胸を患って亡くなったのだったな。よくない。よくないな。小弥太と織江の兄妹を、あのままにしておくのは……うちに家事働きの婆さんがいる。兄妹を引きとれないこともないのだが」

「あの兄妹は、父親がすべてです。信夫さんも気の毒だが、子供たちも可哀想です。親と子を引き離すことはできぬでしょうね」

「市兵衛。明日も信夫の店に寄るのだろう」

「いきます。毎日、寄るつもりです」

「いつでも呼べ。わたしもできることはなんでもする。おのれの無力が歯がゆいが……」

それから二人は、物憂い沈黙に捉えられた。酒を呑み、箸を動かした。ひと組の客が席をたつと、すぐに新たな客が暖簾を分けた。宵のときはすぎ、晩夏の夜が深まっても、店土間の席は空かなかった。

座頭の呼び笛が、夜の町の彼方で物悲しげに聞こえてくる。

「客足が絶えない。大したものだ」

宗秀が店の繁盛ぶりに、感心して言った。

ふと、市兵衛は青物新道の酒亭の蛤屋を思い出した。蛤屋は薄墨ほど値の張る料理屋ではないが、薄墨に似た小綺麗な作りである。

「先生、渋井さんと離縁したお藤さんの倅で、お藤さんに連れられて実家に戻った良一郎を覚えていますか」

「覚えているとも。渋井よりだいぶ背が高く、顔だちはなかなか男前だが、お藤さんが手を焼く不良で、渋井の旦那になんとかしてくれと泣きついたあの良一郎だろう。しかし、良一郎は不良でも存外純情で、見こみのある若衆だった。あのとき、歳は十五だった」

「今は十七歳になっています。先だって、青物役所近くの酒亭で、偶然、良一郎と会いましてね。わたしを覚えていて、良一郎から呼びかけられました」

「相変わらず、不良仲間らと一緒だったのか」

「それが、神田の紺屋町の文六という岡っ引の下っ引を務めていて、今は文六の店に世話になっていると言っていました」

「岡っ引と言うと、渋井の旦那と同じ町方の岡っ引かね」

「南町の宍戸梅吉《うめきち》という臨時廻り方です。渋井さんの仲介で、先生の診察を受けたことがあるそうですよ。名医だと褒めていました」

「南町の宍戸梅吉か。確かに診察したことがある。痛風だった。そうか。思い出した。以前、文六の評判を渋井の旦那から聞いたな。腕利きの岡っ引で、歳は六十をとうにすぎているが、いまだ衰えを見せず、岡っ引の中の岡っ引だと、そんな評判だった。文六に比べたら、助弥などまだまだひよっこだと言っていた」

「確かに、髷は真っ白ですが、恰幅のいい身体つきで、目が鋭く貫禄がありました。町方の岡っ引というだけでなく、神田の紺屋町界隈では相当の顔利きと知られている親分だそうです。良一郎は、文六親分の手下について、広い世間を見て男を磨く修業中でした」

「広い世間を見て男を磨くか。渋井の旦那も知っているのかい」

「渋井さんには言わないでくれと、良一郎に止められました」

　二人は声をそろえて笑った。

「どうやら、良一郎の継父の文八郎さんが文六親分と馴染みの知り合いらしく、良一郎が商いに身を入れず、親の小遣いをあてにして遊び歩いているので、これ以上甘やかしていては良一郎のためにならないと思ったのか、文六親分の下で世間の厳しさを学ばせるために、文八郎さんがいかせたようです。お藤さんにどう話しているのかは知りませんが、お藤さんがそうと聞いたら、大変な騒ぎになると良一郎は言っていました。渋井さんに話されると、すぐにお藤さんに伝わるのに違いないので、言わないでくれとのことです」

「お藤さんは、良一郎を絶対町方にはさせたくないと、強引に良一郎を連れて実家に戻ったそうだからな」

「元夫の渋井さんも、今の夫の文八郎さんも、お藤さんには、頭があがらないようですからね」

　そこでまた、二人は笑い声をあげた。と、宗秀が思い出したように、「おかみさんと言えば」と続けた。

「文六の女房は、文六より二十ほど歳下だそうだ。文六が四十に近いころ、まだ二十歳にもなっていない女房と所帯を持った。文六と所帯を持つ前の女房は、破落戸《ごろつき》らにまじって悪さをする、相当なあばずれだった。文六がひっ捕らえて改心させ、それが縁で所帯を持ったらしい。女房は今でも文六を親分と呼び、男勝りの年増だと聞いた。名前は……」

「お糸姐さんと、若い衆らは呼んでいました。文六親分と宍戸さんのあとから、お糸が良一郎ともうひとりを従えて、酒亭に現れたのです。形《なり》は男らに劣らないくらい大柄で、黒の上着を尻端折りに黒の股引の、色気のない黒ずくめに拵えていましたが、束ねあげた黒髪を朱の笄で粋に止め、化粧っ気はない中に唇だけは紅を刷いて、それがかえって女っぽさを引きたてる見映えでした。文六親分の右腕として、若い手下らを束ねている様子で、良一郎と言葉を交わしていると、大きな目で睨まれました」

「女房が岡っ引の亭主の右腕か。文六という親分も、なかなかのやり手のようだな。そうだ。これも渋井から聞いた。本所の薬屋で、手代が番頭と口喧嘩《くちげんか》になり、番頭を斬り殺して、店のほかの者にも手疵《てきず》を負わせて二階へのがれた。店は土蔵造りで、手代が梯子《はしご》をはずしてしまい、誰もあがれなくなった。店の者が奉行所に訴え、捕り方が出役《しゅつやく》して二階へ梯子をかけてあがろうとしたが、手代は胡椒《こしょう》の粉を捕り方に投げつけたりして激しく抗《あらが》い、捕り方も手を焼いていた。そんな中、文六が梯子をのぼって手代と打ち合うすきに、女房のお糸がわきから二階へよじのぼり、手代の後ろへ廻って、手代を投げ飛ばしたそうだ。その手柄で、文六とお糸はお奉行さまからご褒美《ほうび》をもらったうえ、町方の間でも、岡っ引の文六と女房のお糸の名はうんとあがったと聞いている。文六とお糸は、いい相棒に違いない。文六とお糸の下なら、さぞかし、良一郎にも修業になるだろう」

「どうでしょうか。ただ、良一郎は文六親分の下っ引の務めが、何かしら楽しそうでした。御用の仕事が良一郎の気性に合っているのかもしれません。やはり、渋井さんの血ですかね」

「ふむふむ、案外、あれでな……」

宗秀は面白そうに頷き、杯を乾した。

その前夜、谷中《やなか》の新茶屋町《しんちゃやちょう》から戻りの客が、不忍池《しのばずのいけ》の池《いけ》の端《はた》の往来に差しかかったときだった。暗がりに包まれた道端で、いきなり声がした。

「三五郎《さんごろう》さんか」

不意に声をかけられ、三五郎は思わず足を止めていた。提灯《ちょうちん》を道端へ向け、

「誰でえ」

と質した。提灯の明かりが暗がりの中に人影を浮かびあがらせた。顔はわからなかった。

ただ、苦しそうな咳がかえってきた。

八

「おれに用……」

言いかけた三五郎の言葉は次の一瞬に途ぎれた。

ほかには、奇妙な隙間風《すきまかぜ》が吹くような音が聞こえたばかりだった。

と、三五郎の首が跳んで、池の水面に音をたてた。三五郎の提《さ》げた提灯の明かりが、頭のない首から噴きあげた血をどす黒く映し出した。三五郎は数歩退がりながら、暗闇へ身をゆだねるように、池の水草の間へ転落していった。

三五郎が往来に落とした提灯が燃え出したとき、池の端に人影はすでになかった。ただ、闇のどこかで、苦しげな咳が聞こえ、静寂を乱していた。

上野山内の鐘楼《しょうろう》で夕六ツの追い出し鐘が打ち鳴らされてから、半刻余がたった翌日の宵だった。

仁王《におう》門前町より上野山内西の不忍池に沿って、池中の弁財天《べんざいてん》境内へ渡る太鼓橋《たいこばし》の曲がり角をすぎ、池の端に点在する茶屋が途ぎれ、昼間でさえ薄暗く閉ざす上野山内や池の端の松や杉の樹林を抜け、その先がお花畑《はなばたけ》と呼ばれるあたりまできた往来に、数個の提灯に照らされた一団の人影がたむろしていた。

そこから往来を道なりにゆけば、北方の谷中へいたる。

仁王門前町の自身番の当番や店番の町役《ちょう》人らが提灯をかざし、束ねあげた黒髪に三本の赤い笄を挿し、尻端折りに黒ずくめの御用聞姿のお糸と、尻端折りの下に生白い素足をさらした軽装の良一郎と兄き分の富平を照らしている。

一団は七人で、往来端に筵《むしろ》をかぶせて打ち捨てられた荷物のようなものを囲んでいた。上野山内と不忍池は夜の暗闇に沈み、数個の提灯の薄明かりが、往来の数間離れた前後と、左右の木々を茫《ぼう》と照らしているばかりである。

誰も言葉を発しなかった。ただ、不快な羽音をたてて生血を吸いにくる蚊を、追い払ったり叩いたりするさいの罵《のの》り声や、苛だたしげな悪態、不機嫌そうな吐息や舌打ちが、提灯の明かりをゆらすように聞こえてくる。

あたりは異様な臭気が漂っていた。その臭気を嗅ぎつけた蠅《はえ》が筵にたかり、しきりに飛び廻っている。

ほどなく、仁王門前町のほうの暗闇に小さな明かりがゆれ、人の足音が急ぎ足に近づいてくる。

「姐さん、親分が見えやした」

良一郎が明かりに気づいて、お糸に言った。

一団はいっせいに往来の先の明かりのほうへ向き、先に立っているこれも自身番の店番の提げた明かりの中に、だんだんと見分けられるようになる文六と後ろの捨松を見守った。

富平と良一郎が駆けていき、明かりに呼びかけた。

「親分、お疲れさまでございやす。こっちです」

「おう、あれだな」

捨松の甲高い声が、文六に代わって夜道に響いた。

文六は、白髪の髷の下の大きな目で真っすぐ前を睨んでいた。

筵を囲んでいる一団が、たちまち近づいてきた文六らのために左右へ開いた。

文六がお糸へ、目配せをする。

「親分……」

と、お糸は冷めた眼差しを文六へ向けた。

「お糸、ご苦労だった。臭うな」

文六が低く太い声を投げた。鈍茶の羽織の裾《すそ》を払って鍛鉄《たんてつ》の十手を抜き、筵の傍らへ早速かがんだ。筵にたかっていた蠅が、驚いて飛び散った。お糸は筵を隔てて文六と向かい合ってかがみ、

「仏さんは首と胴が離れています。身元はまだ割れていませんが、この春、浅草の地廻りが斬られた手口と似ています」

と、筵ごしに淡々とした口調で言った。

「そうかい。また首斬り強盗の仕業かい」

「たぶん。みな、提灯を近づけておくれ」

お糸は、周りの提灯を提げている町役人を見廻した。

捨松が文六に並びかけて、片膝をついた。良一郎と富平はお糸の左右にかがんでいた。自身番の町役人らが、提灯を筵の上へかざした。

お糸がためらいなく、筵をめくった。

と、筵の下で骸《むくろ》にたかっていた蠅がいっせいに、夜の帳を震わすような鈍いう

なりを奏《かな》で、縦横に飛び廻った。同時に、押さえられていた死臭が、文六らへ容赦なく襲いかかった。

「うっ」

と、捨松が袖で鼻と口を覆った。骸からそむけた顔を、醜《みにく》く歪めた。

町役人らの間からも、「うわあ」とか「ああ」と声がもれた。

だが、文六は睨めっこをするかのように骸から目をそらさなかった。お糸と左右の良一郎と富平も、臭気に眉をひそめながら、飛び交う蠅を手で追った。

「捨松、だらしねえぞ。若え富平と良一郎がしゃんとしているじゃねえか。兄き分らしく、しっかりしろ」

文六が低く太い声でたしなめた。

捨松は、決まり悪げに両肩をすくめた。

骸の傍らに、胴と離れた土色の土偶《どぐう》のような首が並んでいた。半開きの目は、不審そうに虚空《こくう》へ向いていた。首から下は、よろけ縞の単衣とほどけかかった黒の角帯が、首のない胴体にからまっているように見えた。

履物はなく、長く水の中にあってふやけた手足を力なく投げ出していた。着物に隠れていない肌に、気色の悪い青黒い大小の斑点が無数に浮いている。

「骸はそこの水草の間に、半分沈んでいました。この暑さで、傷み具合が早いようです。たぶん、一日か、あるいはもっとたっていると思います。町役人さんらは恐がって役にたたず、富平と良一郎がふたりで、水草の間から骸をようやくここまで引きあげたんです。そのあと、水草の間を探し廻って、首は良一郎が見つけて運んできました。この子たち、大したもんですよ」

お糸が言い、文六は富平と良一郎を大きく剝《む》いた目で睨んだ。

「富平、良一郎、おめえら、男だな」

文六の声が重く響き、富平と良一郎はちょっと嬉《うれ》しそうに首をふった。

それから、文六は鍛鉄の十手で骸のよろけ縞の下を丹念に探り、赤黒い斬り跡を見せる首の様子などもじっくりと検視していく。捨松と富平と良一郎が、文六の細かな調べを、臭気に耐え息を喘がせながら手伝った。

文六が、骸の顔形、目鼻だち、黒子《ほくろ》や痣《あざ》、疵痕《きずあと》、色黒色白、およその背丈などの目につく特徴をあげると、お糸が矢立の筆をとり出し、抜かりなく手控帖に書き留めていく。

「ほかに疵が見あたらねえのは、疵つけて弱ったところで首を刎《は》ねたんじゃねえな。素早く近づいて、一刀の下に首を刎ねた。仏はよける間もなかったってわけだ。しかも、斬り口はこうなってる」

文六は、十手で刃の軌道を描く仕種をして見せた。

「見ろ。血の飛んだ跡が地面に残っている。ってことは、下手人は仏にほぼ正面から近づいて斬りつけた」

そして、提灯の明かりがわずかに届く岸辺の水草へ十手を指した。

「刎ねた首が飛んで池へ落ち、残った首から下は、血をここら辺へ噴きながら、ゆっくり水草の間へ転がり落ちたか。あるいは下手人が蹴り落としたかだ」

文六は、そろって十手の指す方角へ向いた町役人らを見廻して言った。

「仏を見つけたのは誰だ」

「婆《ばあ》さんと孫の童子です。お山の追い出し鐘が鳴って、谷中へ急いで戻る途中にここを通りがかり、妙な臭いが水辺のほうからするので孫が見廻し、水草の中に何か浮いてると気づいたんでございます。それが人らしいとわかって、婆さんは腰を抜かしそうなほど驚き、慌てて自身番へ知らせにきたんでございます。婆さんと孫はひどく恐がっておりますので、自身番のほうで待たせております。孫は小さすぎますし、婆さんの話はあまり要領をえませんが」

「そうかい。婆さんにはあとで話を訊こう。それから、これが仏の持ち物だな」

文六は、胴体に並べてある、唐桟《とうざん》の財布、煙草入れと根付《ねつけ》、鼠色の信玄袋《しんげんぶくろ》、手拭や足袋《たび》などに目を転じた。

「信玄袋が道端の草むらの中に落ちていただけで、ほかの物は仏が身に着けていました。仏さんが提げていた提灯の燃えた跡が、道端に残っていましたが、草履は見つかりませんでした。明日、明るくなってから探せば、池の中に草履は見つかると思います」

お糸が、うるさく飛び廻る蠅を追いながら言った。

「財布の中に金は……」

文六は唐桟の財布を調べ、

「ずいぶん入っているじゃねえか」

と、お糸に質した。

「五両と少し、入ったままでした。金目あての追剝ぎ強盗じゃあ、ありません。浅草の地廻りのときもそうでしたし……」

「下手人は腕利きの侍。そうに違いねえ。しかも、そんじょそこらの腕利きじゃねえ。喧嘩《けんか》馴れしたやくざな渡世人でも、ここまでは無理だ。がきのころから化け物みてえに鍛えあげた凄腕だ。どういう謂れがあるのかね。仏の歳は、三十代から四十代前半というところかな」

文六は、十手の先で虚空に半開きの目を投げた骸の頰を軽く突いた。十手の先で突いた頰がわずかに窪《くぼ》み、元に戻らなかった。

「町役人さんらは、仏に心あたりはねえかい」

町役人らを見あげて訊いた。

「さあ、あたしらには心あたりはありません。そうだよね」

と、町役人らは顔を見合わせ、声をひそめて言い合った。

「この往来は、人通りは多いのかい」

「そこの弁財天までは、参詣客でにぎわいますが、ここら辺は昼間でも人通りが多いとは言えません。谷中の武家屋敷のお侍さんや、お寺の坊さんらが通るぐらいでして。ただ、谷中の新茶屋町に岡場所がありますので、参詣の帰りに岡場所で遊んでゆく者もおりますし、じつは上野の参詣は口実で、谷中の岡場所目あてに江戸市中から上野にくる場合もあるようですから、そういう嫖客《ひようかく》が狙われたとなると、仏さんがどこの誰だかは見当がつきかねます」

年配の当番が、首をかしげてこたえた。

「そうか。谷中の新茶屋町の客か。仏になって一日以上たっているとしたら、昨日の午後から夜にかけて、岡場所へゆくか帰りにか、ここを通りがかって襲われたことになるな。下手人は侍で、金目あての仕業じゃねえ。なんぞ遺恨か、もめ事かごたごたに巻きこまれたってわけだ。よし。まずは仏の身元の割り出しだ。お糸、おめえは富平と良一郎を連れて、谷中の新茶屋町で仏に似た客の心あたりがねえか、一軒一軒、訊きこみだ」

「承知」

歯ぎれよく、お糸がかえした。

「おれは、番屋で婆さんと孫の話をひととおり訊いてから、捨松と浅草へ廻る。先だって斬られた地廻りのかかり合いに、この仏に似た人物がいねえか、探ってみるつもりだ。手をくだしたのが同じ下手人なら、二人が斬られた謂れも同じじってえことは、十分考えられる」

文六は骸の傍らから立ちあがり、年配の当番に言った。

「仏をこのままにはしておけねえ。町役人さんらは、埋葬を頼むぜ。奉行所への届けも、今夜中にやってもらわなきゃあならねえ。ただし、この暑さで仏の腐乱が激しいので、南町奉行所臨時廻り方・宍戸梅吉さま、および配下の紺屋町の文六が検視を済ませたと報告すれば、奉行所の掛《かかり》は了解するはずだ。頼んだぜ」

「承知いたしました」

町役人らが、そろって文六に頭を垂れた。

「じゃあ親分、あたしらは新茶屋町へ」

「いってくれ。報告は紺屋町に戻って聞く」

お糸に富平と良一郎が続いて、暗闇に閉ざされた往来を谷中へとった。

良一郎が手にした畳提灯が、頼りない明かりで三人を包んだ。

往来の後方に、町役人らが骸の周りで蠢《うごめ》いている様子が、小さく照らし出されていた。良一郎は、前をゆくお糸に話しかけた。

「お糸姐さん、検視を済ませたって文六親分は仰《おつしや》いましたけど、宍戸の旦那は何をなさっているんですか」

「さあ、何をなさっているのかね。あたしは、し、ら、な、い。良一郎、いいんだよ、それで。文六親分は、宍戸の旦那からすべてを任されているんだから。下手人を見つけ出して捕まえるのが文六親分の務め。下手人を捕まえた手柄をたてるのは宍戸の旦那。そういう役割になっているのさ」

「ええ？　そうなんですか」

「不満かい」

お糸は素っ気なくかえした。

「いえ。けど、富平兄さん、知ってたかい」

富平は、そうなのかな、というふうな少々間の抜けた思案顔をひねっている。

前をゆくお糸は、谷中へのぼる暗い坂道を急いでいる。

するとそのとき、道端のすぐそばの木で一匹のあぶら蟬が、暗闇の静寂を引き裂き、けたたましく鳴き出した。それは、いたたまれない突然の怒りにかられた妖怪変化《ようかいへんげ》の咆哮《ほうこう》のようだった。

良一郎は、親に叱られた幼子のように首をすくめ、黒い樹影を恐る恐る見あげたのだった。

第二章　俎板橋《まないたばし》

一

小石川《こいしかわ》の諏訪《すわ》町から白堀に架《か》かる金杉橋《かなすぎばし》を渡って、往来を牛坂《うしざか》へいたる手前の牛天神別当龍門寺門前《うしてんじんべっとうりゅうもんじもんぜん》の裏店《うらだな》の一軒家に、多見蔵《たみぞう》という男が住んでいた。

龍門寺門前と金杉橋の往来を隔てて、小石川金杉水道《すいどう》町の町家が軒をつらねている。金杉水道町の安藤坂《あんどうざか》をのぼれば、富坂上《とみさかうえ》の伝通院《でんづういん》の山門前に出られた。

多見蔵の住む一軒家は、庭を囲う黒板塀《くろいたべい》に見越しの松が、手入れのいき届いた枝ぶりを見せ、裏店には珍しい贅沢《ぜいたく》な寄棟《よせむね》造りの瓦屋根の二階家で、二階の連子《れんじ》格子《ごうし》の窓と軒庇《のきびさし》が黒板塀の上に見えた。

老舗《しにせ》の表店の大旦那が、若い妾《めかけ》を囲って隠居暮らしを送っていそうな、そんな佇《たたず》まいの瀟洒《しょうしゃ》な店だった。

しかし、多見蔵は独り身で、歳《とし》もまだ五十には届いておらず、綺麗に結《ゆ》った髷《まげ》は黒々と豊かで、厚い胸板を反《そ》らし、いまだ壮年と言っていい隆《りゅう》とした体軀《たいく》が、なかなかの男ぶりだった。

生国は越中富山《とやま》と、多見蔵は裏店の家主に話していた。

十歳をすぎて間もなく、富山の薬種問屋に奉公し、二十歳になる前から旅の薬売りとなって、四十代の半ばまで旅廻りの暮らしを送ってきた。

江戸には、得意先名簿のかけば帳をつけるほどの顧客を抱え、ほぼ毎年のようにお得意廻りをしていたので、馴染《なじ》みがあった。

数年前、富山で暮らしていた両親が相次いで亡くなり、妻も子もなく、また郷里の親類とも旅廻りの仕事柄、疎遠にもなっていた事情もあって、ならばいっそ江戸で暮らそうと思いたった。

幸い、両親の残したものやそれまでの蓄《たくわ》えがあり、とりたてて贅沢《ぜいたく》をしなければ、働かずとも暮らしていける目処《めど》がたっていた。

龍門寺門前に住まいを定めてからは、田舎《いなか》出の鄙《ひな》びた若い下女を雇って家事仕事を任《まか》せ、仕事をいっさい辞《や》めて隠居同然の身となった。

宗匠頭巾《そうしょうずきん》をかぶり、茶会の数寄者仲間に加わったり、絵画骨董《こっとう》を愛《め》でたり、十一月の顔見世興行の芝居見物、柳橋《やなぎばし》の茶屋などで開かれる書画会、発句《ほっく》の会にも顔を出したりと、気ままな悠々自適《ゆうゆうじてき》の暮らしを営《いとな》んでいた。しいて言えば、傍目《はため》もうらやむほどに優雅に暮らす多見蔵が、人別《にんべつ》はまだ富山の郷里にあって、そのうちにとり寄せますので、と九尺二間の裏店に住む貧乏人のような釈明をし、仮《かり》人別になっていることが、家主は気になった。

気にはなったが、気に病むほどではなかった。

龍門寺門前の界隈は、小石川、牛込の武家屋敷地に囲まれており、牛天神のすぐ隣は水戸《みと》家の壮大な上屋敷が樹林を繁《しげ》らせている。

由緒ある大家の旗本屋敷も多く、町家とは言っても、あまり見栄《みば》えのせぬ怪《あや》しげな風体《ふうてい》の者に住まれるよりは、多見蔵のような人品骨柄《じんぴんこつがら》はまず申し分なく、一軒家の店賃が滞《とどこお》ることはなさそうな裕福な暮らしぶりの者のほうが安心できた。

多見蔵が仮人別であることは、それほど重大な障《さわ》りではなかった。元々、江戸は他国者が次々と移り住んで大きくなった町であり、仮人別どころか、人別すら持たない者のほうがはるかに多かった。

まあ、大丈夫だろう。本人もそのうちにとり寄せると言っているのだし。

と、家主は多見蔵ならば間違いはあるまいと思っていた。

しかし、その多見蔵には、家主の知らないもうひとつの顔があった。それは、悠々閑々《ゆうゆうかんかん》とすごす隠居の顔は仮面であり、もうひとつのそちらこそが本物の顔で、仮面に隠した多見蔵の正体だった。

白堀に架かる土橋を渡って牛天神正面の鳥居をくぐり、社殿への参道をいき、参詣《さんけい》を済ませたのち、社殿のわきを通って境内《けいだい》の裏手へ廻る。

境内裏手の、すだ椎《じい》、銀杏《いちょう》や楢《なら》や桂《かつら》や楓《かえで》などの木々の間を通って、瑞垣《みずがき》に設《もう》けた裏の鳥居を抜けると、龍門寺門前の裏手に、人ひとりがやっと通れるほどの細道があった。

細道は、多見蔵の一軒家の黒板塀と牛天神境内裏手の境になっていて、黒板塀に設けた小さな潜戸《くぐりど》から、多見蔵の店へ勝手に入ることができた。

家主は多見蔵がこの一軒家を借りるさい、にこやかに言った。

「わざわざ牛天神の正面へ廻らずとも、こちらの裏戸からお詣《まい》りにいけますので、楽だし便がよいのでございます。裏の路地は誰も通りませんから、多見蔵さんが借りたも同然です。とてもお得だと思います」

確かに、その細道を通る者は殆《ほとん》どいなかった。牛天神の境内の落ち葉が細道を埋め、希《まれ》に、家主の女房が掃《は》き掃除《そうじ》をしたあと以外は、そこに細道が通っていることさえわからないほどだった。

ただ、家主の女房が細道の掃き掃除をする折り、牛天神裏手の鳥居から多見蔵の店の黒板塀の潜戸まで、落ち葉を踏み締め散らした跡が残っているのを見つけて、多見蔵が細道を通って牛天神のお詣りを欠かしていないことを知った女房は、信心深い多見蔵に感心した。

六月が終り七月の秋になっても残暑はますます厳しく、牛天神の木々で蟬《せみ》が賑《にぎ》やかに鳴き騒ぐその日、二人の修験者《しゅげんじゃ》が、牛天神裏手の鳥居から、細道の落ち葉を鳴らし、黒板塀の潜戸にまぎれこむようにくぐったのだった。

二人はともに、剃髪《ていはつ》に兜巾《ときん》、篠懸《すずかけ》の衣、結袈裟《ゆいげさ》、法螺《ほら》に念珠《ねんじゅ》、笈《おい》を背負い、脛《はばき》に草鞋《わらじ》がけで、柴打《しばう》ちの劔《つるぎ》を帯び、金剛杖《こんごうづえ》を手にした扮装だった。

四半刻（約三〇分）後、多見蔵と二人の修験者は、枝ぶりのいい松と小さな石《いし》灯籠《どうろう》があり、黒板塀で囲った庭の見える座敷に対座していた。

三人の前には、下女が出した茶托《ちゃたく》と茶碗《ちゃわん》、煙草盆《たばこぼん》がおいてあり、多見蔵は羅宇《ラウ》に赤い漆《うるし》を塗《ぬ》った煙管《キセル》を吹かし、ゆるい煙を天井へのぼらせていた。

庭の松でも、くま蟬がかしましく鳴いている。

多見蔵は煙管を灰吹《はいふ》きにあてて吸殻を落とし、煙管を煙草入れに仕舞《しま》った。

「祈禱《きとう》を生業《なりわい》にしておられる修験者が、ここに見えられるとは意外でした。むろん、どなたのお頼みであれ、ここまで見えられたからには、お引き受けいたします。ただし、女子供、明らかに非はないにもかかわらず、依頼人の私利私欲の邪念により邪魔者を始末したいというお頼みは、お断りいたしております。と申しますのは、罪深きわれらの仕事の言いわけのためにお断りするのではなく、そのような依頼の場合、足がつきやすいのです。旅の薬売りの表の顔に隠れて、二十数年、この仕事を請け負《うお》うてきた経験において、心を許せる大事な仲間を多く失い、わが身をも危険に曝《さら》す高い代償を払って、それを学んだのです」

「わしらは深き山岳を道場とし、験を修する験者でございます。わしらが獲得する験力呪力は、民の迷いを救い不安を鎮めるため。験力呪力を、私利私欲、おのれの邪念をとおすために使うことは、決してございません」

修験者のひとりが言った。

修験者の言葉には、わずかに上方《かみがた》の訛《なまり》があった。ひとりは老いた験者であり、ひとりはまだ若衆《わかしゅ》の年ごろに見えた。二人ともに、日に焼けた頰《ほお》が削《そ》いだように瘦《こ》け、多見蔵を見つめる目は、鷲《わし》のように鋭かった。

「しかしながら、わしらとて、妻を持ち、子を慈《いつく》しみ育て、目覚めては働き、飯を食い、夜は眠りに身をゆだね、そうした日々を営む者であることに変わりはございません。わしは、加持《かじ》祈禱を生業とする吉野の洞川村の山伏でございます。わしの倅《せがれ》どもも山伏となり、この男は弟のほうにて、今、山伏として生きる修行の身でございます。猿浄という修験者は、倅とともに大峰奥駈の抖擻《とそう》を重ね、祈禱修法を練《ね》り、修験者の間ではともに正先達《せいせんだつ》と認められる格を得た者でございます。ところで、倅には女房と子がおり、吉野の洞川村にて小さな所帯を営んでおりました。それがなんと、あろうことかあるまいことか、猿浄はそのわしが倅の女房に言葉巧《たく》みに言い寄って、懇《ねんご》ろとなり、不義を働いたのでございます。猿浄と女房の不義を知った倅は、猿浄を討たんといたしました。しかし、猿浄は倅と同じ正先達ながら、武勇に抜きんでて、吉野一の強者と知られておる者でございました。二人が戦うたのは、洞辻《どろつじ》という山中でございます。わしと、この者を含めた三人も、倅の助太刀をいたしました。倅とわしらは、猿浄にとうてい敵《かな》わず、洞辻にて無念にも倅は落命いたし、のみならず、助太刀をしたもうひとりの倅も、猿浄に討たれたのでございます。わしは、二人の倅を失い、残った倅はこの者だけでございます。上の二人の倅は今、祖霊の籠《こも》る神奈備の峰に往生《おうじょう》いたしております」

そこで老修験者は、儚《はかな》げな沈黙を溜《た》めた。

「むろん、わしら一族の者は猿浄に罪を償《つぐな》わすために追いましたが、猿浄は、吉野金峯山寺門前町の中町に屋敷をかまえる地下《じげ》老分《おいぶん》惣年寄役の縁者にて、その屋敷にかくまわれ、身をひそめておりました。惣年寄役の屋敷に手が出せぬわしらは、洞川村の山上ヶ岳大峰山寺信徒総代に願い出て、吉野山金峯山寺学頭代に、猿浄引きわたしの申し入れを訴えたのでございます。学頭代は、山上大峰山寺、山下金峯山寺、同じ蔵王堂の配下にある信徒同士が争う事態を好まず、交渉が行われておりましたそのさ中、猿浄が忽然《こつぜん》と吉野山より姿を消したのでございます」

多見蔵は、ようやく口を開いた。

「惣年寄役の縁者が、猿浄という修験者を逃がしたのですな」

老修験者は、怒りを抑えるかのように、重々しくゆっくりと頷《うなず》いた。

「あらゆる手蔓《てづる》をたどり調べましたところ、それは明らかでございます。どうやら猿浄は、惣年寄役よりなんらかの使命を受け、その使命を果たすべく、江戸へ旅だったと知れたのでございます。今なお、吉野と洞川の間で調停が続けられております。しかしながら、仮令《たとえ》どのような落着にいたろうとも、その落着とわしら一族の始末は、別でございます。わしが二人の倅は大峰の祖霊とともにありますが、倅の残した無念は、わしらとともにあります。よって、わしらには、倅の無念を晴らさねばならぬ務《つと》めがあるのでございます」

老修験者と倅の若い修験者の二人が、猿浄を追って江戸へ下った。

修験者、すなわち山伏は、僧侶の人別ではない。修験者として特殊な扱いを受け、妻帯し祈禱を生業として諸国に土着しており、修験者らのつながりは、国のすみずみ津々浦々まで通じている。

老修験者と倅は、その手蔓を頼りに、猿浄の江戸の潜伏先を探りあてた。

表の顔は元薬売りの隠居暮らしの多見蔵が、裏の顔では奇妙で怪しげな稼業を営んでいる子細を知り得たのも、それらの助力があったからである。

老修験者はそれらの話を終えると、冷めた茶をひと口含んだ。

庭を囲う枝ぶりのいい松と黒板塀の向こうに、牛天神の木々が昼さがりの空の下で緑に輝いていた。

「ご依頼の筋は、わかりました」

多見蔵は膝に手をそろえ、それから口に手をやり、咳払《せき》いをひとつした。

「請負料は三十両いただきます。手つけに十両。それを果たし得たのち、残りの二十両をお支払いいただきます。もしも果たせなかった場合、手つけの十両はおかえしできません。それで、よろしいか」

「お願いいたします。ここに、十両を……」

老修験者は、この店を訪ねる前より用意していた紙縒《こよ》りで束《たば》ねた十両の小判を、篠懸の衣の懐《ふところ》よりとり出した。多見蔵の端座した膝の前に十両をおくと、若い修験者が初めて口を開いた。

「お頼みします。わしらは、わしらの始末をつけねばならんのです。そのためにお父《とう》と二人で江戸へ下ってきました。わしらの始末をつけるためには、一族の者らの蓄《たくわ》え稼ぎをすべて擲《なげう》ってでも、金は払います。なあ、お父。猿浄の腕前は、わしらひとりや二人では、とうてい敵《かな》わんのです。何とぞ、猿浄を討ち果たして兄者の無念を晴らしてくだされ」

「この仕事に、必ず、と言うことはできません。ですが、この仕事がわたしどもの生業です。力をつくすと、お約束します」

その日、多見蔵の店にはもうひとり、客があった。

その客は侍で、老修験者と若い修験者がひきあげてほどなく、やはり、牛天神の裏手に廻って細道の落ち葉を鳴らし、黒板塀の潜戸から庭へ入ってきた。

客は月代《さかやき》がのび、長身の痩軀《そうく》に渋茶色の地味な単衣《ひとえ》を着け、黒鞘《くろさや》の二刀を色あせた紺袴《こんばかま》の腰に帯びた侍だった。

多見蔵は客を縁側から座敷に招き入れ、下女に茶菓を出させた。

庭からは、多見蔵と対座した客の後ろ姿や、とき折り、少し首をかしげたときの横顔に青黒く濃い無精髭《ぶしょうひげ》しか見えなかった。くま蟬のけたたましく鳴き騒ぐ声が、侍の痩《や》せた背中に雨のように降りかかっていた。

二人の声をひそめた遣りとりが終ってから、多見蔵は客の前に、白紙の小さな包みをおいた。侍がそれを手にとって懐へ仕舞い、「では、これにて」と立ちかけた。多見蔵が侍にやわらかな笑みを向け、

「まだまだ昼さがりの陽射しが厳しい刻限です。冷えた酒など、一献《いっこん》、酌《く》み交わし、せめて夕刻まで休んでいかれてはと、お勧めしたいところですが、そうもいきませんでしょうね」

と、声をかけた。

「お心遣い、ありがとうございます。子供らが、腹をすかして待っております。帰ってやらねばなりません」

　侍は疲れた声でこたえ、小さな咳をした。

「ごもっともです。それが親の務めでございますからね。そうそう、お嬢さまのお加減は、そののち、いかがでございますか」

「はい。どうやら回復いたし、昨日より起きて遊び廻れるようになりました。一時はどうなることかと、気をもみましたが、神仏のご加護により、娘は一命をとり留めました。まことにありがたいことと思っております」

「子供を思う親の強い思いが通じたのです。それはよかった」

　侍は茶を少し含んだだけで、茶菓の落雁《らくがん》に手をつけていなかった。

「あの、この菓子をいただいて、かまいませんか」

　少し決まり悪げに、侍が多見蔵に訊《き》いた。

「どうぞ、どうぞ。そのような物でよろしければ」

　侍は白と紅色の小さな菓子を懐紙《かいし》に包み、懐に入れた。刀をとって、座を立った。縁側へ出て、沓脱《くつぬぎ》の破れかけた草履《ぞうり》を履《は》き、縁側まで出て見送る多見蔵に黙礼を投げた。庭を通って黒板塀の潜戸のほうへゆく丸めた痩せた背中に、午後の金色の光が降っていた。

侍はまた咳をした。潜戸から細道へ姿を消してからも、侍の咳が聞こえた。

多見蔵は物憂《ものう》げな眼差《まなざ》しを侍の消えた庭へ投げ、松の木で鳴くくま蟬の声に聞き入るかのように、しばらく縁側に佇《たたず》み動かなかった。

二

その日の夕方七ツ（午後四時頃）、青物御納屋役所に宗秀が訪ねてきた。

照助とともに帰り支度《じたく》にかかっていると、下男がきて市兵衛に来客を告げた。

「唐木さま、柳井宗秀と申されますお医者さまがお見えです。ご案内しようとしたのですが、ここでと仰《おつしや》られ、表でお待ちです」

宗秀先生が珍しい、と市兵衛は思った。

「わかった。すぐにいく。本日はこれにて」

照助に見かえり、辞儀《じぎ》をして表へ廻った。

宗秀は、往診帰りに喜楽亭に現れるときのような、診療道具を仕舞った小行李《こごうり》を提《さ》げた恰好《かつこう》で、通りがかりがゆき交い、西日が金色の陽だまりを作る銀町の往来に佇んでいた。
市兵衛は宗秀に笑いかけ、辞儀をした。宗秀も微笑《ほほえ》みかえし、
「やあ。そろそろ勤めの退《ひ》けるころかなと思って訪ねた」
と、周りをはばからぬ朗《ほが》らかな声を寄こした。
「ちょうど、帰り支度をしていたところです」
役所の前土間では掃除が始まり、店の間でも仕事仕舞いにかかっている。
「御蔵前の札差《ふださし》の店に呼ばれて、往診をした。ふと、思いたってな。どうしても
いかねばならぬ往診がもう一件あると、酒肴《しゅこう》を断って寄り道をした」
「札差の酒肴を断ってですか。それは惜しいことをしましたね。さぞかし贅沢《ぜいたく》な
珍味と美酒の馳走《ちそう》だったでしょうに」
「よいのだ。珍味や美酒が、美味《うま》い料理や楽しい酒になるとは限らぬ。今宵《こよい》はわ
たしが薄墨の料理を、市兵衛に馳走してやろうと思ったのだ」
「そのために、わざわざ蔵前からここまで、この暑い中を歩いてこられたのです
か。笠《かさ》もかぶらず」
「汗をかけば、冷たい酒がいっそう美味くなるだろう」
市兵衛は軽やかに笑った。

「お疲れさまでございます。喜んで馳走になります。ですが、今宵は薄墨ではなく、この近くの酒亭にいきませんか。薄墨ほど高級ではありません。喜楽亭のような、甘辛い煮つけとさっと焙《あぶ》ったぱりぱりの浅草海苔《のり》と漬物で、一杯やる酒亭です。しかし、喜楽亭と違うのは、甘辛さがぴりぴりするこちらの味つけではなく、出汁《だし》を効《き》かせた上方ふうで、それに、主人夫婦と娘さんの一家三人で営んでおり、愛想よさも喜楽亭の亭主と居候よりは、だいぶ出汁が効いてこなれていまず。酒のあとで、亭主の打つ蕎麦《そば》をいただきましょう。これがなかなか美味いのです」

「そうか。市兵衛がそう言うなら、いい店に違いない。今宵はそこにしよう。薄墨ほど値も張りそうではないしな」

「間違いなく、うんと安あがりです。役所の裏の新道ですから中を通って……」

と、市兵衛が宗秀の小行李を抱え、二人は役所の土間を通り抜けて庭を囲う土塀の木戸門から青物新道に出た。

七ツすぎの夕空の下の新道の小店は、どこも店仕舞いにかかっていた。多町の青物市場の賑わいは消え、帰途につく勤め人ふうの姿が道の先に見える。その中に、照助と洗い方と乾物撰り方の四、五人の姿があった。照助らは、互いに慣れた様子で言い交わしつつ、蛤屋のほうへ向かっているようだった。

「さすが、神田の町は盛り場でもないのにどこも賑やかだな」

宗秀が感心して言った。

新道の多町側の、酒亭の前に、《さけめし》と《蛤屋》の屋号を記した看板行灯を、お吉が運び出していた。店の開く刻限だった。

照助らがお吉に声をかけ、お吉が辞儀をして迎えた。

草色の半暖簾《のれん》を開くお吉の淡い紅葉色《もみじいろ》の着物と艶《あで》やかな仕種が、夕空の下に映えている。

両引きの格子戸を開いて照助らが店の中に消えると、お吉はまだ少し離れて新道をいく市兵衛と宗秀に気づいていて、改まった辞儀を寄こした。

市兵衛は手をかざし、お吉に会釈《えしゃく》を送った。

「市兵衛、あれか」

「そうです。あの人は主人夫婦の娘のほうです。なかなかの器量よしでしょう。愛想のよさがさり気なくていいんです」

「娘と言うから小女を想像していた。色っぽい年増じゃないか」

「そのとおり。気に入りましたか」

「市兵衛が気に入ったんだろう。渋井が、市兵衛は持てねえからな、と言っていたのを思い出したよ」

市兵衛はからからと笑い声をあげ、宗秀は快活に笑った。

お吉が、蛤屋の前まできた市兵衛と宗秀へ微笑みかけた。

「唐木さん、お楽しそうですね」

「今宵も一杯やりにきました。わたしの友であり師でもある、柳井宗秀先生をお連れしました。京橋の柳町の診療所の蘭医です」

「あら、お医者さまですか。ようこそ、おいでなさい。どうぞごゆっくり」

と、二人のために格子戸を引いた。

店はまだ開けたばかりで、店土間の花茣蓙《はなござ》を敷いた長腰掛の席には、照助らの先客と、青物問屋の勤め人の二人連れがいるばかりだった。

照助らに会釈を投げ、奥の南側の長腰掛の席にかけた。

よく太って人形のように色白の女将《おかみ》が、膳を照助らの席に運んできた。照助らの註文を聞き、仕きりの板壁の窓から調理場の亭主へ註文の品を告げると、後ろ鉢巻きの亭主の活《い》きのいい声がかえってくる。

調理場では、盛んに湯気があがっている。

お吉が、市兵衛と宗秀の膳を運んできた。

「やはりまずは、冷や酒に煮つけだろう」

と、宗秀は仕きりの板壁にさげた献立を見廻して言った。

「まずは煮つけと、焙った浅草海苔ですね。それと……お吉さん、今日の刺身はなんですか」

「はい。真黒《まぐろ》と活きのいい蛸《たこ》のお刺身です」

「活きのいい蛸の刺身は、咀嚼《そしゃく》する歯ごたえが堪《たま》らんな。歯に挟《はさ》まるのがやっかいだが。市兵衛、真黒と蛸の刺身もいただこう」

「鱚《きす》の天ぷらもお勧めです。白身魚のあっさりした味わいと、荏胡麻《えごま》の揚物《あげもの》の食べごたえがわたしは好きです」

「いいとも。天ぷらもいただく。天ぷらをじゅうじゅう音をたてて揚げる音を聞くと腹が鳴る」

宗秀が戯《たわむ》れて言い、お吉は愛想笑いを浮かべている。

徳利《とつくり》の冷や酒と煮つけが、先に運ばれてきた。煮つけは、大根人参椎茸、慈姑《くわい》とごぼう、それにはんぺんと一緒に角ぎりにした真黒を煮つけていた。

宗秀は喉《のど》が余ほど渇《かわ》いていたらしく、徳利を手酌で傾け、続けて三杯を乾《ほ》し

た。それから煮つけの大根と人参を頬張り、唇の汁を指先でぬぐい、

「なるほど、いける。これがこの店の煮つけだな。確かに、喜楽亭のおやじの顔をしかめるほどの甘辛い煮つけとは、だいぶ違う。大坂の出汁とも違う、京ふうの上品な控えめな出汁を感じる。上方を思い出すな、市兵衛」

と、宗秀は食欲も旺盛だった。

「先生、珍しいですね。そんなに渇き飢《う》えていたんですか。狼のようですよ」

市兵衛はからかった。

「じつはな、蔵前でしきりに勧められたのに、痩せ我慢をした。蔵前から神田の銀町まで、思っていた以上に遠く暑くて、喉は渇くし腹は減るしで、痩せ我慢をしたことを悔《く》やんだ。市兵衛、腹が落ち着くまで手酌でやってくれ」

そこへ、お吉が刺身の平皿と酢の物の猪口《ちょこ》を運んできた。

「蛤屋では、初めてのお客さまに必ず一品、おまけをしています。蛸を軽く茹《ゆ》でて、胡瓜《きゅうり》と一緒に甘酢であえました。お刺身とはまた違う味わいですので、宗秀先生、唐木さん、どうぞ召しあがってください」

酢の香がほのかに漂い、食欲をそそられた宗秀が言った。

「おう、ありがたい。市兵衛、疲れた身体《からだ》に酢はよいのだ」

宗秀は蛸と胡瓜の酢の物を口に入れ、胡瓜をしゃきしゃきと鳴らした。

「美味い。この酸っぱみが身体に沁《し》み透《とお》って、しゃきっとさせてくれるような気がする」

と、戯れるように言って、お吉を笑わせた。

調理場の丹治が仕切りの窓から顔をのぞかせ、市兵衛と目が合った。

市兵衛が目礼を送ると、丹治も人のよさそうな会釈を寄こした。

そのうちに客が次々と入ってきて、お吉と女将のお浜は忙しくなって、客の間を休みなく立ち廻った。

市兵衛と宗秀の酒も進み、徳利を新しく換えたときだった。

「じつはな、市兵衛を訪ねる前に一軒寄ってきたところがある」

宗秀が急に声を静めて、穏《おだ》やかに言った。

「信夫平八さんの店ですか」

「わかるか」

「わたしのほかに、先生が神田で訪ねる先は、信夫さんの店と三河町の宰領屋の矢藤太ぐらいでしょう。先生が宰領屋の矢藤太を、札差の馳走を断ってまで訪ねる理由があるとは思えませんし」

宗秀が噴いた。

「まあ、一杯つごう」

「いただきます」

宗秀が市兵衛の杯に徳利を傾けた。

「ここ数日の蒸し暑さで、霍乱《かくらん》の患者が急に増えて、往診が忙しかった。織江の容体《ようだい》は気にかけていた。だが、何かあれば市兵衛が必ず言ってくるだろうから、気にはかけつつ、織江は治ると、自分に言い聞かせていた。気にはかけても、無力な医者にできることはないからな」

市兵衛は頷き、酒を呑《の》んだ。そして、宗秀の杯に酒をついだ。

「市兵衛、織江は強い子だ。四つ五つの幼い子が、あのように胸を痛めて生き残る望みは、じつは滅多《めった》にない。身体が強いばかりでなく、心も、運も強くなければならん。信夫の店を訪ね、幼い織江がもう起きて遊んでいるのを見て、内心驚いた。信夫がわたしに言った。神仏のご加護ですとな」

「宗秀先生の言葉に打たれたと、信夫さんは言っていました。だから、頑張れたと。自分の子供に初めて、父親らしいことをしたような気がすると」

「市兵衛は青物役所の勤め帰りに、毎晩、信夫の店に寄っていたそうだな。言いつくせぬ世話になったと、信夫から聞いた」

「信夫さんは、殆ど寝ずに織江の看病をしているのがわかっていました。少しでも代わりをしてやろうと、思ったのです」

「市兵衛らしい。まさに神仏のご加護だな。医者が見捨てた幼子を、神仏は見捨てなかったわけだ」

宗秀は自嘲するかのように、鼻先で笑った。

「先生、つぎましょう」

「いただこう」

宗秀の杯を満たした、透きとおった酒がゆれた。

「信夫はずっと咳をしていた。ついでにというふうを装って、風邪《かぜ》なら診《み》てみましょうと言うと、織江が回復して気をよくしていたのだろう。信夫は、夏風邪が長引いて困っていますと言いながら、温和《おとな》しくわたしの診たてを受けた。夏風邪を子供にうつさぬよう、気をつけなされと言ったものの、それ以上はむごくて言えなかった。信夫の胸の病は相当進んでおると、言わざるを得ない。なんたることだ。よき父よき子供らなのに、なんと哀れな。しかし、市兵衛、よくないのだ。信夫にも、子供らにもな」

「何か、手だてはないのですか」

「ふと、思ったのだ。渋井の旦那に口をきいてもらって、信夫が小石川の施薬院《せやくいん》に入院し、病の養生ができないかとな。養生している間、子供らはわたしの診療所で預かる。先日も言ったが、家事仕事の婆《ばあ》さんがいるので、子供らの世話はなんとかなるだろう。それを思いたったら、どうしても信夫と子供らの様子を見たくなった。市兵衛の考えも訊《き》きたかったのだ」

宗秀はそれを思いたって、待っていられず、蔵前から神田まで日盛りの下を歩いてきたのだろう。

施薬院とは、小石川の御薬園の中に設けられ、江戸市中の貧しいために薬を買えず、看病する者もいない独り身の者を、寺社方町方が吟味のうえ、武士町人、男女の別なく収容する公儀の養生所である。

南北それぞれの町奉行所には、養生所見廻りの掛《かかり》に与力一人同心二人が就《つ》き、養生所の指図いっさいと、病人の出入り改めなどを行っていた。

その下に、施薬院の同心十人がいて病人を昼夜見廻り、そのほかに、賄《まかな》い、洗濯、門番、女の病人の看病などをする下男下女が十人雇われていた。

施薬院では通いの病人にも施薬し、収容している病人が病死し、その者が無縁の場合は、本所の回向院《えこういん》へ葬《ほうむ》った。

「先生、とてもいい手だてだと思います。渋井さんなら、きっと骨を折ってくれるでしょうね。しかし、信夫さんは、子供たちと離れ離れになることを承知するでしょうか」

と、市兵衛は懸念を口にした。

「ほかに手だてが、思いつかない。誰もみな、人の世が儚いのは承知のうえで生きているのだ。承知させねばならん。市兵衛、できるか」

「わたしがですか」

「市兵衛なら、信夫は承知すると思う。子供らも、市兵衛には懐《なつ》いているそうではないか」

言葉にならないやりきれなさに、市兵衛は胸をふさがれた。

と、日の名残りのほのかな青みに包まれた往来に客の影が差した。

ぞんざいに暖簾を払って開け放しの格子戸をくぐり、南町の宍戸梅吉と岡っ引の文六、続いて、女房のお糸、手下の捨松、富平、良一郎らが、店土間にけたたましく雪駄《せった》を鳴らしつつ、ぞろぞろと入ってきた。

「おいでなさい」

お吉とお浜が、客の間を立ち働きながら言った。調理場の丹治が、仕きり壁の窓から店の間をのぞき、

「旦那、親分、おいでなさい」

と、宍戸と文六に声をかけた。

「おう」

宍戸は鷹揚《おうよう》な会釈を投げ、黒羽織の肩をそびやかした。

「市兵衛さん。なんだ、宗秀先生もいらっしゃるじゃありませんか」

しんがりの良一郎が市兵衛と宗秀に気づき、客の頭ごしに甲高《かんだか》い声を寄こした。

「おっと、柳井先生でしたか。ご無沙汰《ぶさた》しておりました」

宍戸は、市兵衛をひと睨みしてから宗秀を見つけ、何かしらばつの悪そうな顔つきで言った。

「宍戸さん、久しぶりですね。医者に無沙汰をしているというのは、いいことですよ。そののち、具合はいかがですか」

「いやはや、畏《おそ》れ入ります。先生のような名医のお診たてのお陰で、すっかりよくなって、今じゃあ、病気をする前より元気になりました」

「それは何よりです。しかし、宍戸さん、痛風《つうふう》は油断禁物ですぞ」

宍戸は、てへ、と薄笑いを投げて小銀杏に結った髷をいじった。そして、床の席にあがると、膳を運んできた女将のお浜に命じた。

「柳井先生と唐木さんに、酒を差しあげてくれ」

「これは宍戸さん、気を遣わして済まないね」

「ほんの気持ちです。礼にはおよびません。ところで唐木さん……」

と、宍戸が市兵衛に話しかけた。

床の席に宍戸と向き合った文六とお糸と、店土間の腰掛の捨松と富平と良一郎が、市兵衛へ顔を向けた。

「一昨日、渋井と偶然会ってね。先だって、唐木さんとここで会ったことを話したら、市兵衛のやつ、もういきつけの酒亭を見つけやがったかと、羨ましそうに言ってたぜ。あんたに会いたそうだった」

「そうですか。四十九日が明けたら、渋井さんを誘いにいきます」

「ああ、深川の喜楽亭とか言う一膳飯屋の亭主の四十九日か」

「間もなく、四十九日が明けます。宍戸さん、渋井さんに良一郎さんのことは、もう話されたのですか」

市兵衛が訊くと、良一郎が首をすくめた。

「まだだ。ちょっと言いづらくてね。良一郎、もう少し待っててろよ」

「いいんです、旦那。渋井さんには何も言わなくたって」

すると、宗秀が言った。

「渋井の旦那は、いつも良一郎のことを気にかけているぞ。御用聞の仕事を始めたなら、ひと言、挨拶《あいさつ》にいったらどうだ」

「よしてくださいよ、先生までそんなことを言うのは。あの人とあっしは、今は赤の他人なんですから。あっしの父親は、文八郎さんなんです。あの人は、父親らしいことは何もしてくれなかったんですから」

そう言って良一郎は、わざとらしく甲高い声で笑った。

文六とお糸が、困ったように眉をひそめて良一郎を見ていた。宍戸が苦笑し、捨松と富平はにやにや笑いを浮かべている。

「父親らしいことか……」

宗秀が呟いた。

平八と小弥太と織江のことが、市兵衛の脳裡《のうり》をよぎった。平八は、子供たちを手放さぬだろうな、と市兵衛は思った。

しかし、すぐに店の賑わいが市兵衛の思いをかき乱し、まぎらわせた。

三

雉子町の八郎店の木戸をくぐったのは、夜更けの四ツ（午後十時頃）に近い刻限だった。

夜が更けて、昼間の暑さはさすがにやわらいだものの、肌を舐《な》める湿り気があたりに垂れこめていた。

蛤屋を出て宗秀と別れたときは、まだ南の高い空にあった五日目の月が、いつの間にか見えなくなっていた。

町はすでに、深く静かな眠りについている。

八郎店の路地をゆき、突きあたりを左に折れれば八郎店を囲う板塀ぎわに稲荷《いなり》の祠《ほこら》があり、その祠を背に右へ折れて、端から三軒目が店賃銀十匁《もんめ》の市兵衛の住まいである。

市兵衛は、祠を右へ折れてから、どぶ板を小さく鳴らした。

御納屋の勤めに出るときに閉じた板戸を引き、腰高障子を開けた。暗い土間にこもったかすかな臭いが、震えていた。

店は、土間続きに三畳ほどの板敷があり、奥の部屋は障子戸で間仕切りした横六畳になっているが、それらにも闇が粘りついている。

板戸は開けたままにし、腰高障子を後ろ手に閉めた。板敷と奥の六畳へ背を向け、流し場のわきの水瓶《みずがめ》から酔い覚ましの水を柄杓《ひしやく》に汲《く》み、喉を鳴らした。短い息を吐き、水瓶の蓋《ふた》を戻して柄杓をおいた。

「どなたです」

市兵衛は暗闇の六畳へ、背中で質した。

問いかけにこたえるように、暗闇の震えが伝わった。

訝《いぶか》るような沈黙をおき、暗闇がようやく声を発した。

「知ってたんか」

「路地をくる途中、ほんの少し、違う臭いがありました。戸を開けたとき、人のいることがわかりました。客ではないと、思いましたが……」

「臭いでわかったんか。獣みたいな男だな。客ではなく、胡乱《うろん》な輩《やから》と思ったのだろう。それで背中を見せて平気か」

「この真っ暗闇の中で、背中を見せているのがわかるのですか。そちらも、どうやら獣のような人らしい」

「わしがここにいることがわかっていて、なんで平気でいられる」

市兵衛はふりかえり、暗い六畳にうずくまる漆黒《しっこく》の人影を見きわめた。

「上方の方ですね。何か、ご用ですか」

「そうか。おまえ、大和の興福寺にいたのだったな。話に聞いた。確かに、腕がたちそうだ。明かりをつけたいが、かまわぬか」

「どうぞ。しかし、明かりがついたとき、あなたは真っ二つになっているかもしれませんよ」

あは、あはは……

影が低く這《は》うような声で笑った。

「物騒な戯言《ざれごと》で人を嚇《おど》すか。戯言で斬《き》られては堪らんから、言っておく。おまえを害するためにきたのではない」

「どなたです」

市兵衛は再び質した。

影の動く気配が認められ、燧《ひうち》の音と火花が走った。附木《つけぎ》に火がつき、影の目鼻が闇の中に、亡霊のように浮かび出た。

角行灯《かくあんどん》に明かりが灯《とも》ると、白々とした輝きが、六畳の部屋を照らし、板敷にこぼれ、土間に佇む市兵衛に届いてからみついた。

くたびれた草鞋《わらじ》が、土間にそろえてある。

明かりは、修験者風体の男の窪《くぼ》んだ目の周りを光と影で隈《くま》どった。

生えかけた黒い毛が、垢染《あかじ》みた布きれのように坊主頭を覆っていた。

頭に兜金をつけ、篠懸《すずかけ》の衣に結袈裟をまとい、胡坐《あぐら》をかき、組んだ足につけた脛と白足袋《しろたび》が汚れていた。胡坐の傍らにおいた笈へ寄せかけるように、金剛杖が寝かせてある。

日に焼けた顔は頰が削《そ》げ、頰骨が高かった。だが、やつれたふうではなく、むしろ豪胆な図太さを感じさせる風貌だった。

長く尖《とが》った顎《あご》と不敵に歪《ゆが》めた口の周りを、無精髭が覆っていた。まばたきもさせず見開いたひと重の目が、光と影の隈どった窪みの奥で薄く笑っている。

修験者は名乗らなかった。

「半月ほど前、近所であなたを見かけた。それからも何度か。その目で、見ぬように装いつつ、わたしを盗み見ていたのがわかりましたよ」

「気づいていたのか。なぜ用心しなかった。興福寺で剣の修行を積んだと聞いていたのに、存外抜かった男だと思っていた。これしきの者かとな」

「わたしを害するためにきたのではないのでしょう。あなたに、敵意が見えなかったからです。話しかけたそうにすら、感じられました。いつか、現れるだろうと思っていました。このような胡乱な現れ方は、敵意がなくとも間違いが起こりかねません。感心できませんが」

「そんな、恐い男だったか。かえって安心した。それぐらいの男でなければ、きた甲斐《かい》がない。唐木市兵衛だな。唐木忠左衛門の孫の」

　唐木忠左衛門の名を言われ、一瞬、市兵衛の身体に戦慄《せんりつ》が閃光《せんこう》のように走った。踏み締める草履が、わずかに擦れた。

「わたしの、祖父《じい》さまを知っているのか」

「驚いたか。無理もない。わしは遠い歳月の彼方よりきた使いの者だと思え。わが名は猿浄。吉野金峯山寺蔵王堂の配下にある当山派の修験者だ。唐木忠左衛門の孫・唐木市兵衛に伝える事柄があって、この夏の初め、江戸に下った。ようやく探りあてた。苦労した甲斐があった」

「大峰奥駈の山伏か」

「いかにも。霊威《れいい》が棲《す》みわれらが祖霊の往生しておわす大峰に登拝修行を重ね、験力呪力を獲得し、攘災《じょうさい》祈福《きふく》の祈禱を行い、民の迷い不安を鎮《しず》めることを生業《なりわい》にしておる、聖にして俗に土着し生きる者だ。民の暮らしの中に身を埋める修験者らの助力を得られれば、おぬしの居どころや境遇が探れぬことはない。仮令《たとえ》、裏街道に生きる者であってもな。何もかもがわかる。江戸にも修験者は暮らしておる。唐木市兵衛、おまえは幕府の旗本・片岡一門の血を引く武士なのだな」

　市兵衛は沈黙を守った。

「幕府の旗本・片岡家は家禄千五百石。当主は片岡信正。歳は五十五歳。幕府十人目付筆頭格のきれ者でとおっている。先代は片岡賢斎。この男も幕府の目付だった。唐木市兵衛は片岡信正の十五歳下の弟。すなわち、おまえの父親も片岡賢斎だが、兄の信正と弟の市兵衛は腹違いだ。唐木市兵衛の母親は、唐木忠左衛門のひとり娘の市枝《いちえ》。唐木忠左衛門は、片岡賢斎に仕える足軽だった。市枝は片岡賢斎の後添えに入り、片岡家の末の子の片岡才蔵を産んだ。しかしながら、市枝は才蔵を産んで不幸にも亡くなった。思えば母親の市枝を亡くしたことが、おまえが、由緒ある片岡一門の才蔵ではなく、唐木忠左衛門の血を引く唐木市兵衛として生きる宿命の始まりとなった」

　市兵衛はなおも沈黙を守り、動かなかった。

寝静まった夜更けの町はいっさいの物音が途絶え、市兵衛はただ、胸を打つ鼓動を聞いていた。

「市兵衛、心配にはおよばぬ。わしの用は、片岡家の血筋とかかわりはない。唐木市兵衛の素性を知ったのは、唐木忠左衛門の孫を捜していた成りゆきにすぎぬ。だが、わしは唐木市兵衛の背負った宿命に涙が出た。市兵衛、なぜ片岡家を捨て、唐木と名乗った」

「おのれが何者かを、知るためだ」

「ふむ。おのれが何者かをだと？　厄介な宿命を背負ったのだな」

「猿浄、あなたはわたしのなんなのだ」

「わしの祖父さまと市兵衛の祖母《ばあ》さまは、兄妹だ。わしと市兵衛は、同じ血を引く縁者だ。わしもおまえも、聖なる吉野の山の民、村尾一族の血を引く者だ」

「村尾一族？　吉野の村尾という一族が、祖母さまの……」

市兵衛は言葉につまった。身体の震えを、覚《さと》られないようにとりつくろった。

「市兵衛、そばへこい。おまえに伝えねばならぬことがある」

濃い陰影の奥から、不気味な眼差しが市兵衛にそそがれていた。

土間の棚においた濁酒《にごりざけ》の徳利と碗《わん》をふたつとり、部屋へあがった。腰の刀をはずし、猿浄と対座した。碗をおき、濁酒をそそいだ。

「ありがたい。蒸し暑くて、喉が渇いていた」

猿浄は肉の削げた喉を震わせ、碗をひと息にあおった。猿浄が乾した碗にまた濁酒をそそいだ。それから自分でも呑んだ。

「市兵衛は、祖母さまのことを知っているのか」

猿浄は日に焼けて干《ひ》からびた手の甲を見せ、掌《てのひら》で口をぬぐった。

市兵衛は黙って、首を横にふった。

「祖母さまは、いつ亡くなった」

猿浄がなおも問うた。

市兵衛はこたえず、ただ猿浄を見かえした。

「おのれが何者かを知るため、片岡家を捨て唐木市兵衛と名乗っても、何もわかっておらぬではないか」

猿浄は碗を舐めながら、嘲《あざけ》るような薄笑いを市兵衛に投げた。

「寂《さび》しげな目をしおって。おそらく、唐木忠左衛門もそういう目で人を見る男だったのだろう。女は、そういう目をする男に惹《ひ》かれる。魅《み》せられる」

「わたしを、からかいたいのか」

猿浄は低い笑い声を這わせた。

「しょうか、梢《こずえ》の花と書く。市兵衛の祖母さまの名だ。吉野中町に館をかまえ、吉野の惣年寄役を代々継ぐ地下老分・村尾家の女だ。地下人は、往古《おうこ》、後醍醐《ごだいご》天皇に仕えて官禄を与えられ、帝《みかど》亡きあと、その陵墓《りょうぼ》を守る役目を負い吉野に留《とど》まった。武家ではない。だが、帯刀を許されておる。村尾家は、吉野の地下人を差配する地下老分の家柄なのだ。その由緒ある村尾家の女が、唐木忠左衛門と懇ろになり、妻となった。唐木忠左衛門は、大和奈良興福寺の本仏師だった。それは知っていたか」

　市兵衛の身体の震えは止まらなかった。

　市兵衛は言った。

「祖父さまは、わたしに何も話さなかった。わたしは母の顔を知らぬし、祖母さまの名前すら知らなかった。祖父さまは、父に仕える足軽だった。物心ついたころ、祖父さまはわたしに主家の子として接し、馴《な》れ馴れしい素ぶりはいっさい見せなかった。物事がわかる歳になるまで、唐木忠左衛門がわが祖父さまだとは知らなかったほどだ。十三歳のとき、父が亡くなった。母のいないわたしには、父がすべてだった。父がいなくなった途端、わたしは自分の居場所を失ったような気がした。父の葬儀のあと、祖父さまに訊《たず》ねた。このちわたしは、何を頼りに生きればよいのですかと。そのとき、老いた祖父さまはわたしの目を凝《じ》っと見つめ、おのれの声を聞け、おのれの声が教えてくれるだろうと言った。わたしは愚かで、祖父さまの言ったことがわからなかった。途方に暮れていたわたしに、祖父さまはこの打刀《うちがたな》を授けてくれた」

市兵衛は傍《かたわ》らの刀をにぎり、膝《ひざ》においた。鍔《つば》の触れるかすかな音がした。猿浄は碗を舐めつつ、上目遣いに市兵衛を見ていた。

「わが父片岡賢斎は、十代のころ、祖父さまと奈良の興福寺でともに剣の修行を積んだ仲だと聞いた。祖父さまと父は、剣の修行の中で互いを知り、友の契《ちぎ》りを結んだ。父が江戸に帰り、片岡家を継いで当主になったとき、祖父さまは片岡家の足軽として父に仕えた。その折り、主と従であっても変わらぬ友の印として、父より授けられた打刀だと、祖父さまは言った。すなわち、この一刀は祖父さまの形見であり、父の形見でもある」

市兵衛は、黒塗りのやわらかな重みが感じられる鞘をなでた。

「祖父さまは言った。おまえは侍の子だ。おまえの父がそうしたように、奈良の興福寺へいき、おのれの声が聞こえるまで、剣の修行に身をゆだねてみよ。必ず声は聞こえるだろう。おのれの声は、侍として生きよ、とは言わぬかもしれぬ。剣を捨て仏門に入れと導くかもしれぬ。侍を捨て、田を耕す者、商いをする者、物を作る者として生きよ、と教えるかもしれぬ。侍であれ、刀を捨てた市井の民であれ、おのれの声に従い生きよと。わたしは祖父さまの手で元服を果たし、片岡才蔵から唐木市兵衛と名を変え、上方へ上り、奈良の興福寺の門を叩《たた》いた」

「十三歳でか」

猿浄が嘲《ちょうしょう》笑を投げた。その嘲笑に、市兵衛は耐えた。

「なんとまあ、苦労性な男だ。興福寺に、市兵衛の評判が残っているらしい。抜群の頭脳を持ち、いずれは興福寺を率《ひき》いる学侶《がくりょ》になるだろう。あるいはまた、剣において天稟《てんぴん》の才を持ち、風の剣という恐ろしき秘技を使う。そんな評判だ。唐木市兵衛におのれの声は聞こえたのか」

市兵衛の口の中に、濁酒の甘い苦みが広がった。

「市兵衛、吉野へいけ。吉野一山町方の惣年寄役の地下老分・村尾五左衛門を訪ねよ。五左衛門はわしの伯父だ。五左衛門伯父が、すべてをとりはからってくれるはずだ。吉野へいけば、おのれが何者か、わかるだろう」

沈黙が流れた。

市兵衛の腹の奥底の、開いたことのなかった戸が今、開かれようとしていた。言葉が見つからなかった。ただ、胸を激しく締《し》めつけられていた。

「わかったか、市兵衛」

猿浄は濁酒の碗をおいた。

「吉野に、何がある」

市兵衛はようやく訊いた。

「ふむ。歳月だよ。吉野にいき、おまえは歳月に出会うのだよ」

市兵衛は拳《こぶし》を作り、濡れた唇をぬぐった。拳が震えた。

「吉野へいくかいかぬか、おまえの勝手だ。わしは五左衛門伯父に命じられ、それを唐木市兵衛に伝えるため、江戸に下った。わしの役目は、これで終わった。馳走になった」

猿浄は座を立ち、笈をかついだ。金剛杖を手にし、板敷から土間へおりた。土間の草鞋をつけ、身を起こした。

市兵衛は猿浄の背中に声を投げた。

「吉野に戻るのか」

すると、猿浄が半身になり、市兵衛へ真顔を向けた。

「市兵衛、おまえに会えて嬉しかったぞ。明日、わしは北へ旅に出る。亭主のある女と懇ろになって、それを亭主に知られ、果たし合いの末に亭主を斬った。亭主の一族に追われている。わしはな、吉野から逃げてきた。二度と吉野には戻れぬ身なのだ。当然の報いだ。もし、吉野へいったら……」

しかし、猿浄の言葉は途ぎれた。それ以上は言わなかった。腰高障子を引き、路地の暗がりへまぎれこむように姿を没した。

戸は開けたまま残され、行灯のわずかな明かりが路地にこぼれていた。

猿浄は、表猿楽町《おもてさるがく》の御用屋敷から、表神保小路《おもてじんぼう》をとり、飯田《いいだ》川に架かる俎板《まないた》橋《ばし》へ向かっていた。

湿り気を帯びた暗闇が、往来へ墨をまいたように表神保小路をふさいでいた。辻番の明かりが、暗闇の先のか細い目印になっていた。

雉子橋通り小川《おがわ》丁《ちよう》の辻をすぎ、今川小路をへて飯田川の堤道に出ると、夜の帳の下に、黒くぬめる川面が現れた。対岸の星空を背に寝静まった武家屋敷や、川端の枝を垂らした柳の影が認められた。

雉子町の市兵衛の店から飯田川端まで、さほどの道程ではないが、猿浄の身体は汗ばんでいた。空腹のままに一気に呑んだ濁酒が、身体に効いていた。頭が少しぼんやりした。務めを果たした、という気の弛《ゆる》みもあった。

夜空の彼方に、犬が吠《ほ》えていた。

川端を俎板橋のほうへ折れた。俎板橋を渡ると、飯田町の町家と武家屋敷地の間をゆく広小路があって、広小路の先に九段坂《くだんざか》の段々が、田安《たやす》御門のある山の上へのぼっている。

川端の往来にも、辻番の小さな明かりが下流のほうに認められるものの、ほかはすべて闇の中である。

猿浄の仮住まいの店は、俎板橋を渡って飯田町のほうへ川端の細道をゆき、中坂通りを横ぎって、堀留《ほりどめ》とこおろぎ橋の手前の路地へ入った奥にある。

まず汗をぬぐい、今朝炊《た》いた残りの飯をぶぶ漬けにして……

と、猿浄は考えつつ俎板橋に差しかかった。

俎板橋を越える先から、人の咳が聞こえた。暗闇に隠れて人の姿はまったく見えなかった。けれども、通りがかりがあるらしい。

この夜更けに胡乱な、と束《つか》の間思ったのが、自分がそうではないかと、おかしくなった。今時分、自分と同じ通りがかりがいる。そう思っただけで、それ以上は怪しまなかった。

また咳が聞こえた。咳は続いて、飯田町のほうから俎板橋に差しかかっているのがわかった。

人の姿は見えなかった。それはまるで闇の吐息のようだった。

猿浄は、ゆるやかに反った俎板橋をのぼっていった。橋板をくたびれた草鞋が踏み締めた。橋の下の黒いぬめりで魚が跳ね、猿浄を驚かせた。

咳が止まった。息づまる沈黙が俎板橋を包んだ。

猿浄は草鞋の音をたてなかった。

通りがかりの足音も聞こえなかった。

ただ、朧《おぼろ》な人影らしき形が、闇を透かして認められた。

侍らしいことが、二本を帯びた影でわかった。

通りがかりの朧な影が、みるみるくっきりとした形を見せ始めた。橋板を擦る草履のすすり泣きのような音が聞こえ、猿浄は背筋が寒くなるのを覚えた。

追手か、と一瞬思った。

懺悔《さんげ》懺悔《さんげ》六根《ろっこん》清浄《しょうじょう》……

猿浄は峰入りのかけ念仏を呟《つぶや》いた。

暑気の汗ばみとは違う冷たい汗が、全身に噴くのが感じられた。金剛杖を強くにぎり締めた。腕には自信があった。吉野一の剛の者と言われていた。

だから、通りがかりから放たれる気配の凄みがわかった。

反り橋の天辺《てっぺん》に達し、やがて、ゆっくりとくだる。

一方、橋の上の左側に差しかかりつつある影とは、二間（約三・六メートル）もなくなっていた。

影の呼気が聞こえそうだった。

違う。追手ならば姿が違う、と思った。

いき違いながら、猿浄は影に対してさり気なさを装い、頭を垂れた。

黒い影の目が猿浄へ向けられ、光っていた。

影は何もかえさず、冷然と傍らをゆきすぎかけた。

そして、それは刹那《せつな》の間の出来事だった。

刀の柄《つか》が見え、影の骨張った手が柄にかかったのがわかった。

鍔《つば》が震え、刃《やいば》が鞘をすべり、白刃が抜き放たれ、閃光《せんこう》が薄絹のように漆黒の空を舞ったかに見えた。

空を舞う刃のうなりが、静寂を虫の羽音のように破った。

猿浄は咄嗟《とっさ》に、自分の身に降りかかる何事かに気づいた。

瞬時もおかず、猿浄は橋板を勢いよく蹴《け》り、夜空へ高々と躍りあがった。大峰山中で鍛えた身体に、力が漲《みなぎ》ってくる。易々と討たれはしない。

その刹那、侍の顔が、見えた気はした。けれども、雄叫《おたけ》びも悲鳴もなかった。重たい沈黙の中でそれは行われ、湿った夜気がわずかにゆれたのみだった。

猿浄は俎板橋の欄干《らんかん》へ、鮮《あざ》やかに舞うように降り立った。

「誰や、おぬし」

猿浄は喚いた。

だが、それが言葉になる前、猿浄に無がきた。

次の瞬間、橋の欄干に躍った猿浄の首から、血が放水するような音をたてて噴いた。

噴いた血は、飯田川の黒いぬめりをみだりがわしく乱した。

先に猿浄の胴体から首が橋板に落ちた。落ちた首は、したたる血を引き摺《ず》りながら、反り橋の上から下へとはずむように転がり、やがて勢いを失い止まった。

欄干の上に残った胴体は、それからゆっくりと傾き、血を噴きながら弧を描き、飯田川の黒いぬめりへ転落していった。ただ、胴体は橋脚《きょうきゃく》に一度引っかかり、それから静かに川へ沈んでいった。

川端の彼方に辻番の明かりが儚く灯っているが、不穏な物音を聞きつけた様子はなかった。

影は懐の懐紙をとり出し、丁寧《ていねい》にぬぐった。

懐紙を川に捨てたとき、突然、喉の奥からこみあげるものがあふれそうになって、激しく咳きこんだ。影は刀を垂らしたままよろめき、たたらを踏んで橋をくだった。途中、欄干にかろうじてすがり、血を吐いた。

川面《かわも》に土砂をまいたような音がした。

影は血を吐いた黒い川面を、茫然《ぼうぜん》と見つめた。それから苦悶《くもん》し、うめいた。うめきはすすり泣きに変わった。肉体の苦しさゆえではなく、堪えがたいほどの絶望と、自分の犯した数えきれぬ愚かさを責めて、すすり泣いた。

四

翌日の昼さがり、市兵衛は赤坂御門内の諏訪坂にある、片岡信正の屋敷を訪ねた。家禄千五百石の旗本・片岡家を若くして継いだ兄の信正は、公儀目付役である。十人目付の筆頭格と目され、きれ者との評判も高い。

配下に徒歩目付と小人目付を従え、旗本御家人の監視をする役目だが、事と次第によっては老中などの幕閣もその対象となる。

将軍の直々《じきじき》のご下問に、直答することもある。そのため、江戸城内の目付部屋には風呂もある。

市兵衛は信正の下城が遅くなれば、ひと晩でも二晩でも、信正の話を聞くまで諏訪坂の屋敷に留まるつもりだった。

その朝、青物御納屋役所の仕事を済ませたあと、行事役の灘屋九四郎に、どうしても上方へ旅に出ねばならぬ用ができたと伝え、畳に手をつき、務めの免職を願い出て、

「残念ですが、仕方がありませんな」

と許された。

信正の奥方は佐波で、去年春、四十をすぎて長子の信之助を産んだ。

信之助は二歳。覚束《おぼつか》ない足どりながら、活発に動き廻っている。賢《かしこ》い童子で、話しかける言葉をだんだん理解し始めている。

中の口の土間に入って声をかけると、若党の小藤次《ことうじ》がすぐに応対に出てきた。

「市兵衛さま、おいでなされませ」

「やあ、小藤次。兄上に用があってきた。待たせてもらうよ」

「どうぞ、おあがりなされませ。追っつけ、旦那さまはお戻りになられます」

と、いつもの座敷に通された。

庭側の明障子が開け放たれ、広い縁廊下とその下に沓脱があり、縁庇《えんびさし》には吊《つ》り灯籠《どうろう》がさがっている。白い漆喰《しっくい》の土塀に囲まれた庭には、石灯籠が据えてあり、灌木《かんぼく》や木々の緑がまだ夏を思わせる光の下で、輝きを放っていた。

小藤次が市兵衛の刀を預かり刀架にかけ、「ただ今、茶の支度を」と退った。

すぐに、佐波と信之助が顔を見せた。

「市兵衛さん、いらっしゃい」

佐波の優しい笑みが、市兵衛の胸の高まりをなだめた。

信正よりも佐波に似たつぶらな目をした信之助が、走り寄ってきた。

「信之助、どれ、重くなったかな。高い高いをしてやるぞ」

と、市兵衛は信之助を抱きあげ、高い高いをした。

信之助が、わっ、と喜んだ。

「お父上と叔父上の高い高いが、信之助は大好きですからね」

「ほんのひと月ほど見ぬうちに、どんどん少年らしくなっていきますね」

「ほんとうに。楽しいのでしょうね。元気よく走り廻るのはいいのですけれど、こちらが大変です」

言いながら、佐波は嬉しそうである。

「そろそろ、守役《もりやく》を捜さねばならぬのではありませんか」

「ええ。旦那さまも気にしていらっしゃいます。でも、もう少し……」

と、佐波はまだ信之助を手元においておきたいようである。

高い高いを繰りかえし信之助を喜ばせてから、片腕に抱えて縁廊下に出た。

小藤次を呼び、庭で信之助と三人で鬼ごっこをした。小藤次と計らい、鬼が順番に廻るようにした。信之助の甲高い歓声が、屋敷中に響きわたった。

「旦那さまの、お戻りでえす」

と、表玄関のほうで声が響きわたり、馬蹄《ばてい》の音が聞こえた。

信正は、登城下城に馬を使っている。主と供侍が帰宅すると、邸内のざわめきが違ってくる。

「わたしはこれで……」

小藤次は、主の出迎えに表へ走っていった。佐波が、はしゃぎ廻って汗をかいた信之助を着替えに連れていった。

市兵衛は縁側に端座し、庭にそよぎ始めた遅い午後の微風に吹かれ、ほつれ毛をなびかせた。

「市兵衛、よくきた」

黒裃《かみしも》の信正が、襖を開け顔をのぞかせた。

「兄上、お邪魔いたします」

市兵衛は縁側から、笑みをかえした。

「ゆっくりしていけ。呑もう」

「いただきます。今日は泊めていただくつもりでまいりました」

「ほう。市兵衛が泊まっていくと言うのは珍しい。何かあったのか」

束の間をおいて、市兵衛は真顔で言った。

「兄上に、お訊ねしたいことがあります」

信正も束の間、黙考した。

四半刻後、外はまだまだ明るく、西の空へ傾きつつある天道が、漆喰の土塀に光をはじけさせている。市兵衛と裃をくつろいだ着流しに着替えた信正は、庭の縁側で銘々の膳を前に向き合っていた。

蚊遣の薄い煙が、縁側の二人の周りに漂っている。

「まだ、夕餉《ゆうげ》の支度が整っておらぬのでな。昼の残り物だそうだ。酒の肴になればよかろう」

と、信正が自ら冷や酒の提子《ひさげ》と杯を載せた盆を運んできた。小藤次が運ぶ膳には、総朱に家紋入りの椀の煮つけと、干魚を焙った皿が並べられていた。

「料理の支度が整い次第、お運びします」

小藤次は言って、退った。

二人の静かな酒盛りが始まり、近ごろ小人目付の返弥陀ノ介《かえりみだのすけ》が、この春の末に女児を産んだ妻のお青《せい》に、あれをせよこれをせよと命じられるので、大変なのです、と言いながらつき合いもせずに嬉しそうに帰るゆえ、呑む機会が少なくなった、とそんな話がしばしばはずんだ。

市兵衛も、神田銀町の青物御納屋役所の書役に就いた経緯や、青物市場の盛況ぶりを語ったあと、「兄上に、おつぎします」と提子を差した。

信正は微笑みを見せ、杯をあげた。

「市兵衛、わたしに何を訊きたい」

杯に満ちる酒を見ながら、信正は微笑みを消さずに言った。

「昨夜、大和の吉野より見知らぬ修験者がひとり、突然、訪ねてきました。猿浄と名乗り、金峯山寺蔵王堂配下の当山派の修験者です」

「山伏だな。吉野の？　若い男か」

「四十代……わたしと似た年ごろかと」

「用は……」

「祖父さまの、唐木忠左衛門にかかわりのある用でした。祖父さまの妻、すなわち祖母さまの名前は、梢花《しょうか》と教えられました。わたしは、自分の祖母さまの名前すら知りませんでした」

　信正の市兵衛を見つめる目に、少し悲しげな色がにじんだ。しかし、信正はそれから黙って、市兵衛の話を聞いた。

　市兵衛は、昂《たか》ぶりを抑え冷静に、昨夜、猿浄が訪ねてきた子細と、猿浄より伝えられた言葉を話すことができた。信正も市兵衛の話を聞き終えて、穏やかさを失うことはなかった。

　兄と弟の酒盛りは、庭を金色に染めた日の名残りの下でのどかに続いた。

　庭の木々で、小鳥が飛び交い、鳴き騒いでいる。

　市兵衛は、ためらいと考える間をおいてから、やおら訊いた。

「祖父さまの唐木忠左衛門を、兄上は看《み》とられました。唐木忠左衛門の最期をご存じなのですね」

「そうだ。われらの父・賢斎が五十九歳で亡くなった五年後、忠左衛門は七十一歳で亡くなった。父亡きあと、忠左衛門は老いてもわたしによく仕え、よく生きた。侍の中の侍だった」

「祖父さまは、父を亡くし途方に暮れていたわたしに、おのれの声を聞け、おのれの声が教えてくれるだろうと言ったのみでした。祖父さまは、自分が何者かもわたしに語りませんでした。十三歳のわたしは幼すぎると、祖父さまは思ったのでしょう。わが母の市枝のことも、祖母さまの梢花のことも、祖母さまの生まれた村尾一族のことも、語らずに……」

信正は、その戸を開けるときがきたことに気づいていた。

それは自分にもこの弟にも止められず、自分にも弟にも止める意味が、もはやないほどに流れた歳月の長さに気づいていた。弟の気の済むようにさせるのが、兄のふる舞いだろうと、信正は思った。

「市兵衛、歳をとったな」

「はい……」

市兵衛はひとこと、こたえた。

「わたしは、おまえの祖母さまの梢花を知らぬ。わたしが生まれたとき、梢花はすでに亡くなっていたのでな。梢花は、市枝を産んだ翌年、二十二歳の若さで亡くなったのだ。吉野山に咲いた花が江戸で枯れ果てましたと、忠左衛門はまだ赤ん坊だったおまえの母の市枝を抱き締め、父に言って涙をこぼしたそうだ。父はこうも言っていた。市枝は、母親の梢花の生き写しといわれるほどよく似ていたとな。忠左衛門は市枝を、大事に育てた。わたしより九つ年上の、美しい姉のような女だった。残念だが、市枝は少し身体が弱かった。やはり、母親と同じ吉野山の花は、江戸の大地には馴染《なじ》めなかったのかな」

信正は物憂い眼差しを宙に遊ばせ、すぎ去った日々を偲《しの》んだ。

「十歳にもならぬ童子のころだった。母は事情があって、子を残し離縁になった。父の目付としての役目のうえで、母方の実家の縁者との間にある出来事があった。挙句《あげく》に母方の実家をその出来事に巻きこむ事態となり、実家は改易にはならなかったものの、没落した。と言っても、われらを産んだ母は、そののち他家に再縁して、今は甲府《こうふ》城下にて健在だとわかっている。年老いたろうが。もしかしたら、市枝をわが妻にしたいと思ったのは、そういうわが家の事情とかかわりがあるかもしれぬ。自分でも、自分の気持ちが上手く言い表せぬ。十二、三歳になったころには、元服をしたあと市枝をわが妻にしたいと、父に申し入れるつもりだったのだ。驚いたか、市兵衛」

「驚きました」

「弥陀ノ介には、前に話したことがある。わたしが初めて、恋心を抱いた思い出だ。弥陀ノ介は恐い顔をして、呆《あき》れておった」

市兵衛と信正は、小さな笑みを交わした。

「だから、わたしが十三歳のとき、二十二歳の美しい姉のような市枝が父の後添えに入ると決まって、わたしは人の世には理不尽で抗《あらが》いようのない定めがあって、自分ではなす術もないことを思い知らされた気がした。父は市枝とともに、わたしや弟や妹の前にきて、今日からおまえたちの母になる、と言ったのだ。子供心にも、無常を感じてな。自分が死ぬということを、初めて真剣に考えたよ」

信正は、市兵衛と交わした笑みを庭へ投げた。

「父の賢斎ではなく、祖父の忠左衛門でもなく、母親の市枝に市兵衛はよく似ている。わたしにはそれがわかる。幼いころから、市枝へひそかな思いを抱き、ずっと市枝を見ていたのだ。市兵衛の中には、猿浄という吉野の修験者が伝えにきた村尾一族の血が流れているのは間違いない」

　信正は、凝《じ》っと何かを見つめ続けている。

「おまえを残して市枝が亡くなったとき、じつは、わたしはおまえが許せなかった。市枝への秘めた思いはすでになかった。それでも、わが片岡家には大事な物を、新参者の赤ん坊に壊されたような気がしたのだ。父なら、わたしから奪っても許せる。しかし、この赤ん坊は許せぬ。そんな気持ちだった。わたしは市兵衛には、つれない兄だったな」

「幼いころのわたしは、兄上のあとについて廻っていました。頼もしくて、わたしも兄上のようになろうと思っていました。わたしがついていくと、兄上はくるなと叱るのです。かまわず、わたしは兄上について廻った。兄上の馬の稽古のときも、あとから懸命に走って……」

「平川《ひらかわ》町の馬場で馬の稽古をするとき、小さな市兵衛がついてきていないと、仲間から今日は小天狗《てんぐ》どのはどうされましたか、とよくからかわれた。ただの童子とは思えぬほど俊敏な市兵衛は、小天狗と言われていた。内心、おまえを自慢に思っていた」

　初めて二人は高らかに声をあげて笑い、木々の小鳥が驚いて飛び廻った。

「父は十代の半ばごろ、奈良の興福寺へいき、剣の修行を始めた。同じころ、忠左衛門も興福寺にて、剣の修行の身だった。忠左衛門は生国が奈良と聞いていたのみで、何ゆえ江戸に下り片岡家の足軽奉公を始めたのか、わたしは知らない。ただ、主人と足軽の身分の違いがありながら、父と忠左衛門は友のような親しげな間柄だった。おそらく、興福寺においてともに剣の修行を積んだ日々の中で、友としての交わりをはぐくんだのだ。わたしが子供のころ、父と忠左衛門はこの庭で剣の稽古をやっていたのを、何度か見た覚えがある。二人が木刀を激しく打ち合い、ひとしきり稽古をすると、互いの太刀筋を確かめ合うように、いつまでも語り合っていた。子供だったが、わかった。父は忠左衛門に、剣ではかなわなかった。忠左衛門は、父の剣の師でもあったのだ。だが、父が市枝を後添えに迎えてから、忠左衛門は父に対して親しげなふる舞いを見せなくなった。父に仕える足軽としての分を頑《かたく》なに守るようになった。市兵衛、忠左衛門は孫のおまえに対してもそうであったのだろう」

「忠左衛門と呼ぶと、はい、才蔵さま、と必ずこたえるので、わが祖父さまと気づいたのはだいぶ大きくなってからでした」

市兵衛は、あのころの忠左衛門を思い出しながらこたえた。

提子の酒がなくなり、信正が手を鳴らした。すぐに、廊下を足音が近づき、小藤次が部屋の襖を引いた。

「酒を頼む」

「すぐにお持ちいたします。料理の支度も、ほどなく整います」

「ゆっくりでよいぞ。信之助はどうしておる。声が聞こえぬが」

「市兵衛さまと元気に遊び廻られましたので、お昼寝をなされております」

「そうか、元気で遊び廻ってな」

と、信正は父親の顔になった。

一旦退った小藤次が、新しい提子と汁の椀などを運んできた。

信正は新しい酒をひと息にあおり、それから言った。

「忠左衛門が臨終《りんじゆう》の床にあったとき、わたしが才蔵に伝えることはあるかと訊ねると、忠左衛門はわたしの手をにぎって言った。わが生業は奈良の仏師、わが父は武士を捨て仏師となった唐木行応、わが妻の名は梢花という吉野の女にて、ゆえあって江戸へ逃れ、賢斎の情《なさけ》にすがり片岡家に仕える身となった。いかなるゆえだと、さらに訊ねたが、罪深き身にて、これ以上言うことはない、何とぞ才蔵をたのむと、それが忠左衛門と言い交わしたのが最後だった。あのとき、忠左衛門にそれ以上、言い残す力はなかったのだと思う。それとも、やはり話さなかったのか。わたしの知っていることは、それで全部だ。つまりは、唐木忠左衛門について、わたしも何も知らないと言っていい」

「ゆえあって江戸に逃れ、罪深き身と、祖父さまは言ったのですか」

「言った。忠左衛門が元は奈良の仏師で、妻が梢花と言う名の吉野の女だとも、最後に聞くまで知らなかった。思うに、父の賢斎がそれを言わなかったのも、誰にも言わぬと決めていたと思われる。市兵衛、昨夜、訪ねてきた猿浄と言う修験者は、吉野の村尾五左衛門に会えと言ったのだな」

「そうです」

「吉野の村尾五左衛門に会えば、ゆえあって江戸に逃れた罪深き身と、忠左衛門の言い残した言葉の子細が、わかるのかもな。市兵衛、吉野へいくか」

「元より、そのつもりです」

　市兵衛はこたえた。

　吉野にいき、おまえは歳月に出会うのだと、猿浄の言った言葉が脳裡《のうり》にわだかまっている。庭に射していた西日が陰り、夕刻の気配はたちこめ、木々で騒いでいた小鳥の声も、いつの間にか止んでいた。

五

その夜は片岡家の屋敷に泊まり、翌朝、雉子町の八郎店に戻った。

八郎店に戻るとすぐに、路地の腰高障子に人影が近づき、戸が叩かれた。荒っぽく早口がかかった。

「唐木市兵衛さん、ちょいと御用だ。いることはわかってるんだ。開けるぜ」

声をかえす前に、腰高障子が勢いよく引かれた。

市兵衛は火を入れようとして、板敷の竈《かまど》の前にいた。

綺麗な白髪を結った恰幅《かっぷく》のいい文六が、表戸をくぐって土間に入ってきた。

文六の手下の捨松が、険しい目を市兵衛に向け、文六に続いた。同心の宍戸の姿はなかった。お糸と、お糸の従える富平と良一郎の若い衆もいない。

「文六親分でしたか。どうぞ、あがってください」

市兵衛は竈の前から立ちあがった。

「いや、ここでいい。坐らせてもらいますぜ」

と、文六は落ち着いた低い声で言い、鈍茶の羽織を払って、板敷のあがり端に腰かけた。捨松は腰に手をやり、表戸をふさぐような位置についた。

市兵衛は文六と向き合い、板敷に端座した。

「ご用件を、おうかがいします」

文六は片膝を曲げて板敷に乗せ、市兵衛へ半身になった。

「お出かけのようでしたね。たった今、戻ったのをお見かけしましてね。どちらにお出かけで？」

「用があって、昨日より、赤坂の知り合いの屋敷を訪ねておりました。昨夜は屋敷に厄介になり、たった今戻ったところです」

「良一郎から聞いています。唐木さんは、ご浪人の身じゃあるが、ほんとうは由緒あるお武家のお生まれだそうですね。赤坂のお屋敷というのは、もしかしたら、ご実家で？」

「そうではありません。昔、わたしの祖父が奉公していたお屋敷で、その縁で今もお出入りを許されております」

「お屋敷のご当主は、どちらさまで？」

「申さねばなりませんか」

「御用なんです。差しつかえがなければ、お聞かせ願えませんか」

「片岡家です。ご当主の信正さまは御公儀の御目付役です」

ええっ、と文六は一瞬、言葉につまった。土間に立った捨松は、腰にやった手をおろし、畏《かしこ》まったように肩をすぼめた。

公儀目付は、町奉行所の町方役人をも監視する。目付配下の徒歩目付が奉行所に自由に出入りし、町方のふる舞いに睨みを効かす。当然、町方の御用聞を務める岡っ引やその下っ引はそれを知っているから、目付の屋敷に出入りをしていると聞かされると少々畏まる。

「そいつは、お見それいたしました」

文六は改まった。だが、警戒を解いていない。

「御目付さまに、どういう用件があったんです？」

「それはお許し願えませんか。わたし一個のかかり合いでは済まぬ事情もあります。お上の咎めを受けるような用件ではありません」

文六は強く結んだ唇を歪め、思案するように眉をひそめた。

「相手は御公儀の御目付さまだ。そりゃあ、そうでしょうな。いいでしょう。ところで、昨日、青物役所の勤めを辞めたと聞きました。上方へ旅に出る用ができたと、行事役の灘屋さんに言われたそうですね。ずいぶん急な話じゃありませんか。勤めまで辞めて、上方へはどんな用があっていかれるんです」

市兵衛はすぐにはこたえず、文六を見つめた。

「いえね。今朝、唐木さんにお話を訊かなきゃならねえ事情があって役所にいったんです。すると、昨日、上方へ旅に出るので役所を辞めたとわかった。急いでこちらへきたら、昨日の朝、役所に出かけたきり、戻っていない。てっきり、旅に出たかと思いましたよ。それで、家主の八郎《はちろう》に往来切手のことや、店の住人に唐木さんの様子を訊いてたところへ、戻ってこられたってわけです」

土間の捨松を見ると、市兵衛を怪しむように睨んでいる。

「文六親分、わたしに訊く事情とはなんですか」

文六は咳払いをし、帯に差した鍛鉄の十手を見せるように羽織を払った。

「一昨日《おととい》の夜、猿浄という山伏が唐木さんを訪ねてきたんじゃありませんか」

「そうです。一昨日は役所の退けどきに柳町の柳井宗秀先生が訪ねてきて、青物新道の蛤屋で呑みました。夕刻、町方の宍戸さんやみなさんが蛤屋にこられた」

「そうでしたね」

「わたしと先生が蛤屋を先に出て、神田川の河岸場まで先生を見送り、それから雉子町のこの店に戻ると、猿浄が勝手にあがりこんで、わたしの戻りを待っておりました」

「どういうお知り合いで？」

「初めて会った修験者です。猿浄という名前もそのとき知りました」

「初めて訪ねてきた猿浄と言う山伏の用が、御納屋を辞めた理由の上方への旅とかかわりがあるんですね」

「文六親分、猿浄に何があったのですか」

「一昨日の夜更け、たぶん、唐木さんを訪ねた戻りでしょうね。猿浄は斬られたんです。ご存じじゃ、ありませんか」

市兵衛は、束の間、言葉を失った。

すかさず、文六は追い打ちをかけるように言った。

「一刀の下に、そっ首を落とされたんです。苦しまなかったでしょうね」

市兵衛はすぐに平静をとり戻し、静かに訊いた。

「猿浄は、わたしには住まいがどこかも言わずに、帰っていきました。この店を出たのは、真夜中に近い刻限でした。どこで、猿浄は……」

「昨日の明け方、飯田川に架かる俎板橋で、首と胴の離れた猿浄の亡骸《なきがら》を、通りがかりの棒手振《ぼてふ》りが見つけた。猿浄の首だけが俎板橋に残され、胴体は飯田川に転落していた。たまたま、橋脚に胴体が引っかかって、流されなかったんです。知らせを受けて、あっしら、俎板橋へ飛んでいきました。おい」

　文六が捨松へ見向き、促した。

「へい。亡骸の素性は、山伏の扮装ですぐに知れました。飯田町のこおろぎ橋の近くの晋三《しんぞう》店に、この夏の初めから住み始め、祈禱を生業にしている猿浄という名の山伏だと。一昨日の足どりをあたっていったら、雉子町界隈で猿浄らしき山伏を見かけた話がいくつか聞けて、それをたどっていくと、八郎店でも見かけられていた。しかも、その猿浄らしき山伏が、夕刻、近所の乾物屋で唐木さんの店はどこかと、訊ねているんです。乾物屋が、そこの八郎店だと、猿浄らしき山伏に教えたそうです」

「そういうわけで、唐木さんの話を訊かせていただきてえんです」

　沈黙が流れ、猿浄の頰の削げた、日焼けした険しい顔つきが思い出された。

　市兵衛は、やおら言った。

「上方の吉野山に、わたしの縁者の一族がいると、猿浄に教えられました。猿浄自身もその一族の者で、わたしに、吉野の一族を訪ねよと伝えにきたのです。わたしには、初めて聞く話です。わたしがなんのために一族を訪ねるのか、猿浄は語りませんでした。猿浄自身も、詳しい子細を知らぬようでした。訪ねてみねば子細はわからぬのです」

「吉野山……」

「修験本宗《ほんしゅう》の蔵王堂がある山です。山伏と呼ばれる修験者の総本山です」

「その吉野山は、上方にあるんですね。それで、唐木さんは吉野山へ旅だつつもりなんですね？」

「じつは、赤坂の片岡家に、そのことで相談にいったのです」

「猿浄が斬られたのは、盗人や追剝ぎの仕業じゃあ、ありません。山伏は祈禱を生業にし、僧でもなく民でもねえ扱いだ。こう言っちゃあなんだが、中には柄の悪いのもいて、もめ事やごたごたを抱え、恨まれている者も少なくねえ。そういうことで、猿浄は唐木さんに何か言っていませんでしたか」

「吉野から逃げてきた。二度と吉野には戻れぬと、言っておりました」

「追われる身だってことですか。誰に追われているんです」

「どうやら、吉野の修験者同士の間で争い事があったようですが、詳しい事情までは……」

言いながら、市兵衛は、ふと、気になった。

「文六親分、猿浄は首を一刀の下に落とされ、苦しむ間もなかったのですね」

「ほかに斬り疵《きず》はありません。やったのは、見事な腕前に違《ちげ》えねえ。岡っ引のあっしでさえ、ぞっとするほど凄いとわかる腕前です」

「恨みを買って襲われたとしても、修験者同士で、そこまで腕のたつ者がいるのか。信じがたい」

市兵衛が呟くと、文六はうめくような吐息をもらした。

「たぶん、猿浄は山伏同士の斬り合いの末に首を打たれたんじゃあ、ありませんね。じつは、そっ首を一刀の下に斬り落とすそっくりの手口の人斬りが、今年になって、ほかにもすでに二件、起こっているんです。ただ一刀の下に首を斬り落とす。前の二件も、ほかに刀疵がねえのは、猿浄の亡骸と同じです。これで三件目。前の二件もそうなんですが、三件目の猿浄も、前の二件とかかわりがあるとは、とうてい思えねえ。つまり、そっ首を一刀の下に落とす手口から見て、三件ともに同じ下手人の仕業だとしたら、狙いは別にあると考えたほうが、いいかもしれねえ。今回はたまたま、猿浄が山伏だっただけでね」

「猿浄が、わたしと会ったあとに斬られたのなら、猿浄に最後に会ったのは、たぶん、わたしです。わたしも、怪しい者のひとりというわけですね。つまり、この一件はわたしにもかかわりがないとは言えません。文六親分、一昨日の真夜中の、組板橋周辺の訊きこみをなさったのでしょう。組板橋で何があったのか、親分のわかったことを聞かせていただけませんか。怪しい者ならばこそ、少しはお役にたてることがあるかもしれません」

文六は眉をひそめ、捨松と顔を見合わせた。捨松は、さあ、というふうに首をひねった。文六が、またうめくように言った。

「良一郎から、唐木さんの評判やお人柄は聞いております。北町の渋井鬼三次の旦那とも親しい間柄で、宍戸の旦那もそれはよおくご存じだ。猿浄の話を訊きにきただけで、唐木さんを疑っているわけじゃありません。あっしらの人相の悪いのは、育ちの悪い地顔です。いいでしょう。気になることがあって、これからもう一度、組板橋へいくつもりです。唐木さん、一緒にいきますか。猿浄の亡骸がどんなふうだったか、お聞かせしますよ」

「いきましょう」

市兵衛は立ちあがり、刀を帯びた。

大手門がある本丸下の曲輪《くるわ》の石垣に沿って、濠は常盤橋《ときわばし》御門、神田橋御門、一ツ橋御門へと廻っている。

次の雉子橋御門の手前で流れは北へ折れ、飯田川となって武家屋敷地の間をさかのぼり、俎板橋をくぐり、こおろぎ橋のある堀留にいたる。

ゆるやかに反った俎板橋から、川の東側と南側の川端につらなる武家屋敷の土塀と、川を西へ渡った往来の先に九段坂が見えた。その往来より北側に飯田町の土蔵がつらなり、屋根瓦を午前の陽射しが照らしている。

川端の武家屋敷はどれも土塀に囲まれており、屋敷の樹林や堤道に植えた柳でにいにい蟬が鳴き騒いでいた。

飯田川の堀留の河岸場に、係留した船が浮かんでいる。

俎板橋の下流は、南東のほうへゆるやかに曲がって流れは隠れ、流れが隠れるあたりの東側の川端に、辻番の番屋が建っていた。

俎板橋には、むろん、猿浄が首を落とされた斬撃の跡は消えている。

飯田町は午前の活気にあふれ、俎板橋を渡る武士や町民が絶えなかった。

「あのあたりに、仏の首から下が、橋脚に引っかかって、流れに漬かっているのが見えました」

文六が、東西に渡す俎板橋の北側の欄干から身を乗り出して、川面を十手で指して言った。

「で、首は橋板を東のほうへ転がったようで、そこら辺で見つかりました」

文六は、欄干から橋上へ身体をひねり、また十手で指した。

通りがかりが、何をやっているんだろう、と三人を見ながらゆきすぎていく。

「つまり、仏と下手人は、仏が北側、下手人が南側を進んで、橋の真ん中あたりですれ違い様、下手人はいきなり抜き放ってそっ首を刎《は》ねた。人の怒声や言い合いが交わされ、悲鳴や叫び声が聞こえたという話は、いまのところありません。仏の金剛杖が捨ててあり、山伏の帯びる柴打ちの剣も抜いちゃあいねえ」

「すれ違いではなく、背後から忍び寄り、斬りつけたというのは」

「あっしは武芸の心得がねえんで、考えられなくはありませんが、仏の胴体を引きあげて斬り口を見た限りでは、少なくとも仏の左斜め前方から斬りつけているのは間違いありません。前の二件と、ほぼ同じです。刀を抜き放って上段へひるがえし、こう斬った」

文六は捨松を欄干の傍らに立たせ、十手を刀に見たてて、捨松の左の耳の下あたりから右の首筋へゆっくりと這わせた。

「そうして、刀をこう刎ねあげた。刎ねられた首は、そこへ飛び、首から垂れる血を橋板に残しつつころころと転がり、下までは転がらずに止まった。仏の首は唖然《あぜん》としたような目つきで、宙を見ておりました。苦しむ間もなかったというのが、それでわかりました。猿浄は、下手人が刀に手をかけるまで、ただの通りがかりと思っていたんじゃねえんですかね。首のねえ猿浄の胴体は、血を噴きながら欄干に凭《もた》れかかり、たぶん、ひと回転して川へ転落した、と思われます。血は当然、橋の上にも夜の川へも噴きこぼれた。見てください、あのあたりの橋脚に黒ずんだ血の汚れがまだ残っているでしょう。欄干や橋板の汚れはとりましたがね」

文六は再び身を出し、十手で橋脚を指した。

川底や水草のそよぎが見えるほど透きとおった川の流れを、俎板橋の橋脚が乱していた。その橋脚に、薄墨をまいたような跡が数ヵ所ほど見えた。

にいにい蟬が騒ぎ、青空の果てに白い雲が盛りあがっていた。今日もまた、暑い一日になった。文六のこめかみに汗が浮いていた。

「文六親分、気になることがあると、仰いましたね。何が気になるのですか」

市兵衛は、欄干から橋脚の血の跡をのぞいている文六に訊いた。

「へえ。ちょっとばかし、気になるんです」

文六は物憂げな素ぶりを見せた。川面へ顔を向けたまま、欄干に沿って東詰のほうへ少しくだり、反り橋の天辺より少し離れた橋脚を十手で指した。

「唐木さん、あそこにも、血の跡らしき汚れが残っております。見えますか」

市兵衛と捨松が、十手の指す方角をのぞき見た。確かに、同じような血の跡らしき汚れが、川面に近い橋脚に見える。

「昨日の朝、宍戸の旦那が出役《しゅつやく》して検視をしましたが、その折りは、仏の血があそこまで噴き飛んだんだなと、思っていたんです。けど、ひょっとしたら、仏の血とは違うんじゃねえか、という気がしてきましてね」

「誰の血だと？」

「さあ、誰でしょうかね」

文六は勿体《もったい》ぶっているのではなく、また不審をにじませ呟いた。

「飯田町の自身番の町役人らに質しても、前からあんな汚れはなかったと思う、気づかなかった、と言っています。でね……あそこに辻番が見えますね」

文六は反転し、飯田川下流の南を十手で指した。

十手の先に、土手の柳や屋敷の庭の木々で鳴く蟬の声が降り、午前の青みを帯びた日が射す川端の、辻番の板屋根が認められる。

「お糸らの訊きこみでわかったんです。一昨日の真夜中、暗い川筋で激しく咳きこむ声を、辻番の番人が聞いているんです。怒声も喚声も悲鳴も、刀を打ち合う音や橋板を踏み鳴らす音も聞こえない、静かな夜だった。ごほんごほんと、誰かの咳が静かな夜を騒がせた。咳をしていたのは男のようです。けど、辻番の番人は怪しまなかった。この真夜中に、誰ぞ具合の悪い男が、俎板橋を通りかかっているんだろう、というぐらいにしか考えなかった。もしかしたらそのとき、俎板橋では仏が首を刎ねられていたかもしれないときにです」

「猿浄の首を落とした下手人が、咳きこんでいたと、親分は思うのですか」

「二件目の首斬りのあった場所は、上野の池の端の町家から離れたところだったんで、咳を聞いた話はありません。ですが、春の初めに起こった一件目の浅草では、首斬りがあったと思われる夜更けの刻限のころ、人の悲鳴や叫び声は聞いていないのに、誰かが咳をしていたという何人かの話が、聞けたんです。もしも、ですよ……」

文六が再び、橋脚の汚れに顔を戻した。

「三件の首斬りが、同じ下手人の仕業だとして、下手人がひどく胸を患っていたとしたら、人のそっ首を刎ねながら、咳きこんだこともあったでしょうね。ひょっとしたら、そっ首を刎ねたあと、激しく咳きこんで血を吐いたかもしれねえ」

「あれは、吐いた血の跡だと……」

「もしそうなら、下手人は俎板橋を東へ渡ったんじゃあ、ありませんか。どっかでまた、咳をしながらてめえの店に、戻ったでしょうね」

市兵衛の腹の底に、やりきれなさがうず巻き、たぎり、あふれそうになった。

違う、と思いたかった。

蚊の羽音が聞こえ、それをたやすく指先がはじく。黒い粒となって、蚊ははじき飛ばされる。あのとき、目が合った。酒に酔って目の周りをほんのりと赤らめたその眼差しは、かすかな怒りと悲しみと、大きな諦めが見えた。

違う、と市兵衛は自分に言い聞かせ、あふれそうな感情を抑えた。

「文六親分、猿浄は初めて江戸に出てきました。猿浄はわたしの名前しか知りませんでした。この広い江戸のどこに住まい、どこかの主家に仕える身か、浪人者か。浪人者ならば、何を生業にし、そもそもいかなる風貌の者なのかも、知らずに江戸へ出てきたのです」

文六は市兵衛を見かえった。

「それが？」

「猿浄が言っておりました。わたしが雉子町に住んでいることを知ったのは、同じ修験者の助けを借りたからです。先ほど、親分は言われた。山伏は、僧でもなく民でもない扱いだと。それはすなわち、諸国の津々浦々に土着し祈禱を生業にする山伏には、山伏同士にのみ相通ずるつながりがあるからだと思われます」

「ふむ。江戸にも山伏は住んでおります」

「猿浄は、吉野の山伏同士の間で争い事があって、追われる身になった。吉野にはもう戻れない身になった。猿浄を追う者も吉野の山伏、すなわち、江戸を知らぬ吉野の山伏だとすれば、江戸に逃げた猿浄を捜し出したり、あるいは、腕のたつ誰かに頼んで猿浄を斬らせたとしたら、江戸の山伏の助力があったからではありませんか」

「そうか。親分、そうですよ。前の二件も、三件目の猿浄も、斬られたほうにはつながりはなくて、下手人は頼まれて、金になりゃあ誰でもかまわねえから斬っただけなんじゃねえんですか」

　と、捨松が勢いこんで言った。

「仰るとおり、山伏は裏稼業の者らと通じていることは、少なからず、あるでしょうね。あっしら岡っ引にだって、岡っ引同士の表には出せねえつながりが、ありますから。ならまずは、江戸の山伏にあたっていけば、猿浄殺しのみならず、前の二件も自ずと……」

「となりゃあ、親分、飯田町の晋三店の猿浄の住まいに訪ねてきた山伏が、きっといたはずですよ。そっちから探っていきやすか」

捨松はすっかりその気になっていた。

「よかろう。捨松、お糸と富平と良一郎にも手伝わせる。飯田町の自身番を借りて手はずを打ち合わせよう。お糸らはこの界隈の訊きこみをやっているはずだ。呼び集めてくれ。おれは自身番で待ってる」

「承知しやした」

捨松は俎板橋を西へ渡り、広小路から飯田町の町内へ駆けこんでいった。

文六も橋を渡りかけ、ふと、市兵衛へふりかえった。

「唐木さんは、これからどうします」

「わたしは、上方へたちます。たぶん、長くはかかりません。秋が深まらぬうちに、江戸へ戻ってこられると思います。わたしの身元でお調べになりたいことがあれば、北町の渋井鬼三次さんか、柳町の柳井宗秀先生か、三河町の宰領屋の矢藤太さんに、どうぞお訊ねになってください。それで大方、わたしのことはわかっていただけます」

そう言ったとき、市兵衛は大事なことに気付いた。

吉野へいっている間、小弥太と織江の身に気を配るよう、宗秀先生に頼んでおかねば。そうだ、これから柳町の宗秀先生を訪ねて、と考えを廻らしかけた途端、平八の打ちひしがれた姿が脳裡をよぎった。

あっ、信夫さん、あなたはもしや……

市兵衛の思考はそこでいきづまった。

そんな市兵衛の心の戸を開くように、文六が言った。

「そうですか。わかりました。そうそう。これも良一郎から聞きました。唐木さんは、風の市兵衛と言うんですってね。なるほどね。風は見えねえが、確かに吹く。優しかったり、寂しかったり、悲しかったり、ときには怒り狂い、恐ろしいほどに強かったりしてね。そんな風に敵うやつはいねえ。それをあの人から聞いたって、良一郎が言ってましたよ」

「文六親分、強さが輝けば影ができます。風は輝きを求めません。だから影もなく、誰も敵わないのでしょうね。人は風になれませんが」

そう言いかえすと、文六は小さくうめいた。

「そうですね」

と、文六のうめきは言ったように聞こえた。

市兵衛は文六に辞儀をなげ、蟬の声が賑やかに降る俎板橋の橋の上で、風のように身をひるがえした。

第三章　まほろば

一

秋七月の中元《ちゅうげん》がすぎたある朝、市兵衛は、大和盆地の東を限った山嶺《さんれい》の麓《ふもと》を南北に通る古道《こどう》を、奈良の春日《かすが》より桜井《さくらい》へとった。東の山の端に燃えるような朱が射し、ほどなく輝かしい天道《てんとう》がのぼり、大和の田園に光をそそぎかけた。

古道は、朝の陽射《ひざ》しの下に坦々《たんたん》と重なり広がる田畑や、野の草花、青い実のなりかけた柿の木々や美しい緑の森、青垣を廻《めぐ》らす山々の景色が開ける彼方へ、ゆるやかにうねりつつ延びていた。

三輪山《みわやま》の麓の海柘榴市《つばいち》で知られる金屋《かなや》をすぎ、初瀬《はせ》川を渡り、桜井に着いたのは昼すぎだった。

遅い昼餉《ひるげ》を摂った桜井の酒亭で、亭主に吉野への道を訊ねた。

桜井より飛鳥へとり、芋ヶ峠《いもがとうげ》、竜在峠《りゅうざい》、細峠《ほそ》の古い峠道が吉野川北岸の上市に通じている。上市の渡し場より南の飯貝《いいがい》へ渡り、吉野山へ分け入っていく道を、酒亭の老亭主に教えられた。

「今からだと、どんなに急いでも、上市に着くころには日暮れが近くなりましょう。上市は、吉野川の深い山々から運ばれた材木を商う市場ゆえ、紀州の商人や林業を生業《なりわい》にする男らが仰《ぎょう》山《さん》出入りし、宿に困ることはありますまい。夜の吉野山は、修験者でもいけるものではありません。上市で宿をとられるのが、よろしゅうございましょうな」

亭主はそう言い添えて、市兵衛を送り出した。

吉野川の流れを見おろす上市村は、吉野川北岸に沿って民家がつらなり、紀州と伊勢を結ぶ古い街道の市場町だった。吉野の山々から集められた杉などの材木が、筏《いかだ》を組んで吉野川をくだり、紀州の紀ノ川の河岸《かし》場へと運ばれていく。

酒楼の管弦《かんげん》の音が賑《にぎ》やかな上市にその夜の宿をとり、翌朝早く、淡い青緑に染まった吉野川を渡った。

吉野川を渡ると、ほどなく、九十九《つづら》折りの山道に差しかかった。

吉野への山道をのぼるに従って、白い雲が漂《ただよ》う空には天道が見え隠れし、濃い緑の山々が幾重《いくえ》にも折り重なり、峰と峰の間に霞《かすみ》のたなびく景色が、樹林の間から望めた。

山の木々では、澄んだ鳥の声が鳴きわたり、山中の神秘な冷気が市兵衛の身体《からだ》を浄《きよ》めていた。

馬一頭がやっと通れるほどの細道を導かれるようにたどりながら、市兵衛は、同じ道を祖父さまの唐木忠左衛門も、祖母さまの梢花も通ったことを、胸の痛みを覚えるほど激しく感じていた。

猿浄は、吉野にいきおまえは歳月に出会うのだと言った。

自分が何者か、それを知るときがとうときたのだ。その確信に、市兵衛は、一歩一歩踏み出す歩みに震えすら覚えた。

吉野へいったら、と言いかけて、猿浄は言葉をきった。猿浄、おまえの言葉は届けられぬが、おまえの霊魂はこの山に戻してやる、と市兵衛は思った。

吉野は、大峰山上へと尾根伝いに続く山道の途上に開けた門前町である。愛染《あいぜん》の岩倉《いわくら》から一の坂まで六十二町五間（約六・八キロ）。六ヵ院、中町、野際の三つの集落が険しい山道沿いの傾斜地やわずかな平地に家々をつらねていた。

黒門をすぎ蔵王堂前の辻まで集落の道をきたその侍は、金峯山寺の石段をのぼり、二層の壮麗な仁王門をくぐった。白雲の浮かぶ青空へ、檜皮葺《ひわだぶき》屋根がそびえる壮大な蔵王堂に拝礼し、それから中町のほうへと金峯山寺の境内《けいだい》を抜けた。

中町に館をかまえる村尾五左衛門は、寄付《よりつ》きの座敷に出ると、両引きの木戸を引き開けた前土間に、戸外の白い光を背中に受けて佇《たたず》む侍に気おされたかのように、足を止めた。

侍は背中に合羽《かっぱ》を畳《たた》んで結《ゆわ》えた葛籠《つづら》をかつぎ、菅笠《すげがさ》を目深《まぶか》にかぶっていた。長身瘦軀《ちょうしんそうく》に着けた上着は、浅葱《あさぎ》の木綿《もめん》、黒の手甲《てっこう》、明るい縹色《はなだいろ》の細袴《ばかま》の膝下《ひざした》を黒脚絆《きゃはん》でわずかな乱れも見せずに強く絞《しぼ》り、黒足袋《たび》に草鞋《わらじ》がけである。

腰の黒鞘《さや》の二刀は柄袋《つかぶくろ》がかけられ、侍の風体《ふうてい》を静かな冷厳さで彩《いろど》っていた。

戸外の白い明かりが、侍の長い影を土間に落としていた。

とうとうきたか……

五左衛門は思ったが、声が出なかった。侍の妖気のような静けさに、頭を制せられ、萎縮していた。冷たい汗が、着物の下に感じられた。

土間の侍が、五左衛門より先に動いた。

菅笠がゆるやかにふれ、寄付きに立ちつくした五左衛門を見あげた。

五左衛門は、菅笠の薄い影の下に、いく分張った顎《あご》の線と二重の強い眼差《まなざ》し、とおった鼻筋の下に穏やかに結んだ唇を認めた。

ああ、こういう男だったのか、と改めて思った。

五左衛門は、侍の強い眼差しの奥に無数の人々の目があって、自分にそそがれているような気恥ずかしささえ覚えた。

その眼差しに、やっと咳払《せき》いをかえしたのみだった。

「村尾五左衛門さまですか」

侍の穏やかな声が、五左衛門の束縛《そくばく》を解《と》き、ほぐした。

「さよう。あんたは……」

「改めまして。唐木忠左衛門の孫、唐木市兵衛と申します」

「あんたが、唐木忠左衛門の孫、唐木市兵衛か」

「はい。わたしの祖母は唐木忠左衛門の妻・梢花と申します」

「そうだ。梢花だ……」

と、五左衛門は呟き、歩みを進めた。

寄付きから落《お》ち縁《えん》に踏み出し、市兵衛をもっと間近に見つめた。

「猿浄に、会ったのだな」

「この月の初め、江戸のわが店に現れ」

「猿浄はなんと言った」

「吉野へいき、吉野一山惣年寄役の村尾五左衛門さまを訪ねよと」

「ふむ。ほかには」

「五左衛門さまは猿浄どのの伯父《おじ》であり、五左衛門さまが、すべてをとりはからう。そして、吉野へいけば、おのれが何者かわかるだろうと」

「それだけか」

「わたしの祖母さまの名は、梢花。梢花は吉野の地下老分《じげおいぶん》を代々継ぐ村尾家の女で、わが祖父さまの唐木忠左衛門の妻になったと、聞かされました。猿浄どのに教えられ、梢花という祖母さまの名を初めて知りました」

「よう見えられた。よき面《つら》がまえだ。初めて会ったが、懐《なつ》かしい気がする。まぎれもなく、わが村尾家の面がまえだ」

市兵衛は沈黙をかえした。

五左衛門は両手を後ろに組み、物思わしげな素ぶりを見せた。そして、

「市兵衛は……」

と言った。

「おのれの祖母さまの名を知らなかったのか。すると、市兵衛はおのれが吉野の村尾一族の血を引く者であることも、知らなかったのだな」

「存じません」

「祖母が子に語り、子がまたその子である市兵衛に、語らなかったのか。あるいは、唐木忠左衛門は教えなかったのか。わが村尾家が、吉野山においてどのような一族であるかを」

「唐木忠左衛門と梢花の子は、わたしの母の市枝ひとりのみにて、市枝はわたしを産んだ折りに亡くなり、わたしは母の顔すら知りません」

「市兵衛の父親は誰だ」

市兵衛は、父親の片岡賢斎と唐木忠左衛門のかかり合い、さらに、市枝が片岡賢斎の妻になり自分の母になった子細を、語って聞かせた。

五左衛門は、市兵衛の前の黒光りのする落ち縁を、右へ左へと落ち着きなく動き廻った。顎をなで、額《ひたい》に手をやり、何かを考えていた。

不意に、市兵衛の話を制して言った。

「済まなかった。そのような子細を、立ったまま話させてしまった。まずは草鞋を脱ぎ、あがれ。茶を進ぜる。腹が減ったであろう。飯の支度もさせる。誰かいるか。お客にすすぎの水を持ってまいれ」

五左衛門は、前土間から続く暗い奥の土間へ声を投げた。

たて格子の大きな窓のある部屋に、五左衛門は市兵衛と対座した。

市兵衛は葛籠をおろし、菅笠、大刀とともに端座した背後に寝かせた。

髪を総髪にして髷《まげ》を結い、その下の顔は江戸からの長い旅を思わせ、日に焼けていた。五左衛門は、市兵衛の口の周りと顎に薄く生えた髭《ひげ》に気づき、そこはかとない愁《うれ》いを、その相貌《そうぼう》の奥に感じた。

おのれが誰かを知らなかったこの一族の男が、決して平坦な道を歩んできたのではなくここにたどり着いたことは、まぎれもない。

市兵衛は、下男が運んできた茶托《ちやたく》の茶碗《ちやわん》を、ゆっくりと喫《きつ》した。

中元はすぎたが、まだ暑気の残る日盛りの山道をのぼってきて、渇しているようだった。

「今日はどのように」

五左衛門は、さり気なく話しかけた。

「昨夜は上市に宿をとり、今朝早く吉野川を渡りました。山々が折り重なる風景を見ながら九十九折りの山道をのぼって、高き峰にこれほど盛んな町が開けているのは、驚きでした」

たて格子の窓は往来《おうらい》に向いていて、往来をゆき交う人々や、笠をかぶった墨染の衣の僧や荷馬を牽《ひ》く馬子《まご》の通りすぎる姿が、窓の外に絶えなかった。

五左衛門は、飲み乾《ほ》した碗を茶托に戻した市兵衛に、「よければ、これも」と、手をつけていない自分の茶托を進めた。

「いただきます」

市兵衛は白い歯を見せ、清々《すがすが》しく笑った。

「見てのとおり、耕《たがや》せる平地は極めて少ない。山肌に段々の田畑を作り、米作りはわずかでな。殆《ほとん》どが、麦、粟、稗《ひえ》、黍《きび》、蕎麦だ。栃《とち》や樫《かし》などの木の実、山菜や茸、猪《きのこいのしし》や狸《たぬき》や狐《きつね》などの山の獣、川魚、みなわれらがありがたくいただく山の恵みだ。山に住む者の多くは、林業を生業にしておる。吉野の杉は評判がよい。山から運び出した様々な材木は、上市などの市場で買われ、吉野川を紀州へ運ばれてゆくのだ。樵《きこり》、炭焼き、木地師《きじし》、誰もが山の恵みの木で暮らしをたてておる。何ひとつ、おろそかにはせん。無駄にはせん」

五左衛門は、黙って茶を喫している市兵衛の端正《たんせい》な仕種を見つめ、こういう男か、とまた改めて思った。

「江戸は、いつ発《た》った」

「今月の八日早朝に……」

「今月の八日？　たったそれだけの日数で、よくここまでこられた」

五左衛門は驚いた。

「猿浄はどうしておる。江戸を発ったのか。それともまだいるのか」

「猿浄どのは、亡くなりました。わたしの店に訪ねてきたその戻り、夜更けの町で何者かに襲われたのです」

「死んだか。猿浄は……」

呆気ない口ぶりで、五左衛門は自分に言った。

「仕方があるまい。いつかそうなることは、あの男も覚悟のうえだったろう。村尾一族の中ではできが悪く、厄介《やっかい》ばかりかけておった。吉野一の剛の者と言われたのに、おのれの御し方がわかっていなかった。あげくの果てに、吉野を追われる身となった。逃げきれなかったのだな。だが、市兵衛に伝言は届けた。せめてひとつは、村尾家の役にたったというわけだ」

五左衛門は、朽葉《くちば》色のくくり袴の膝に手をおき、格子の窓ごしに往来へ目をやった。折りしも、金剛杖《こんごうづえ》を手にした篠懸《すずかけ》の衣の修験者の一団が、館の前の往来を足早に通りすぎていった。

　市兵衛は碗を茶托に戻した。

「五左衛門さま、わたしは自分が何者かを知るため、ここにきたのですね」

「おのれが村尾一族の血を引く者とさえ、知らなかったのだから、市兵衛にはそう言えるかもな。使いを出している。使いが戻り次第、出かける。少し遠い。それまでに飯を済ませておけ」

「どなたかに、会うのですね」

「市兵衛が村尾家を知らなかったように、村尾家も市兵衛を知らなかった。わしは今年、六十九になった。わしの親父どのは、市兵衛の祖母さまの梢花の兄だ。つまり、梢花はわしの叔母《おば》になる。親父どのもわしも、唐木忠左衛門の妻となって江戸に去った梢花が、どのような生涯をたどったか、知らなかった。梢花の、村尾の血を引く者が江戸に生きていることは、考えもしなかった。市兵衛、おまえはこれから、ひとりそれを知っていた大婆さまに会う。大婆さまは百十九歳になる。妖怪ではないぞ。耳も聞こえるし、目も見える。人の手を借りてだが、歩くこともできる。梢花の母親だ。大婆さまが、市兵衛を呼べと言ったのだ。市兵衛に会うときがきたとだ。なんのためにか、市兵衛が会えばわかる」

五左衛門は、冷たく命じるように言った。

二

中町の館からさらに峰伝いの山道を、幾重にも曲がりつつ分け入り、半刻（約一時間）後、水分《みくまり》神社の社殿が望める山中の小さな庵《いおり》へ着いた。

小さな庵ながら、入母屋《いりもや》の檜皮葺屋根の造りだった。

庵に周囲を廻る垣根はなく、喬木《きょうぼく》があたりを囲繞《いにょう》し、太い木々の間に鬱蒼《うっそう》とした樹林に覆《おお》われた急な斜面が、眼下にくだっているのが見えた。斜面がくだって谷を越えた先に、また濃い緑の山肌が壁のように迫っていた。

西に傾いた天道が流れる雲に隠れると、山は薄暗く急に秘めやかな気配に包まれた。庵は山道からはずれ、山の鳥の声も聞こえなかった。

庵には板戸一枚の戸口があり、その右方に障子を閉じた部屋が見えている。濡れ縁が、その部屋の西側から南側へ鉤形《かぎがた》に廻っていて、隠れていた西日が雲間からのぞき、檜皮葺屋根の庇《ひさし》に藁縄《わらなわ》で吊るした干し大根の影を、山の物の怪《もののけ》のように閉じた障子に映した。

濡れ縁の前の空き地には、落ち葉が散って、そこここに生える野草と斑模様《まだらもよう》になっていた。

先にたった五左衛門は、板戸の戸口の前をすぎて、落ち葉や野草へ影を落としながら歩み、西側の濡れ縁の前へ進んだ。そして、後ろに従う市兵衛へ半身に向きなおり、ここだ、というふうに目で言った。

市兵衛は五左衛門の左後ろに立ち止まり、干し大根の影が映る閉じた障子戸を見つめた。

「大婆さま、五左衛門です。江戸より唐木忠左衛門と梢花の孫の、唐木市兵衛と申す者がまいっております」

山中を包む静寂の中に、五左衛門の低い声が響いた。

沈黙がかえってきた。

静寂のあと、部屋に人の動く気配があった。障子戸がそっと引かれ、束《たば》ね髪《がみ》の童女のような小女が姿を見せた。

「お実野《みの》、大婆さまは起きているか」

お実野は、五左衛門の後ろの市兵衛へ好奇の目を投げて頷《うなず》いた。そして、市兵衛を見つめたまま、五左衛門にかえした。

「起きてるよ。あがれって」

「大婆さまの、ご機嫌はどうだ」

「悪うない」

「そうか」

五左衛門は市兵衛を見かえった。

「このお実野は一族の娘だ。大婆さまの世話をさせておる。大婆さまの跡を継ぐのは、このお実野だ。お実野、江戸の客を連れてきた。茶を頼む」

「五左衛門爺さまとお客に酒を出してやれって、大婆さまが言うてる。酒がいるって……」

お実野が言い、障子戸を両開きに引き開けた。

部屋は、薄く霞《かす》んだほの暗さに包まれていた。干し大根の影を障子に映していた西日が、ほの暗さの中へ射し、部屋の古びた畳を照らした。

ただ、その奥にもうひとつ部屋があった。部屋は、間仕切の引違いの帯戸《おびど》が開けられていた。

西日は奥まで届かず、そこは沈殿するかのような濃い暗みに隔《へだ》てられていた。

しかし、暗みの中にうずくまっている人影は、うっすらと認められた。

それは、暗みの中に鎮座《ちんざ》する坐像のような影だった。西日は届かないが、わずかな明かりが敷物の一端と、人影の膝を照らしている。

「大婆さま、言われたとおり、梢花の血を引く者が、江戸からきましたぞ。見えますか。この男です」

五左衛門の太い声が、林間の沈黙をまた乱した。

障子戸に立ったお実野が、奥の暗みへ向きなおり、それから、

「あがれって」

と、五左衛門へ見かえって言った。

「いくぞ」

五左衛門が先に濡れ縁へあがった。

市兵衛は草鞋を脱ぎ、五左衛門のあとから濡れ縁を軋《きし》ませ、西日の射す部屋に入った。そこは四畳半で、間仕切の帯戸を開けた奥の暗がりに向き、五左衛門は胡坐をかいた。

五左衛門は帯刀しており、腰からはずした刀を右わきへおいた。

市兵衛は左後ろに西日を背にして端座し、同じように刀を寝かせた。

「大婆さま、明かりを入れるよ」

お実野が慣れた口調で言った。奥の暗がりへ入り南側の明かりとりを、一枚、二枚と引き開ける音がした。

すると、初めに一条の光が射した。続いて、朦朧《もうろう》とした明るみが暗がりを払って、大婆さまのうずくまった姿を浮かび出させた。

重たい沈黙が、そこにあった。

市兵衛の胸がときめいた。

鼓動が聞こえた。

歳月に出会う、と猿浄は言った。

市兵衛は、歳月に出会ったのだと知った。

大婆さまの真っ白な長い髪が、小さな坐像のように背中を丸め着座した薄く弱々しい肩にかかり、背中に垂れ、敷物にまで流れ落ちていた。

白髪は、髪と同じくらい白い頭皮が透けて見えるほど少なくなっていた。けれども、乱れてはいなかった。むしろ美しく梳《くしけず》られ、俯《うつむか》せた顔にかかり、その顔を薄幕のように隠していた。

端正に着つけた淡いくぬぎ色の着物の膝に、作り物のように小さく細い、長い年輪を重ねた皺《しわ》の覆《おお》う両手をそろえていた。

しかし、皺に覆われてはいても、干《ひ》からびてはいなかった。

大婆さまの後方に祭壇がおかれていた。祭壇には斗帳《とちょう》がさがり、香炉、鈸《ばつ》や鉦《かね》の法具や仏器が並び、それらと一緒に、一尺余（約三〇センチ）ほどと思われる丸彫りの阿弥陀如来《あみだにょらい》の坐像が、朦朧とした明るみの中に浮かんでいた。

坐像は、腹前で定印《じょういん》を結んでいる。

「今日は、お客があると、大婆さまが言うてた。五左衛門爺さまと一緒にお客がくる言うて、着物も変えて朝から……」

お実野が淡々と言った。

「そうか。大婆さまはお見とおしだったか」

五左衛門は低い笑い声をもらした。

「大婆さまの名は篠掛《ささかけ》と言う。前にも言うたが、百十九歳だ。男児を四人産んだ。三十七の歳に、五人目の梢花を授かった。村尾一族の大事は、今でも大婆さまの許しがなければ進められぬ。山におわすご先祖さまの、お告げを聞く」

五左衛門が背後の市兵衛に言った。

「大婆さま、市兵衛はわが叔母の梢花に、似ておりますか」

篠掛は頭を垂れたまま、沈黙している。天道が雲に隠れ、部屋にまた冷たい陰りが差した。静寂が続いた。

お実野が台所で酒の支度をして、ほどなく、二つの折敷《おしき》に、首の長い徳利《とつくり》に総朱の杯《さかずき》と樫や栃の木の実を盛った皿を乗せ、運んできた。

「市兵衛、呑め」

五左衛門の背中が言った。五左衛門は勝手に呑み始め、木の実の殻《から》を歯で割った。顎を動かして木の実を咀嚼《そしやく》し、杯をあげた。

お実野は、篠掛の前にも折敷をおいた。折敷の杯に酒をそそぎ、痩《や》せ細った手に、酒のゆれる杯を持たせた。手は小刻みに震えたが、篠掛は酒をこぼさず、杯をゆっくり舐め、呑み乾したのがわかった。

市兵衛は、まるで儀式の厳《おごそ》かな所作を見ているような気がした。

五左衛門はそれがあたり前のことのように、木の実の殻を割り、杯をあげている。篠掛は、呑み乾した杯をお実野に戻したが、ふと、その手を市兵衛のほうへ差しのべ、市兵衛を手招きするような仕種を見せた。

頭をわずかにもたげ、長い歳月の皺に埋もれた顔を市兵衛に向けてきた。その顔は、老いの悲しみや、醜さや、恐怖や、絶望を超越した荘厳な命を、静かに湛《たた》えていた。

篠掛は、ときをこえて、市兵衛に何かを言おうとしている。

その言葉を聞くため、暗黒の空の下の静謐《せいひつ》な湖水を小舟に乗って導かれてきたのだと、市兵衛はそのとき気づいた。

「市兵衛、わしの隣に並べ」

五左衛門の背中が、冷やかに命じた。

市兵衛は五左衛門に並びかけ、篠掛の言葉を待った。

「呑め。大婆さまの馳走だ」

「いただきます」

市兵衛は杯と徳利をつかみ、自ら酒をついでいく杯かを続けて乾した。木の実の殻を、歯をたてて割った。

お実野が篠掛の傍らから市兵衛の様子を、凝《じ》っと見守っている。

天道が雲間より顔をのぞかせ、部屋は明るさをとり戻した。市兵衛は、杯と徳利を折敷に戻した。そうしてまた、篠掛の言葉を待った。

「唐木市兵衛か」

沈黙に包まれた湖水の彼方から、かすかな声が呼びかけてきた。しわがれ衰えて、今にも消え入りそうな、しかし、粛然とした声だった。

「唐木忠左衛門と妻・梢花の孫です」

市兵衛は篠掛にこたえた。

すると、市兵衛を手招いた手が、篠掛の背後の祭壇へゆっくりと転じられ、阿弥陀如来の坐像を指したかに思われた。

「あれはな、奈良の仏師の唐木忠左衛門が、萱《かや》の一材を丸彫りした阿弥陀如来坐像だ。大婆さまが忠左衛門に彫らせた。唐木忠左衛門が奈良の本仏師だと、市兵衛は知っていたか」

五左衛門が言った。

「猿浄より聞かされ、そののち、片岡家の兄より、唐木忠左衛門が奈良の仏師・唐木行応の子だったと聞かされました。わたしは、唐木忠左衛門の死を看《み》とっていません。看とったのは、わたしとは腹違いの兄です。臨終の折り、忠左衛門はその兄に、罪深き身だと、言い残したそうです」

「市兵衛、大婆さまに山のご先祖さまより、お告げがあった。一族の血を引く者が江戸にいる。その者を捜せ。その者に会うときがきたとだ。ご先祖さまのお告げには、従わねばならぬ。それが村尾家の掟だ。われら山の民は、そのお告げに従って生きてきた。これからもそのように生きる。大婆さまがわれらに命じた。大和の興福寺へ人を遣わし、唐木市兵衛と言う男の行方を探らせるがよい。唐木市兵衛が唐木忠左衛門の孫、唐木忠左衛門の妻となり、吉野を捨てた梢花の血を引く者だと、大婆さまは知っていた」

市兵衛は沈黙をかえした。

「調べてわかった。もう二十年以上前になる。江戸の唐木市兵衛が上方《かみがた》に上り、大和興福寺の門をくぐったのは十三歳だ。おまえのことだな。まだ小僧だったのだな。唐木市兵衛は興福寺にて五年、学問と剣の修行を積んだのち、十八歳のとき興福寺から姿を消した。それから二十数年がすぎ、抜群の頭脳を持ち、天稟《てんぴん》の剣の才を授かっている唐木市兵衛の名は、今でも興福寺の僧らの間に言い伝えられていた」

そのとき風が出てきたのか、庵の外の木々が騒いだ。風は庵の中に流れて、篠掛と傍らのお実野を包む明るみが、ほのかにゆれて見えた。

「江戸からきた唐木市兵衛が興福寺にいる噂《うわさ》は、二十数年前、吉野にも伝わっていた。わしらは誰も、唐木市兵衛という小僧の噂など気にかけなかった。唐木忠左衛門の名も、吉野を捨てた梢花のことも、わしらは忘れていた。大婆さまだけが、唐木市兵衛が、奈良の仏師だった唐木忠左衛門の血筋ではないか、梢花の血を引く者ではないかと疑い、腹の底に仕舞《しま》っていた。二十数年がたち、大婆さまに命じられてわしらが探り、大婆さまの腹の底に仕舞っていた疑いが、まことだと知れた。大婆さまに、村尾の一族の血を引く者が江戸にいると、ご先祖さまのお告げがあったならば、唐木市兵衛に間違いないと思った」

五左衛門は杯をあおり、続けた。

「のみならず、興福寺で新たにわかったことがある。奈良の仏師・唐木忠左衛門は、梢花とともに大和を捨てて江戸へいったのち、徳川《とくがわ》家旗本の片岡家に、足軽として仕えた。すなわち、忠左衛門は片岡家の侍奉公をして身をたてた。だが、足軽など軽き身分にすぎぬ。吉野にいれば何不自由のない村尾家の息女が、足軽ごときの女房となって、さぞかし貧しい暮らしであったろうな。梢花は娘の市枝を産み、市枝が市兵衛を産んだ。先ほど、その子細を市兵衛から聞かされ、村尾一族の者の流転《るてん》が腹に沁《し》みた。大婆さま、梢花も唐木忠左衛門も二人の間に生まれた子も今はもうおりませんぞ。江戸にいる村尾の血筋の者は、唐木市兵衛ひとりです。江戸にいかせた猿浄も、亡くなりました」

木々が騒ぎ、明るみのゆれ動く中で、篠掛は沈黙している。

やがて、皺が覆い枯れ枝のように痩せ細った手を、再び市兵衛へ差しのべた。

「もっと、近う、こい」

大婆さまのしわがれた声が、かろうじて聞きとれた。

差しのべた手が、震えながら手招いた。市兵衛は、暗黒の空の下に横たわる静謐な湖水を小船が導かれるように、膝を進めた。

部屋は、祭壇のほかに枕屏風《まくらびょうぶ》と布団《ふとん》が重ねてあるのみで、いっさいの飾り気を断った篠掛の寝所と思われた。

お実野が開けた南側の障子戸の外で、風がささやき、木々が震えている。

篠掛は市兵衛に差しのべた手を、おろさなかった。

「唐木さん、大婆さまの手をとりや」

お実野が、たしなめる口調で言った。

篠掛の手を、市兵衛は掌《て》にとった。枯れ枝のように痩せ細ってはいても、ほのかな命の温もりが掌《てのひら》に伝わった。

篠掛のしわがれた低い声が、ゆっくりと語り始めた。

「わしは、もうすぐ、生まれて百二十年目の歳月を迎える。何ゆえ、これほど長い命が与えられたのか、わしには、わからん。山のご先祖さまの、お決めになったことや。わが子はみな、先に逝《い》った。孫ですら、亡くなった者も少のうない。この春、ご先祖さまのお告げを聞いた。それで、やっともうすぐやと、知れた。長かったな、そろそろやなと、思うた。そしたら、かかさま、かかさま、と呼ぶ声が聞こえたのや。梢花やと、すぐにわかった。梢花の姿も声も、忘れたことはない。梢花は、わしの命をつなぐ子やった。梢花が、山のご先祖さまのお告げを聞く役割を継ぐはずやった。六十数年も前のことや。梢花がわしにそむいて、吉野の山をくだったあとも、梢花は必ず帰ってくると、思わぬ日はなかった」

長い歳月の皺に埋もれた顔を市兵衛からそらさず、枯れ枝のように痩せ細った手も、市兵衛の掌の上に乗せたままだった。

「わしらは、吉野に都をおいた後醍醐天皇に仕え、帝《みかど》の陵墓《りょうぼ》を守る地下人の身分やが、わしらのご先祖さまは、はるかに遠い古《いにしえ》の世から、この山で生きてきた。人の知恵など及びもつかぬ山の神の下《もと》に生きてきた。わしらも古のご先祖さまのように生き、ご先祖さまのいる山へ往生《おうじょう》するのや」

不意に、篠掛は市兵衛の頰へ両手をのばした。お実野が手を添えて、篠掛の上体を支えた。指先で市兵衛の頰をなで目鼻や額に触れつつ、篠掛は言った。

「まぎれもない。市兵衛には梢花の面影がある」

天道が雲に隠れ、また冷やかな陰りが庵に忍び寄った。山の木々が風に震え、秘め事をささやいた。

三

唐木忠左衛門が、熊野より大峰道を順峯《じゅんぶ》して吉野に現れたその秋、梢花はまだ十八歳の、吉野の白山桜のような、秋の山々を赤く染める紅葉のような、母親のわしですら見とれるほどの美しい娘やった。

唐木忠左衛門は、梢花より十はなれた二十八歳。頭を丸め、長身にしなやかな身体つきの、この男も目鼻だちの清げな、若い修験者の風体やった。

忠左衛門は、熊野権現のある僧の添状を持ってわが館に現れ、自分は父親の代から奈良の仏師を生業にしており、このたび、吉野の惣年寄役《そうとしよりやく》の村尾家において仏師を求めておられるとうかがいました。まだ仏師をお捜しであるなら、是非《ぜひ》わたくしにそれをお命じいただきたいと思いたち、お訪ねいたした次第ですと、慎《つつし》み深げに申し入れてきた。

その前年、村尾家の先代が亡くなって、先代の供養に仏像を拵《こしら》えようと考えており、その話が熊野のほうにも伝わっていたらしい。わしは、忠左衛門の慎み深げな様子に心を動かされ、熊野の僧の添状も持っていたこともあって、ならば、一体の阿弥陀如来像をと、忠左衛門の申し入れを受けてしもうた。

まことに、人の定めは奇怪千万《きかいせんばん》。あのとき、わしが忠左衛門の申し入れを受けなんだらと思うと、悔《くや》まれてならん。自分をいかほど責めても、責めきれん。

それから三月《みつき》をかけて、忠左衛門は、あの丸彫りの阿弥陀如来坐像を彫りあげた。じつは、忠左衛門はこの庵に閉じこもって、仏像を彫ったのや。十八の梢花が、この庵に毎日通うて、忠左衛門の世話をした。若い娘と、若い男や。今思えば、なんの不思議もない成りゆきやが、梢花は特別な娘や、ご先祖さまがそんなことをおさせになるはずがないと、わしはええように考えていた。

三月かけて彫りあげた阿弥陀如来坐像は、見てのとおり、見事な出来栄えや。阿弥陀如来の深い御心《みこころ》が、ひしひしと伝わってくるようで、よい供養になると、わしは喜んだ。心打たれて、涙したほどやった。

秋が深まり冬になって、阿弥陀如来坐像を彫りあげた唐木忠左衛門は、雪の舞い始めた吉野の山をくだっていった。

ところが、その年の末、梢花はわしにそむいて、いや、ご先祖さまの意図にそむいて、ひとり吉野山をくだり、大和の忠左衛門を追っていったのや。

　梢花と忠左衛門の間にあった男と女の子細など、そんなものはどうでもええ。ただ、とんでもないことが起こったと気づいた。梢花は、ただの娘とは違う。特別な娘なのや。梢花が捨てたのは、一族だけやない。山のご先祖さまのお告げを聞く役割を捨てたのや。それは、古より命をつなぐ山のご先祖さまを、捨てたのと同じことや。

　とんでもない、罪深いふる舞いなのや。

　ご先祖さまは、そんな梢花を、お許しになるはずがないのや。

　わしは、恐れ慄《おのの》いた。梢花に、恐ろしい罰がくだされると気づかされた。わしは、これは絶対許されんことやと思うた。

　同時に、わしの自慢の梢花を奪った大和の忠左衛門を恨んだ。憎んだ。絶対許さん、と思うた。

　わしは、大和に人を遣わし、忠左衛門を捜しあて、梢花をかえせと迫った。

　梢花は、山の神に仕え、山のご先祖さまを守る役割を担う、特別な宿命を背負うておる。こんなことをしていたら、今に神罰がくだされる。一刻も早く梢花を山にかえせと、忠左衛門を責めた。

脅しではないぞ。本当にそうなると思うたし、そうなったではないか。

けれど、梢花は帰ってこなかった。

梢花は、唐木忠左衛門と添い遂げたいと、なんと小娘のような一途《いちず》な、愛らしい、けな気な手紙を寄こし、わしの許しを請うてきたではないか。

わしは罪の恐ろしさと、愛《いと》おしさに打ちひしがれ、三日三晩、泣き明かした。

それから、梢花を守るために、唐木忠左衛門を討つしかあるまいと気づいた。

山に暮らす三人の男らに金を与え、ひそかにそれを頼んだ。仮令《たとえ》そのために、お上に罰せられるような事態になっても、梢花のためになるならよいとな。

わしが雇うた三人は、屈強な山男やった。

春のある夕刻、三人は、興福寺に仕事があったその戻りの忠左衛門を、猿沢《さるさわ》の池の畔《ほとり》で襲い、戦《たたこ》うた。二人が斬られ、ひとりが怪我《けが》を負いながらかろうじて逃れた。生き残ったひとりが、顚末《てんまつ》を語った。

男の話では、忠左衛門は猿沢の池の彼方の興福寺の、五重塔よりも高う夕空へ跳んで、二人をたちまち斬り伏せた。まるで、山の物の怪を見るようやったと、その生き残りが慄きながら言うた。

なんという男や。三人がかりでまったく歯がたたんかった。

忠左衛門は、疵ついた残りのひとりには止《とど》めを刺さず、吉野に戻り、済まぬと伝えてくれ、と言って立ち去ったそうや。

思えば、大峰奥駈をひとりでやりとげ忽然《こつぜん》と吉野に現れた忠左衛門を、わしは見くびっていた。見誤っていたのかもしれぬ。武家の出とはわかっていたが、武士を捨て、仏師になった。それだけの者と、思うていたからな。

それから、梢花は忠左衛門とともに、大和から消えた。二人して手に手をとって、遠い他国へ旅だってしもうた。

わしはそれで、梢花を失ったんやと知った。吉野山のように美しい宝を失《うしの》うたんやと、思い知らされた。後悔に胸をかきむしられたけれど、手遅れや。梢花は手の届かない彼方へ、消えてしもうた。

けど、わしは梢花はいつか必ず帰ってくる、吉野に戻ってくると思うて、今日まで生きてきた。梢花が帰ってくるまで、わしは死にはせんと、そう信じて生きのびたのや。梢花に会わずに死ぬなんぞ、考えたこともない。

梢花と忠左衛門は、江戸で暮らし、子が生まれ、そのまた子が生まれた。それが、われら村尾一族の血を引く、梢花と忠左衛門の孫の唐木市兵衛なのやな。

庵の南側の木々の間に、まだ青空が見えていた。

空には白い雲がたなびき、空の下に折り重なる山肌は、日の名残りの陽射しが降って、一日の最後の輝きを放っていた。

木々のかそけきざわめきが、風に乗って庵の中に流れてくる。

「市兵衛、ようきてくれた。おまえの中に、梢花が生きているのがわかる」

篠掛は市兵衛の手を、再びとった。市兵衛の手を両手で包み、残りの命を伝えるかのように言った。

「わしの宝が、市兵衛の中に残っていたんやな。市兵衛が、梢花の命を吉野へ連れ戻してくれたんやな。それがわかって、嬉しい。これで、安心して逝ける。山で梢花が、わしを待っておる」

篠掛は市兵衛の手を放し、力なく落とした。

「大婆さま、疲れたやろ。横になり」

お実野が篠掛の小さな身体を抱き、敷物の上にゆっくりと寝かせた。横たわった篠掛に布団を着せた。

篠掛はお実野に身を任せ、目を閉じていた。

だが、閉じた瞼を震わすように開き、宙を見あげた。薄く開いた目が、遠い思い出の彼方へ、かすかに笑いかけたかのようだった。

「市兵衛、ちょうど今ごろの秋やった。山上ヶ岳の峰伝いに、ひとりの若き修験者が山下の吉野へくだってきた。それが、唐木忠左衛門やった。大峰の雨風や土《つち》埃《ぼこり》にさらされて汚れてはいたものの、姿のええ修験者やった。言葉を交わすと、笑顔の清々しいよき男でな。物静かで、優しく薫《かお》る風を感じさせた。正直に言うとな、ほんのちょっと、ちょっとだけやが、梢花が心動かされるのではないかと心配した。けど、すぐにそんなつまらぬ心配はするまい。この男は大和の仏師にすぎぬ。阿弥陀仏を彫り終れば、大和へ去ってしまう。梢花とは、所詮《しょせん》、比べられもせん。そう思うた」

篠掛は再び目を閉じた。

「今日は、ちょっと疲れた。久しぶりに、楽しかった。酒も呑んだ。五左衛門、久しぶりに呑んだな」

「はい。久しぶりに大婆さまと酒を酌み交わしました」

五左衛門が低い声を寄こした。

「お実野、ちょっと寝るで」

「うん。大婆さま、寝たらええ」

篠掛は沈黙し、そしてまた言った。

「大和の仏師の唐木忠左衛門は、大峰道を縦走してきた。なんのためにそんなことをしたんやろ。今でも希《まれ》に、夢に見たり、思い出すことがある。今でもあの男のことはわからん。唐木忠左衛門と言う男のことは、わしにはわからんままや。梢花が何もかもを打ち捨てて、その元に走るだけの値打ちのある、そんな男やったのかな。市兵衛、おまえはそれがわかるか……」

四

翌日の夜明け前、市兵衛は、浅葱の木綿を着け、明るい縹色の細袴、黒の甲《こう》懸《がけ》、脚絆、黒足袋に草鞋、背中には合羽を畳んで結えた葛籠をかつぎ、菅笠を目深にかぶった、きたときと同じ旅装束で中町の村尾家の館を出た。

「険しい山道に役にたつ。これを持っていけ」

と、五左衛門に譲られた金剛杖を手にしていた。

吉野から山上ヶ岳を目指し、ひとり峰入りした。

激しいのぼりおりを繰りかえしつつ、うっそうと繁る木々に包まれ、狂喜する鳥の声が交錯する樹林の間の岩だらけの道や、急に視界の開けた眼下に山々が折り重なり、果てしもなく広がる峰伝いの山道が、山上ヶ岳へとのぼっている。

彼方の山に雲がかぶり、その雲の上に青空が見え、息を呑む美しさだった。

大峰には、神仏の宿るところの、巨岩、怪石、奇窟《きくつ》、滝、そして山頂などの靡《なびき》（修行場）がある。熊野本宮を一の靡とし、柳の宿までの七十五靡と知られ行場《ぎょうば》になっているが、神仏の宿る行場は修験者の感ずるところすべてがそうである。

市兵衛は洞辻茶屋で勤行《ごんぎょう》したのち、油《あぶら》こぼし、鐘掛岩《かんかけいわ》、お亀石《かめいし》をすぎ、西ののぞきへいたった。

洞辻茶屋から山上ヶ岳へは、踏破《とうは》だけなら半刻余である。

山上ヶ岳の大峯山寺へ入堂し、市兵衛はそこでも勤行した。その夜は、吉野四坊院の山上ヶ岳宿坊《しゅくぼう》に宿をとった。

翌日も、出立は夜明け前の七ツ（午前四時頃）である。次第に険しく高くなる山道を、およそ六里半（約二六キロ）の行程の弥山《みせん》を目指した。

市兵衛の前方をゆく修験者の一団の、「懺悔懺悔《さんげさんげ》六根清浄《ろっこんしょうじょう》……」と、ひたすら唱えるかけ念仏が、山と谷へ谺《こだま》していた。

幸い、その日も払暁《ふつぎょう》の天空に星が輝き、小篠宿《こざさ》を越えるころ、東南の山の端にのぼる来迎《らいごう》を拝《おが》んだ。山道はぶなの林を抜け、女人結界の阿弥陀ヶ森を越え、昼ごろ、大普賢岳にのぼった。さらに、弥勒岳、国見岳、行者還岳の難所をすぎ、その日の夕刻、弥山に着いた。

高山ははや秋の気配が深まり、山々の濃い緑に秋の冷気が差していたが、およそ六里半の弥山までの険しい山道を歩き通し、市兵衛の上着までが汗みずくになっていた。

そうして、三日目。

夜明け前から篠突《しのつ》く雨になった。

だが、風はなく、雨は吠えるように樹林を騒がせ、岩を叩き、山肌を滝となって流れた。雨こそは、この神の峰がもたらす恵の根本である。

早朝、市兵衛は雨の中を出立した。

その日は、釈迦ヶ岳を越えて前鬼を目指していた。

山道は泥水を跳ね、山や谷も、そして果てしない天空もが、濁酒《にごりざけ》のような冷たく白い雲に覆われ、閉ざされた。かろうじて、数間先へと水浸しの山道が続き、それをひたすらたどるばかりだった。

弥山から半刻有余で、八剣山の頂に立ったことがわかった。

雨は弱まることなく降りそそぎ、市兵衛の全身に音をたてはじけた。

頂上の周囲のすべてを白濁した雲に覆い隠された景色は、北から南へとたどってきた山道によって、東と西の方角を推し量るだけである。

ただ、その白濁のはるか西の彼方で、雷光が一瞬、白い雲の隙間に走り、遠い雷鳴が低く不気味にとどろいた。すると、修験者の一団がどこかの行場で吹き鳴らすのか、祈るような法螺《ほら》の音が物憂《ものう》く響きわたった。

「おのれの声に従え」

十三歳の市兵衛に、祖父《じい》さまは言った。

この峰をゆけば、おのれの声は聞こえるのか。祖父さま、これでよいのか。教えてくれ。市兵衛は自らに問いつつ、歩み続けるしかなかった。

「仏生ヶ岳をへて孔雀岳をくだり、釈迦ヶ岳の山頂へのぼりとなるあたりが、大峰道の最も厳しい難所だ」

と、五左衛門に教えられていた。

その難所の舟《ふね》ノ垰《たわ》をすぎ、楊子ノ森に差しかかっていたときだった。

降りしきる雨に閉ざされたゆく手に、黒い人影らしき立像を認めた。

人影はただ一体のみで、道に迷い途方に暮れているかのように、誰かを待っているかのように、深い想念に閉じこめられているかのように、あるいはそれは幻影にすぎず、山の物《もの》の怪《け》が大峰道を抖藪《とそう》（山中修行）する修験者を験《ため》そうと待ちかまえているかのように、降りしきる雨の中に粛然《しゆくぜん》と立ちつくしていた。

山肌の岩の間から雨水が噴き出し、滝のように降りかかった。跳ねる泥水とぬかるみが、市兵衛にからみつき、力を奪い、歩みを苦しめていた。

しかし、引きかえす道などありはしない。

市兵衛は、ためらわずに人影を目指し歩みを進めた。

そこは、ぶなや神代杉の森が雨に打たれ騒然としていた。

微塵も身動きせず市兵衛を見守っていた人影の、雨に烟《けむ》っていた顔、目や鼻や口、痩せた頰、広い肩幅と長い手足が、次第に見えてきた。

菅笠をかぶり、木綿の着物に細袴を膝頭が見えるほど股だちを高くとって、素足に草鞋をつけ、腰には黒鞘の二刀を帯びていた。

馬上の父・片岡賢斎の傍らにいつも従っていた足軽の唐木忠左衛門の風体が、そこに甦《よみがえ》っていた。

「才蔵さま、お父上のご登城ですぞ。お見送りをなされませ」

馬上の主に従う唐木忠左衛門が、諏訪坂の屋敷を出るとき、幼い市兵衛に投げかけた言葉や微笑みを思い出した。

あのときのままの足軽・唐木忠左衛門が、降りしきる雨の大峰の山道で、まるで、「才蔵さま」と、今にも呼びかけそうに市兵衛を待っていたのだった。

市兵衛は歩みを止めた。そして、五間（約九メートル）の間をおいて忠左衛門と対峙《たいじ》した。

白濁した部厚い雲に覆われた空の彼方に、低い雷鳴がとどろき、二人を囲むぶなや神代杉の森は、降りしきる雨に激しくざわめいていた。

忠左衛門の菅笠や肩に、雨が白い煙のような水飛沫《みずしぶき》を散らしていた。

「市兵衛、よくきた。わたしに用か」

忠左衛門が声をかけた。

「祖父さまにもう一度お訊ねするため、やっとここまできました」

市兵衛は、雨の中へ投げかえした。

「こたえよう。何が訊きたい」

「十三歳で父・賢斎がなくなりました。父の葬儀の終ったあと、わたしは祖父さまに、こののち何を頼りに生きればよいのかと、訊ねました。あのとき祖父さまは、おのれの声を聞け、おのれの声が教えてくれるだろうと言われた。あれから二十七年の歳月がすぎました。愚かなわたしは、未だにおのれの声を聞くことが叶いません。わが命は、深い暗がりの中を石のように転がっています。自分が何者か、わたしは未だに知らぬのです」

「市兵衛、おまえは生きてきたし、生きてゆく。昔、十三歳の片岡才蔵が生きた。今、四十歳の唐木市兵衛が生きている。まぎれもなく、生きてきた証《あかし》がおまえの声だ。おまえの声が教えているではないか。そのまま生きればよいと」

「ならば、教えてください。祖父さまは何者なのですか。祖父さまが入峯《にゆうぶ》すると決めたとき、おのれの声は、祖父さまに聞こえたのですか」

市兵衛が訊ねると、木々のざわめきの中で忠左衛門は沈黙した。

あたかも、二人の長い歳月が儚《はかな》くすぎ去っていくかのような静寂がすぎ、再びぶなや神代杉の森のざわめきが甦ってきたとき、

「武士として生きる志《こころざし》はなかった」

と、忠左衛門は言った。

「わたしは武士にして奈良の本仏師になった父の子であり、わたしも父の跡を継いで、後の世に名を遺すほどの本仏師になりたいと心から願っていた。父の弟子となって仏師の修業の傍ら、興福寺の大乗院にて法相《ほつそう》の教えを学び、剣術の修行

を始めたのは十歳だった。だが、始まりは学問も剣も、御仏の心を学ぶ修行のひとつだった。仏を彫る者は、御仏の心を彫らねばならないと、わが師匠の父は考えていた。おまえの父親の賢斎も、十四歳のとき剣の修行のため、同じ興福寺の門を叩いた。賢斎は、いずれは身分高き徳川家旗本の片岡一門を継ぐ身であり、わたしより七つも歳下の初々しい若衆《わかしゅ》だった。賢斎とわたしは、剣の修行をとおして、生涯の友になった」

「祖父さまと父とのかかり合いは、兄の信正から江戸を発つ前に聞き……」

市兵衛が言いかけると、忠左衛門は雨の飛沫を散らして頷いた。

「だが、今は市兵衛の問いにこたえよう」

忠左衛門は続けた。

「大乗院で学んだことがある。夢から目覚めているはずのわたしは、じつは未だ目覚めてはおらず、夢の中にある。すなわち、父を継いで仏師となったわたしは、ありもしない夢の中に生きている幻影にすぎず、わたしは夢から目覚めたわたしを知らず、夢から目覚めぬ限り、わたしはわたしを知ることができない……」

忠左衛門は、よいか、というふうに市兵衛を見つめている。

「わたしは、御仏の心を彫ることのできる仏師となるため、夢に見ている幻影ではないわたしを探し求めた。愚かで未熟なわたしは、夢から覚めないのかもしれない。だとしても、幻影ではないわたしに近づきたいと願った。しかしながら、もうひとりのわたしがいた。ならば、わたしが御仏の心を彫ることのできる仏師となりたいと願うこともまた、幻影にすぎないのか、夢の中のわたしを知らないわたしの、儚き思いなのかと。わたしにはわからなかった。市兵衛、戯れを言うておるのではないぞ。あのとき、わたしは二十八歳だった。その夏の初め、熊野権現のある高僧より、一体の仏像を彫る頼みを請けた。わたしは熊野に出かけ、熊野権現の僧房にこもり、一体の仏像を彫りあげた。それを高僧に差し出したとき、おのれの迷いを高僧に訊ねたのだ。すると、高僧は言った。一切衆生《いっさいしゅじょう》の往生は阿弥陀仏を信ずることにあり。信不信を選ばず。浄不浄を嫌わずとだ。それから、高僧に勧められた。大峰道の彼方の吉野に、すぐれた仏師を求めている一族がいる。大峰道を抖擻し、一度、吉野へいかれてはいかがかと。わたしは、いかねばならぬと思った。おのれの迷いを解く何かが、吉野にいけば見つかるのではないかという気がした。秋になって、わたしは熊野より大峰に入峯した」

「祖父さまは、たどり着いた吉野の村尾家の娘・梢花を妻になされた。吉野の梢花が、わたしの祖母さまです」

「そうだ。わたしは吉野で梢花と出会った。梢花はわたしの妻になった。梢花を妻に娶《めと》ったことで、多くの人々を苦しめ、疵つけ、命を殺《あや》めた。罪深き身と、悔まぬ日はない。しかしながら、仮令《たとえ》、罪深き身であっても、わたしの心は生涯、梢花とともにあった。梢花はわたしの命になった。剣をとおして、片岡賢斎が、わたしの生涯の友となったようにだ」

　忠左衛門はそう言って、市兵衛に再び微笑みを寄こした。

「市兵衛、おまえは風の剣を使うのだな。風は見えぬが、風は吹いている。梢花を愛おしいと思う心は見えぬが、愛おしさは確かにある。賢斎との生涯の友情は目に見えぬが、友情は確かにある。わが娘の市枝を慈しみ、わが孫の市兵衛を自慢に思う心も、目には見えずとも間違いなくある。市兵衛、目には見えぬものにこそ、真実はある。それに気づいたことがおのれに聞こえる声だと、そのようにおまえの問いにこたえよう」

　降りしきる雨が、ぶなや神代杉の森を騒がせていた。白濁した部厚い雲の覆う天空の彼方で、雷鳴が低くうなるようにとどろいた。

五

龍門寺別当・牛天神の境内《けいだい》に、つくつくぼうしの鳴き声が、すぎ去った夏を惜しむかのように物寂しく空騒ぎしていた。

だが、秋は深まっているのに、夏を思わせる暑い日が続いていた。陽射しは厳しく、白堀を泳ぐ鯉《こい》が涼しげだった。

牛天神の社殿の裏手に、つくつくぼうしの鳴く木々が繁《しげ》っていた。

その牛天神の社殿から参道を戻り、大鳥居をくぐって、白堀に架かる板橋を渡り、水戸家上屋敷と小石川の武家屋敷の間をゆく往来をとって、突きあたりを右にとれば江戸川に架かる立慶橋《りゅうけいばし》、左へとれば水戸家上屋敷の里俗《りぞく》に百間長屋《ひゃっけんながや》と呼ばれる通りが、土塀に沿って水戸屋敷の表櫓門の門前と小石川御門橋の架かる大通りまで、真っすぐ延びていた。

百間長屋の北側の、広大な水戸屋敷の木々でも、通りの南側につらなる長屋門を固く閉じた武家屋敷の邸内でも、あそこからひとつ、こちらからひとつ、というふうにつくつくぼうしの空騒ぎが聞こえた。

汗ばむ暑さが続く昼さがり、信夫平八は神田川に架かる昌平《しょうへい》橋を、八辻ヶ原から湯島《ゆしま》横町へ渡った。昌平黌《こう》のある湯島聖堂《せいどう》への急な坂をのぼって、降りそそぐ陽射しの下を、水道橋のほうへとくだっていった。そして、小石川御門橋と水戸家門前の大通りをすぎ、川沿いではなく百間長屋の通りへとった。

百間長屋の通りは、夏を思わせる暑い昼さがりということもあってか、人通りは平八のほかに見えなかった。

ただ、つくつくぼうしの物寂しい声だけは、聞こえている。

息苦しそうに呼気を喘がせ、とき折り咳きこみ、ねっとりとした汗をかきながらも、平八は歩みを進めていた。

身体は気だるく、熱はあった。

だが、いかねばならぬ、仕事をせねば、と気持ちばかりが焦った。

百間長屋の通りを、半ば近くまできたときだった。

南側の武家屋敷の土塀がつらなる一軒の曲がり角から、ひとりの侍風体が、のどかに歩み出て、通りの明るい陽射しに包まれた。

菅笠をかぶり、痩身《そうしん》に淡い萌葱の単衣と濃紺に千筋縞《せんすじじま》を抜いた細袴を着け、その腰に黒鞘の二刀を、絵に描いたように清げに軽々と帯びた風体に、険しさは微塵も感じられなかった。

にもかかわらず、その侍が不意に現れたことに平八が不審を覚えたのは、気が急《せ》いていたからかもしれなかった。

侍は角を曲がって平八の正面へ相対し、昼さがりの陽射しが落とす自分の影を踏んで佇んだ。

菅笠の陰になった顔は、よく見えなかった。

二人の距離が七、八間（約一三、一四メートル）のところで、平八は一旦歩みをゆるめたものの、かまわずゆきすぎようと、すぐに足早に戻った。

さり気なく、侍が菅笠を持ちあげた。菅笠の陰が払われ、陽射しが侍の顔を白く照らした。

静かな、少し物憂げな眼差しが平八を見つめていた。

「ああ、唐木さんでしたか」

思わず、小さな笑みを唐木市兵衛に投げた。そうして、つい、歩みを止めた。

自分に向けられている静かな、少し物憂げな眼差しに気おされ、ゆく手をはばむ気配が感じられたからだ。

「ご無沙汰《ぶさた》していました。はや、ひと月ほどになりますね。もう七月も終わりなのに、暑い日が続きます。小弥太さんと織江さんは、お元気ですか」

　市兵衛が穏やかに言った。

「小弥太も織江も、健《すこ》やかにすごしております。先月の織江の急な病では、唐木さんと宗秀先生にお助けいただき、織江は一命をとりとめることができました。あのとき、織江にもしものことがあったらと思うと、今でも胸が苦しくなります。まことにありがたいことです。唐木さんと先生をお招きして、お礼の宴などを開くつもりでおりますが、貧乏侍は貧乏侍なりに野暮用があって、ついつい機会がのびてしまいました。近いうちに、声をかけさせていただきます。その折りは是非《ぜひ》、宗秀先生と……」

「どうぞ、礼など気になさらずに。小弥太さんと織江さんはどうしているのかなと気になりつつ、こちらも貧乏侍なりに果たさなければならない用が続いて、おうかがいできませんでした」

「唐木さんは、青物御納屋役所にお勤めでしたね。やっちゃばと言われる商いの盛んな青物市場の江戸城御用のお役所ですから、さぞかしお忙しいのでしょう。ご苦労なことです」

「銀町の青物御納屋役所は、もう辞めたのです。どうしても上方へ上らなければならない用ができ、辞めざるを得ませんでした。お役所のみなさんには、迷惑をかけてしまいました」

「ほう、青物役所は辞められたのですか。それで、上方へ？」

平八は繰りかえし、物思わしげな素ぶりを見せた。だが、急いでいることを思い出し、顔つきを改めた。

「そうでしたか。いつか上方の話をお聞かせください。では……」

「信夫さん、どちらへいかれるのですか」

市兵衛は冷やかな語調で問いかけ、平八の歩みをはばんだ。

「その先の知り合いを訪ねます。申しましたように、貧乏侍の野暮用です」

市兵衛の左側を、通りすぎようとした。

ところが、市兵衛は平八になおもはばむ恰好《かっこう》で、一歩、二歩と左へ移り、平八の正面に立った。

意外なふる舞いに、平八は内心戸惑った。

歩みを止め、訝《いぶか》しそうに市兵衛を見かえした。首をわずかにかしげた。しかし、気の所為《せい》か、と思いなおし、

「では、これにて」

と、再び歩み出した。

するると、市兵衛は平八のゆく先に立ちはだかり、なおも言った。

「わたしはここで、人待ちをしておりました。その人がくるかこぬか、わからぬのですが、わたしはその人ならくると、思っていました」

平八は、間が五間をきったところで、立ち止まった。市兵衛の右側からゆきすぎようと考えたが、それもためらった。

水戸屋敷の土塀よりはるかに高くのびた欅《けやき》が、土塀の外にまで枝葉を広げ、白い地面に斑模様の影を落としていた。その影の中に立ちつくした。

つくつくぼうしが、通りの静寂を震わしている。

「人待ちをして、もう一刻余がたちました。そこの土塀をお借りし、坐りこんでうつらうつらしておりました。信夫さんの咳が聞こえて、目覚めたのです。信夫さんは、また風邪をひかれたのですか。前も風邪をひいておられましたね」

平八はわずかにはにかんだだけで、こたえなかった。

饅頭笠《まんじゆうがさ》をつけ、桶《おけ》を両天秤にかついだ水売りが、小石川御門のほうからきて、二人の傍らを立慶橋のほうへ通りすぎていった。

「どなたを……」

言いかけた平八の言葉に、市兵衛がかぶせた。

「待ち人は、小石川の牛天神の龍門寺門前の店へいくはずなのです。その店へいく前に、どうしてもお会いしなければならないのです」

平八は沈黙した。

通りすぎた水売りが、通りの先で、「ひゃっこい、ひゃっこい」と、甲高《かんだか》い売り声をあげて遠ざかっていく。

市兵衛は、沈黙している平八に言った。

「この夏の初め、上方より江戸に下ってきた修験者がおりました。修験者は、江戸に居住するある者に会う用があって、飯田町の裏店に住まいを定め、祈禱の生業で暮らしをたてつつ、その者を捜しておりました。今月になり、捜していた者が見つかり、修験者はその者に会って用を果たし、夜更けに飯田町の店に戻る途中、賊に襲われ殺害されました。殺害された場所は、飯田川に架かる俎板橋。修験者を襲った賊は、修験者の首をただ一刀の下に刎《は》ねたのです。賊が、尋常ではない恐ろしいほどの剣の達人であることは間違いありません」

市兵衛は、平八を見つめた眼差しを傍へ遊ばせた。

「ところで、修験者殺しを調べた岡っ引の親分は、修験者と同じく凄腕で首を一刀の下に刎ねられた殺しが、今年の春の初めに浅草で一件、そして、先月の末に池の端で一件と起こっていて、俎板橋の修験者殺しで三件目となり、これはもしかすると同じ賊の仕業ではないか、という疑いを持ちました。しかも、殺された三人につながりは何もない。なんのかかり合いのない三人をひとりの凄腕の賊が殺害するとしたら、もしかするとこの三件は、凄腕の賊が、別々の相手より殺しを頼まれ、ひとりいくらで請け負ったのではないか、と町方の岡っ引を務めてきた老練な親分は、長年の勘で推量したのです。俎板橋で殺害された修験者は……」

そのとき、平八は激しく咳きこんだ。

咳が収まると、息を整えながら市兵衛に言った。

「唐木さん、済まないがわたしは急いでいる。その話の続きは、後日、別の機会に、ゆっくりとうかがいます。今日はこれにて、失礼いたす」

「信夫さん、そんなに急いで、どこへいくのです」

「ですから、その先の知り合いを訪ねるのです。貧乏侍の野暮用と申したではありませんか」

「その先の知り合いとは、どこです。どういう野暮用なのですか」

「それは、唐木さんにはかかわりはありません」

「かかわりはあるのです。わたしは一刻余前から、ここで信夫さんをお待ちしていたのです。わたしの待ち人は、信夫さんです。信夫さんは必ずくると、思っていました。思ったとおり、信夫さんはきた」

平八のこめかみに、汗の雫《しずく》が伝った。肩をゆらし、抑えても抑えきれない小さな咳を、苦しそうに繰りかえしながら、市兵衛に不審の目を向けた。

その顔は、あせた土色に濁っていた。

「信夫さん、俎板橋で首を刎ねられて殺害された修験者が、江戸で捜していた者はわたしです。修験者の名前は猿浄と言います。わたしの遠い縁者なのです。猿浄を俎板橋で襲い、殺害したのは信夫さんですね」

「えっ。な、何を言われる。唐木さん、妙な戯《ざ》れ言《ごと》を仰《おつしや》るのはやめていただきたい。いくら恩人の唐木さんでも、言ってよいことと悪いことがありますぞ」

平八は顔をわずらわしそうに歪め、市兵衛から目をそらした。そしてまた、咳きこんだあと、喘《あえ》ぐように言った。

「だ、第一、わたしのような始終風邪ばかりひいておるようなひ弱な男が、人を襲って首を一刀の下に刎ねるような真似《まね》が、できるわけがない」

「信夫さんだからできるのです。信夫さんが使い手であることは、青物新道の蛤屋で初めてお見かけしたときから、わかりました。あのとき、信夫さんは小弥太さんと織江さんを連れていて、子供らに夕飯を食べさせ、ご自分は酒を呑んでおられた。信夫さんは酒を呑みながら、子供らにたかる蚊を指先でこともなげにはじき飛ばして、子供らが蚊に食われないように守っていた。一見、さり気ない仕《し》種《ぐさ》に見えますが、あんな真似ができるほどの使い手は、滅多《めった》にお目にかかれない。あのときの信夫さんを見て、一瞬、背筋が寒くなりました」

「おかしいですな。唐木さんは、お、おかしなことを仰っている。あのとき、わたしも見ていましたぞ。唐木さんも蚊を指先ではじき飛ばしておられた。確か、目が合いましたね。覚えています」

「そうでしたね。わたしと信夫さんの腕は、同等。いや、やはり信夫さんのほうが上かな」

市兵衛は微笑んだ。

「ということは、唐木さんこそ、滅多にお目にかかれない使い手ではありませんか。使い手が疑われるなら、唐木さんご自身も、疑わしいのではありませんか。猿浄とか言う修験者を斬ったのは、唐木さんかもしれぬ……ああ、お許しください。無礼なことを申しました。唐木さんが、そのような方でないのは、わわ、わかっております」

「確かに、わたし自身も疑わしいひとりかもしれません。俎板橋で首を落とされた猿浄が、その夜会っていた縁者は、わたしですからね。猿浄が斬られたのは、わたしの店からの戻りなのです。仰るとおり、わたしも疑わしい」

平八は首筋に伝う汗を、痩せた手の甲でぬぐった。「いえ、そんなことは、決して……」とつくろった。

「ところで、老練な親分にはもうひとつ気になることがありました。俎板橋で猿浄が斬られたと思われる刻限に、飯田川端の辻番が、俎板橋のほうで人がひどく咳きこんでいるのを聞いておりました。辻番は通りがかりが咳きこんでいるだけで、怪しいとは思わなかった。何しろ、絶叫も悲鳴も、橋を踏み鳴らす不穏な足音も聞こえなかったのですからね。ただ、俎板橋の別々の橋脚に血の跡が残っており、親分はそれが妙だなと思ったのです。橋脚の血の跡は、首を落とされた胴体が飯田川に転落し、流れに漬かりながらも引っかかっていた橋の真ん中あたりの橋脚に一ヵ所。それより東詰のほうへいくらか離れた橋脚に、もう一ヵ所です。一ヵ所は亡骸の首から噴いた血の跡。もう一ヵ所は、もしかしたら、猿浄を襲った賊がひどく咳きこんで、欄干にすがって川へ血を吐いた跡かもしれないと、親分は疑念を持ったのです。というのも、浅草の殺しの一件では、賊を見た者はいないものの、やはり、殺しのあったと思われる刻限のころ、誰かが咳きこむのを聞いたという証言が聞けたのです。二件目の池の端は、周辺に人家のない場所だったので、そういう証言はありませんが、人家があれば、誰かが聞いていたかもしれません。おそらく、賊が咳きこむのをです。三件とも夜更けの出来事で、そのうちの二件で賊の咳が聞こえたとしたら。つまり親分は、賊は胸を患っているのではないか。それも血を吐くほどひどく患っているのでは、と推量したのです」

市兵衛は、顔をそむけている平八の顔をのぞくように見つめた。

「お内儀が、胸を患われて亡くなられたそうですね。小弥太さんも織江さんも、まだ幼い。お内儀はさぞかしご無念だったでしょう。小弥太さんと織江さんの悲しみを思うと、胸が痛みます。わたしの母も、わたしを産んだときに亡くなったのです。わたしは、母の顔を知りません。母のいない子の寂しさは、少しはわかります」

そのとき、平八は苦しそうな咳をした。それを懸命に堪え、喉を濁《にご》ったように鳴らし、唾を呑みこんだ。

「信夫さん、風邪がひどいようですね、それは、本途《ほんと》に風邪ですか。初めてお目にかかったころから、咳をしておられましたね」

「何が、言いたいのですか」

平八はいがらっぽく喉を鳴らし、言いかえした。

「お内儀は胸の患い、すなわち、労咳《ろうがい》に罹《かか》られたのですね。長く患っておられたのでしょう。信夫さんはずっと、お内儀の看病をしてこられた。宗秀先生が、仰っていました。残念ですが、労咳は人にうつる恐れがあります。もし、信夫さんに胸の患いがうつっているなら、小弥太さんと織江さんは、信夫さんと離れて暮らしたほうがいい。一刻でも早く、離れたほうがいい」

「勝手なことを。唐木さん、勝手に推量して、わたしと子供らのことに口を出さないでいただきたい。わたしがあの子たちの父親であり、わたしが育てているのだ。あなたではない。わたしは妻に誓った。心配するな。必ず、そなたの産んだ子供らを、立派に育てると。勝手な推量で人を疑ったうえに、子供らと離れたほうがいいだと？　何を馬鹿な。これ以上の雑言は、たとえ恩人の唐木さんでも、許しませんぞ。いい加減に、そこをどきなさい。わたしはゆかねばなりません。

ゆくところがあるのです」

「信夫さん、あなたをゆかせるわけにはいきません。あなたはわたしの思ったとおりの人だ。わたしもつらい。しかし、これまでです」

「何を？」

平八が睨《にら》みかえした。怒りに燃えた目が、赤く充血していた。胸を反らし気味にし、片足を一歩、市兵衛へ踏み出した。

「文六親分、お願いします」

市兵衛は、つくつくぼうしが寂しげに騒ぐ通りに声を響かせた。

すると、尻端折《しりはしょ》りに股引《ももひき》を着け、茶羽織の文六が、曲がり角の土塀の陰から、散策するような歩みで現れた。文六の後ろに、下っ引の捨松が従っていた。

平八の見開いた目に、明らかな不審が兆した。

「信夫平八さんですね。そう言えば、銀町界隈で、一度や二度はお見かけしたことがありましたかね。あっしは紺屋町の文六と申します。南御番所の宍戸梅吉の旦那の、岡っ引をつとめております」

「あっしは、文六親分の子分で捨松と申しやす」

文六と捨松が、平静を装って言った。

するると、平八の背後にお糸と富平と良一郎の三人が、水戸屋敷門前の大通りのほうから、草履を鳴らして駆け寄ってきた。

お糸は十手《じって》をにぎり、富平と良一郎は、六尺棒を脇に携《たずさ》えていた。

「文六親分、ご足労をおかけします」

「なあに。これも岡っ引の務めですよ。陰で話を聞いていて、胸がどきどきしました。この気分は久しぶりです」

文六はしたたかに顔をゆるめ、太い声で言った。

平八は、通りの背後を固める恰好で現れたお糸らの気配を、背中を向けたまま感じている素ぶりを見せた。しかし、充血した眼差しは市兵衛から離さず、静かに腰の刀に手をかけた。

「信夫さんの仰ったとおり、わたしの推量です。信夫さんが猿浄の首を刎ねた証拠はありません。しかし、わたしはあなたを疑った。小弥太さんと織江さんの気持ちを思うと堪りませんでしたが、こうせざるを得なかった。文六親分に子細を話し、こうすることを決めたのです」

「信夫さん、唐木さんの助言がありました。修験者の猿浄は、唐木さんを捜すのに、江戸の町家で暮らす同じ修験者の助けを借りたようなんです。ご存じでしょうが、修験者は山で修行するばかりじゃなく、町や村や諸国の津々浦々に住まいを定め、祈禱を生業にし、暮らしをたてている。修験者同士のつながりは国境を越えて広がっています。表向きばかりじゃなく、裏の顔役や無頼《ぶらい》な者らともつながっております。猿浄は修験者同士のつながりの助けを借りて、唐木さんを捜した。一方、猿浄は猿浄で、上方の修験者らとごたごたがあって追われ、命を狙われている身だった。ですからね、猿浄の命を狙う修験者らも、江戸に下った猿浄を捜し出して、命を奪う手だてに、同じ修験者同士の助けを借りているんじゃねえかと、ここまでが唐木さんの推量でした」

文六が冷めた口調で言った。

平八は、市兵衛を凝《じ》っと見つめたままである。ただ、とき折りもらす咳が、平八の眼差しを乱した。

「ところで、あっしら岡っ引も、町方の旦那の務めには、裏の顔役や無頼な者らともつながりが欠かせませんでね。その筋から修験者を探っていったら、ある修験者らと少々かかり合いのある妙な男にたどり着いたんです。その男は、生国は越中富山と家主に話しておりますが、本途《ほんと》かどうか、怪しいもんです。若いころから旅の薬売りを生業にし、四十代の半ばまで旅廻りの暮らしだったのが、江戸には、得意先名簿のかけば帳をつけるほどの顧客を抱え、ほぼ毎年のようにお得意廻りをしていたので、それまでの蓄えがだいぶあるらしく、薬売りを辞めて江戸で暮らし始めた。龍門寺門前の裏店に住まいを定め、田舎出の鄙《ひな》びた女を雇って家廻りの仕事を任せ、てめえは数寄者《すきもの》ふうに宗匠頭巾なんぞをかぶって、茶会やら、絵画骨董集め、書画会、発句《ほっく》の会やらと、一見、気ままな暮らしぶりだ。だが、表の顔のその裏では、牛天神のある裏木戸のほうから、あんまり数寄者には見えねえ妙な者らを、とき折り、こっそり出入りさせて、よくわからねえ指図を出しているようなんで。なんでそんなことがわかったかって言いますとね、家廻りの仕事に雇っている田舎出の若い女が、主人の裏の顔は知らねえものの、日ごろから、裏木戸から希《まれ》に訪ねてくるあのお客は、どういう人たちなんだろうとは、常々、感じていた。ちょっと妙だな、という疑いを抱いていたわけです。主人の名は多見蔵。信夫さん、多見蔵をご存じですよね」

平八は沈黙し、文六は続けた。

「あっしらは、多見蔵という奇妙なわけのわからない男にいきついたとき、多見蔵の裏の顔は、ひょっとしたら、恨みに思ったり邪魔なやつを、当人に代わって始末をつける、そんな物騒な仕事を請ける請負人の元締めじゃねえかと睨んだんです。と言っても、そう睨んだだけで、証《あかし》になるものは何もありません。あっしらは、女が使いに出たとき、こっそり自身番へ連れていき、なだめたりすかしたり、嚇《おど》したり、ちょっと鼻薬を嗅がせたりして、ようやく、裏木戸から希に訪ねてくる客のことを訊き出した。多見蔵が怪しい何かをやっていることは、間違いないとはわかった。ただ、何をどのようにやっているかが、はっきりしなかった。あっしらは女に固く口止めをして、龍門寺門前の多見蔵の店を、ひそかに見張り、多見蔵がどういう者らとかかり合いを持っているのか、ずっと探っていたんです。なかなか、尻尾はつかめませんでした。そりゃあそうだ。そんな物騒な元締めに頼む始末が、そうざらにあるはずはないんです。こうなったら、多見蔵をお縄にして痛めつけてでも吐かせるしかねえと、日どりを決めていたときでした。唐木さんから、信夫さんの話を聞かされましてね。信夫さん、唐木さんの話を聞くまで、あんたのことはわからなかったんです」

「信夫さん、もしかして、あなたにはお内儀の病気の薬代が、要《い》ったのではありませんか。薬代を稼ぐために、猿浄殺しにかかわる危ない仕事に手を染めているのではないかと、わたしは疑いました。放っておけなかった。何もせずに放っておいたら、信夫さんはまたその仕事をするかもしれないのでしょう。小弥太さんや織江さんを育てるために。もしそうなら、あまりにもむごい。信夫さんには申しわけないが、文六親分に相談したのです。そしたら、龍門寺門前の多見蔵と言う者のことを教えられました」

「信夫さん、唐木さんを恨んじゃいけませんよ。この人は、あんたの幼い倅や娘の身が、気になって、心配で、可哀想《かわいそう》でならないんだ。だから、あっしに話を持ちかけた。多見蔵をひっ捕らえて洗いざらい吐かせたら、遠からず、あんたもお縄になるんじゃありませんか。そうなったら、あっしらは、倅や娘の目の前であんたをひっ捕らえることになるんです。それは絶対にやめてほしいと、唐木さんは仰った。そこまで言うならと、多見蔵の雇っている女に言い含めて、今日の昼ごろ、信夫さんの店に使いにいかせたんです。旦那さまが急な仕事が入ったのですぐにきてほしいと信夫さんをお呼びです、と言わせて、信夫さんが承知しなかったら、一旦引きさがる。承知したら、信夫さんをその場で捕らえて、多見蔵の急な仕事とはなんだと、吐かせるつもりでした。で、あんたは多見蔵の雇っている女の伝言を真に受けてここにきた。ここで待っていたのはね、あっしら岡っ引には面倒なやり方だが、子供らには絶対見せたくないという、唐木さんの意向だったんです。それと、信夫さんが向かっている多見蔵の店には、今時分はもう、町奉行所の捕り方が乗りこんでいるころです」

「こないでほしいと、思っていました。小弥太さんと織江さんのためにも、信夫さんが猿浄を斬ったのではないと、そう願っていた。しかし、信夫さん、終りにするときがきたのです」

市兵衛は言った。

文六は羽織を払い、腰に帯びていた鍛鉄の十手を抜いた。捨松とお糸も十手をかざし、富平と良一郎はお糸を挟んで六尺棒をかまえた。文六の穏やかな年寄の顔が、急に凄《すご》みのある顔つきに変貌した。

平八は、市兵衛から文六、捨松、と目を移し、それから、やおら背後のお糸らへ顔をひねった。平八は鼻先で小さく笑い、さらに忍び笑いをこぼした。忍び笑いが、だんだん声が大きく、甲高くなった。

良一郎が六尺棒をにぎり締め、甲高い声を出して笑い出した平八を、唖然《あぜん》として見つめていた。

つくつくぼうしが、物寂しい空騒ぎをやっていた。

六

そのころ、龍門寺門前の多見蔵の二階家に、南町と北町の捕り方が踏みこんでいた。本来、捕物の出役は夜に行われるが、多見蔵にかかった嫌疑がすこぶる凶悪な一件であり、悠長なときをおいたがために、万が一、多見蔵に逃げられるような事態があってはならないと、町奉行所は判断した。

捕縛にあたっては、昼日中ゆえ町民に害を及ぼさぬようにという配慮はあったものの、すぐさま、南北町奉行所の捕り方に出役が命じられた。

「こいつはおれの掛だ。多見蔵ごとき不逞《ふてい》の輩《やから》、お上のご威光にひれ伏させてやるぜ。まあ見てろ」

と、宍戸梅吉は捕り方に表と裏を固めさせ、奉行所の中間《ちゅうげん》と数名の手先を引き連れ、多見蔵の店に踏みこんだ。

宍戸は捕り方ではなく、町方の黒羽織の定服に朱房の十手を持ち、数名の中間は六尺棒、手先らは官給の十手を手にしていた。

相手は裏稼業の凶悪な男かもしれないが、ひとりであることはわかっている。

これだけの人数がいれば十分とり押さえられるし、仮令《たとえ》、逃がすようなことがあっても、表は南町の捕り方、裏は北町の捕り方が固めているので、粗漏《そろう》はあるまいと、少々、高をくっていた。

宍戸は店の前土間に踏みこみ、いきなり荒々しく言い放った。

「多見蔵、顔出せ。お上の御用だ。温和《おとな》しく出てこねえと、土足で踏みこむことになるぜ。多見蔵、出てこい」

「はいはい、ただ今」

慌てて宗匠頭巾をつけて着流しのくつろいだ姿ながら、身形《みなり》のいい多見蔵が寄付きに現れた。多見蔵は寄付きに膝をそろえて着座し、

「お役人さま、お勤めご苦労さまでございます」

と、分厚い胸と屈強な身体つきを隠すように両肩をすぼめて手をついた。

元締めと言ってもこれしきの男か、と宍戸は鼻で笑った。

「よし。多見蔵、いい心がけだ。温和しくしてりゃあ、手加減はしてやるぜ。おめえら、あがって多見蔵の両腕をとれ。おれがお縄をかける」

宍戸は十手を腰に差し、南町の紺縄をとり出した。

「へい」

手先の二人が草履を脱いで、寄付きにあがり、「温和しくお縄になれ」と、多見蔵の腕を両方からとった。

「あ、乱暴な。何をなさいますんで。お役人さま、これは一体、どういうことでございますか」

多見蔵はうろたえた素ぶりを見せつつ、解せぬふうに言った。

「おめえの申し開きは番所で聞く。ありがたくお縄をちょうだいするんだ」

宍戸は寄付きに、よっこらしょ、とあがった。

五十をすぎて、若い手先のような俊敏さは、もうなかった。とは言え、縛りの手ぎわや綺麗さは、まだまだ若い者には負けねえぜ、と思った。

そのときだ。

「退《の》きゃあがれ」

多見蔵が、突然、怒声を発し、左右の腕をとっていた二人の手先を、初めに右、続いて左と、それぞれ片腕一本で、寄付きの腰障子を突き破って、前土間へ易々《やすやす》と投げ飛ばした。

ひゃあっ。

と、手先らは面喰らった声をあげ、土間に控えていた中間らをなぎ倒した。

「てめえ、逆らうぅぅ……」

宍戸が手にした紺縄の束をふりあげた途端、喚《わめ》き終る前に、多見蔵に喉を鷲《わし》づかみにされ、これも片腕一本で、天井へ小銀杏の髷がつきそうなほど突きあげられた。宍戸の小太りの身体が浮きあがった。

宍戸は、子犬のような声をもらし、白目を剝いた。

そして、手足をじたばたさせたところを、土間へ投げ捨てられた。

すかさず起きあがった中間らが、宍戸を助けようと寄付きに飛びあがった瞬間、投げ捨てられた宍戸と折り重なって前土間へ転がり落ちた。

そのとき、店の表の小路を固めていた捕り方に、店の中で争う物音と喚き声と悲鳴が聞こえた。店がゆれたのがわかった。

「しまった。いくぞ」

捕り方の同心を先頭に、町方がいっせいに踏みこんだのはそのときだ。

しかし、前土間に転がった宍戸や手先や中間はいたが、多見蔵の姿は寄付きにはなかった。

と、二階へ走りあがる音が、激しくとどろいた。

「二階へ逃げた。追え」

同心は寄付きへ飛びあがり、奥へ踏みこみ、二階へ多見蔵を追った。

捕り方は同心の後ろに続くものの、階段は狭く、ひとりしかあがれない。同心が二階の部屋に駆けあがると、多見蔵の姿はやはり見えず、表の小路で、

「屋根だ。屋根に逃げた」

と、喚き声が飛んだ。

同心は、年が若く、屈強な身体つきだった。

「屋根だ。屋根だ」

と叫び、二階の部屋の出格子に足をかけ、瓦屋根の庇《ひさし》にとりついた。

黒い瓦屋根の上に、残暑で汗ばむ陽気の秋の空が広がっている。表の小路では見張りの町役人らが、屋根を指差し、あそこ、あそこ、と口々に喚いている。

二階の瓦屋根の庇にとりついた同心の尻を、後ろに続く捕り方が、

「よいしょうっ」

と、勢いよく持ちあげた。

屋根庇に持ちあげられた同心は、降りそそぐ昼さがりの陽射しに焼けて熱い屋根瓦にすがり、多見蔵を目で追った。

ところが、顔をあげた同心のすぐ目の前に、多見蔵は悠然と立っていた。

宗匠頭巾はすでに捨て、着流しを尻端折りにし、筋張った長い脛をさらしていた。

「多見蔵、御用だ」

同心はつい口癖で、屋根瓦にすがった恰好のまま言った。多見蔵は、青い空を背に薄笑いを浮かべ、

「そうかい。こっちに御用はねえぜ」

と、同心の顔面をひと蹴りにした。

同心は悲鳴とともに身を仰《の》け反《ぞ》らせ、数枚の瓦ごと、小路で見あげている町役人らの上へ蹴り落とされた。

捕り方の同心が降ってきたので、小路は大騒ぎになった。

しかも、続いて二人目の捕り方が叫びながら落下してきて、表の小路はさらに大きな喚声に包まれた。

多見蔵は屋根の上で小路の町役人らのうろたえぶりをひと睨みし、素早く身をひるがえした。寄棟造りの棟木へのぼり、今度は、黒板塀で囲った裏庭と細道と瑞垣《みずがき》を隔てた牛天神の境内裏を見おろした。

社殿の裏手の境内は、すだ椎《じい》や銀杏や楢《なら》、桂《かつら》や楓《かえで》などの高い樹木が、葉を繁ら

せている。牛天神の境内裏は、北町の捕り方が固めていて、多見蔵の店の中で捕物が始まったために、細道から黒板塀の潜戸を打ち破り、次々と突入しているところだった。

町方の呼子《よぶこ》が吹き鳴らされ、境内裏の捕り方が屋根の上の多見蔵を見つけ、手をかざして口々に喚き合った。

ふりかえると、新手の捕り方が屋根庇にすがって、よじのぼってくる。梯子《はしご》がかけられ、そこからも捕り方がのぼってくる気配だった。

「畜生。わずらわしいぜ」

多見蔵は吐き捨て、いきなり、牛天神の境内のほうへ寄棟造りの瓦屋根を鳴らして走りくだった。そして、屋根庇を勢いよく蹴り、むささびのように四肢を広げて飛びあがった。

搦《から》め手の捕り方らは、喚声をあげ呆然として、多見蔵の躍動に見惚《みと》れた。

多見蔵は、庭や細道を飛び越え、天神の境内まで身を躍らせ、一本の高木の枝につかまった。つかまった最初の枝は、弓のように撓《たわ》んで折れた。だが、その下の枝に多見蔵は易々ととりついた。

「逃がすな、逃がすな……」

境内へ戻った捕り方らは、多見蔵のとりついた高木を囲んで見あげ、空しく叫んだ。

すると、多見蔵は一瞬のためらいも見せず、次の高木、また次の高木と、飛び移っていき、そのたびに、捕り方らも空を見あげて境内を駆け廻った。

だが、多見蔵が最後に飛び移ったのは、龍門寺別当牛天神に隣り合わせた広大な水戸家上屋敷に廻らされた、高い土塀の瓦屋根の上だった。

捕り方らはそのときになって、初めて多見蔵の逃げ廻る狙いに気づいた。

「逃がすな」

捕り方の頭が叫び、みなが土塀に突進した。多見蔵は、土塀の屋根に立ってそれを見おろし、

「御用は仕舞いだ」

と、手をひとふりした。そして、水戸屋敷に消えた。

広大な水戸家上屋敷は、鬱蒼と木々が繁り、まるで森のようだった。

土塀の周りで、呼子が虚《むな》しく吹き鳴らされた。

七

甲高く、引きつった笑い声が収まり、気だるげな咳が続いた。

水戸屋敷の高い土塀の上から枝葉をのばした欅の影が、通りに斑模様の影を落とし、平八はその影の中に立っていた。

じっとしていても汗ばむほどの残暑の通りに、ほかに通りがかりはない。

平八は咳をしながら、市兵衛に見かえった。あせた土色の顔が、汗で光っていた。幅の広い肩が呼気に合わせて震え、それが痛々しかった。

「笑止のいたりですな。唐木さんも、そう思うでしょう」

平八は顔を歪めたが、笑っているようには見えなかった。左手で腰の刀をつかみ、右手は力なくわきに垂らしている。背中を丸め、斑模様の日陰の中に佇《ちょりつ》立する姿は、亡霊を見ているようだった。

誰もが動かなかった。文六と捨松、お糸と富平と良一郎も、そして市兵衛も動かず、平八を見守った。みな、次に起こる一瞬を待つかのようにだ。

「唐木さん、わたしは北国の田舎侍です。身分の低い、殿さまのお顔すら見たことのない、徒歩侍《かちざむらい》の下の下です。夏はじめじめし、冬はすきま風の吹く、ぼろや同然の組屋敷に住んでいました。かろうじて、飢えぬだけの食い物はある。そんな暮らしでした。今はこのとおり、痩せて見る影もありませんが、そんな暮らしでも身体には恵まれましてね。貧乏侍ながら、剣術の稽古に励み、学問をし、少しでも出世をと、願っていました。滑稽ですよね。そんな望みはあるはずもないのに。出世は、身分が決めるのですから」

平八は空を見あげ、目を細めた。

「ああ、まぶしい」

と呟いた。素足につけた破れそうな草履が、地面を擦った。

「こんな貧乏侍にでも、好きになった女ができ、女もわたしを好きになってくれました。身分の高い家柄の女でね。身分違いでした。手も握れなかった。ある日女が言ったのです。自分には許嫁《いいなずけ》がいる。家同士で決めた許嫁だと。あなたとは夫婦になれないと。それはそうでしょう。身分違いなのです。わたしは諦《あきら》めるしかなかった。ですが女は、こんなわたしに、もしあなたがわたしを奪って他国に欠け落ちするならいたし方ないと思うでしょう、あなたに従っていくでしょう、と言ったのです。驚き、慄《おのの》き、身が震えました。そんなことが、できるわけはなかった。何もかも捨てて逃げるのです。無理だと思った。そう思いませんか、唐木さん。捨てて惜しいものがあるとかないとかの話ではありません。まったく違う生き方をするのです。まったく知らない生き方をするのです。なんと恐ろしいことか。けれど、好きな、諦めていた女がそれを言い、決断を迫ったのです。あなたにそれができますかと。わたしは、女の手を初めてとりました。白く、やわらかく、可哀想なほど冷たかった。わたしは女を抱きました」

平八の見あげている空に、天道が燃えている。

「欠け落ちの日、わたしと女は夜明け前に城下を出ました。裏街道をとって国境の近くまできたときでした。女の許嫁が、わたしたちを馬で追ってきたのです。許嫁は、女と同じぐらいに家中では身分の高い家柄でした。部屋住みの身でしたが、気位が高く、おのれの出自を誇りに思っている男でした。いずれは分家をして一家をかまえると言われていました。許嫁は、わたしのような身分の低い男に女を奪われたということが、許せなかったのです。不義密通《ふぎみつつう》である、二人ともに成敗する、覚悟せよと、怒りに身体を震わせて言いました。わたしと許嫁は街道で斬り合いになり、わたしは許嫁を斬り捨てた。それから、女の手をとり、亡骸《なきがら》を捨てて逃げました」

平八は咳をし、話が途絶えた。だが、咳が収まっても、平八はうな垂れ、物思わしげな沈黙を続けた。文六が言った。

「それで……」

平八は顔をあげ、文六へ向いた。

「そうでしたね、文六さん。親分を銀町でお見かけしたことがあります。覚えていますよ。親分の白い髪を見て、あの歳になるまで、自分は生きられないだろうなと、思ったからです。わたしと女は、いや妻の由衣《ゆい》は、罪深さと不安に慄き、怯え、恐れ、激しく抱き合って慰《なぐさ》め合いました。ですが、快楽はわたしたちをより苦しい地獄に落とすだけでした。

江戸に逃げ、牛込の赤城《あかぎ》明神下の裏店で、手習所を始め、生きる活計《たつき》にしました。そんな活計が簡単に上手くいくわけがありません。国にいたときよりも、ひどい貧乏暮らしでした。だが、やはり若かったのですね。貧乏でも苦しくはなかった。貧乏暮らしはかまわなかった。おのれの罪深さが、ただつらかった。そんな暮らしの中で、生きる望みが芽生えたのは、倅の小弥太が生まれてからです。わたしは嬉《うれ》しかった。おまえは生きていいのだと、言われた気がしました。この子のために生き、そして死ねると思いました。それから、織江が生まれました。

わたしは織江を抱きあげ、妻の由衣を心より愛《いと》おしみました。妻はわたしのような夫を、ひと廉《かど》の者にしてくれたのだと思いました。二人で、この子らを守っていこうと誓いました。

ですが、二人の子ができ、手習所の活計が少しずつ良くなりかけたころ、由衣が胸の病に冒されたのです。なんということだ。わが妻の由衣を、まだ痛めつけるのかと、思いました。ふと、気づいたのです。妻を痛めつけているのは、夫であるわたしなのだと。わたしの所為《せい》で、艶《つや》やかだったわが妻が、みるみる瘦せ細っていき、見る影もなくなっていくのです。堪りませんでした。

手習所の活計では、由衣の薬代はまったく賄えなかった。暮らしはたちまち窮迫し、子供たちを食べさせることすら、できなくなっていました。人を病から救う薬が、人を飢えさせるのです。そんなおかしな話があるものかと思いましたが、何もおかしくはありません。これが自分と由衣が犯した罪深さの始末なのだと、わかっていましたからね。

龍門寺門前の多見蔵さんを知った経緯は、語るほどの子細ではありません。わが一刀を龍門寺門前の刀屋へ売りにいき、その戻り、牛天神にお詣りをしました。由衣の病が、どうか癒《い》えますようにと。小弥太と織江を連れておりました。

そしたら、宗匠頭巾をかぶった多見蔵さんのほうから、声をかけてくれたのです。多見蔵さんは、可愛い子供さんですね、と小弥太や織江に笑いかけ、ひと廉の侍はひと目見てわかります、と言うのです。いきかけたわたしに、暮らしにお困りのようでしたら、龍門寺門前の多見蔵を訪ねてください、お力になれることがあるかもしれません、と言ったのです。

その夜、由衣が言ったのです。自分はもう長くはない。どうか子供たちを頼むと泣きました。そんなことはない。必ず治ると、懸命に慰めました。由衣に与える薬代もないのにです。明日、子供たちに食べさせる物も金もないのにです。わたしは、そなたの産んだ子供らを立派に育てる、養生に励《はげ》め、必ず治してやる、と言いました。言っただけではありません。心に誓ったのです。

翌日、龍門寺門前の多見蔵さんを訪ねました。それからのちの事情は、語らずともおわかりでしょう。唐木さんや文六さんの仰ったとおりです」

平八は市兵衛へ向きなおり、小さな一歩を踏み出した。

腰の刀をつかんでいた手を一度放し、つかみなおした。平八のこめかみに汗が伝っていた。

遠くのほうで、呼子が吹き鳴らされていた。鳴り止まぬ呼子は、不安をかきたてるのではなく、昼さがりの暑気をかすかになだめていた。

平八は、二歩、三歩、とさり気なく歩みを進めてくる。

市兵衛は動かなかった。

「多見蔵さんは、よろしいですね、と念を押しました。はい、とためらいなくこたえることができました。けっこうです、と多見蔵さんは笑顔を見せました。わたしは、神仏がわたしたちを憐《あわ》れんでお慈悲をかけてくだされたのだと、多見蔵さんの笑みを見て確信しました。前金をいただき、刀を買い戻しました。浅草の一件、池の端の一件、それから俎板橋の猿浄とかいう修験者の一件も、わたしが手をくだしたのです。間違いありません。多見蔵さんから受けとった請負料で、牛込の赤城明神下より神田の銀町に引っ越すことができました。由衣を、少しでもよい医者に診せたかったからです。よい医者なら由衣を治してくれるとすがったからです。違っていましたが……」

平八の荒い息遣いが、近づいてきた。のびた月代が風でゆれた。落ち窪み黒ずんだ眼窩の底の目が、市兵衛からかたときも離れなかった。

「唐木さんに礼を言います。子供らの前で、わたしのふる舞いを見せずに済みます。唐木さんは、これまでだと、終りにするときがきたと仰ったが、そうはいきません。わたしには、父親としての務めが、まだあるのです。どうか、わたしのことは放っておいていただきたい。放っておいていただけぬのなら、残念ですが、誰であれ容赦《ようしゃ》しません」

平八はつかんでいる腰の刀を廻し、鯉口《こいぐち》をきった。

文六と捨松が、平八の気配を察し、あっ、と声を発して後ろへ退いた。

「わたしの剣術は、北国の武骨な田舎剣法です。ただ、斬るべき相手に近づき、相手よりも早く、一刀の下に首を落とすだけです。勝負は一瞬にして決まる。それがわが剣法……」

市兵衛との間が、二間（約三・六メートル）をきった。

平八のさり気ない歩みは変わらなかった。さり気なく、だが、ただひたすらに市兵衛に迫ってきた。そのさり気なさとひたすらな動きが、不気味だった。

平八の草履が道に擦れ、右手が袴の膝を這い、それから刀の柄《つか》にかかった。

市兵衛は動かなかった。刀に手もかけなかった。

平八は市兵衛に肉薄した。

「ああ……」

良一郎の怯えた声が甲走った。

次の瞬間、すべてが沈黙に閉ざされた。

平八のぬめりを帯びた白刃が鞘をすべり、昼さがりの陽射しに照り映えた。抜き放たれた一刀を浄《きよ》めるかのように、刃の周りに照り映える光が散った。

雄叫《おたけ》びも絶叫もなかった。

ただ、刃がうなった。

うなりをあげて空を斬った刃は、市兵衛の首筋を斬り進んだ。

すると、両脚を屈し、上体を畳《たた》んだ市兵衛の菅笠をかすめ、平八の刃は光のきらめきを空しくまき散らしていた。

平八の傍を市兵衛の身体が跳躍《ちようやく》するようにすり抜けていき、二人は瞬時に身体を入れ替えていた。

束の間の戸惑いはあった。

だが、即座にふり捨てた。

すかさず一刀をかえし、身を反転させ、二の太刀を放つ。ためらわず、おのれを捨て、ただ打ちこむのみ。ただそれあるのみ。

そのとき市兵衛もすでに反転を終え、平八に相対していた。驚くべきことに、未だ刀を抜かず、柄に手さえかけていなかった。

唐木市兵衛、なぜ抜かぬ、と平八は思った。

しかし、逃がさぬ。勝負は一瞬でつく。

平八は、大きく一歩を踏み出し、二歩目の踏みこみと同時に、一刀を再び市兵衛の首筋へ一閃させた。

途端《とたん》、平八は市兵衛の幻影を斬ったことを知った。

地を跳び、手足を畳んだ市兵衛の足下すれすれに、刃はまたしても空を斬っていた。

それは、平八には意想外の動きだった。

二人は、再び瞬時にして体を入れ替えていた。

平八は前へ踏み出した一歩を軸に、間髪容《い》れず反転した。

刃をかえし、上段にとった。ふりかえり様、袈裟懸《けさがけ》を浴びせる。ひたすら、武骨な一撃あるのみである。

と、一転しつつある刹那《せつな》、平八は不可解な光景を見ていた。

宙に跳んだ市兵衛の身体が、その宙ですでに反転を終え、折り畳んでいた四肢は解き放たれ、抜き放った二刀を上段にとって、身を転じつつある平八の頭上へ、雄叫びも絶叫もなく、打ちこんでくるのだ。

それは、躍動し、飛翔し、一陣の風をまきあげたかのようだった。

平八はその一瞬、風を見たと思った。

市兵衛の飛翔を美しいと思った。

躍動を凄まじいと思った。

平八の頭上に浴びせられる刀身の、波打つ刃紋すらが見えた。

受け止める、と思ったそのとき、平八は頭上に一撃を受けた。

衝撃が走り、平八は思わず声を発した。

自分の声だとはわかったが、一瞬にして意識が遠退いていった。

由衣の面影が、最後に残った意識の中に甦った。

そして、たちまち暗黒の彼方へ潰《つい》え去った。


地に降り立ったと同時に、市兵衛の一刀は平八の頭蓋《ずがい》を割っていた。のびた月代が、一撃によってささくれだつようにふれた。

平八の動きは停止し、月代の髪をそよがせ、血飛沫《ちしぶき》が噴いた。大きく見開いた目から、急速に光が失《う》せていった。

市兵衛は刀を引き抜いた。

次の瞬間、平八は喉の奥からも鮮血を吐き出し、鮮血は唇からあふれた。

即座に一刀を陽射しの下にひるがえしながら、平八のわきへ廻りこむようにして袈裟懸を浴びせた。

平八の身体は仰け反った。

やがて、やわらかくゆらめき、そよいだ。見開いた目は空を彷徨《さまよ》い、刀を力なく垂らした。

それから、降りそそぐ光へ凭《もた》れかかっていった。光と戯れるように倒れていった。

すべてが沈黙のまま、終っていた。

文六もお糸も、捨松も富平も良一郎も凍りつき、言葉を失っていた。

市兵衛は平八の傍らに片膝をつき、俯せの平八をのぞくようにして言った。

「信夫さん、済まない」

平八は、半開きの目を投げ血まみれの唇を赤い花弁のように震わせ、何かをこたえたかに見えた。

「やっと、終わった……」

市兵衛にはそう聞こえた。

小石川御門と水戸屋敷門前の大通りを通りかかった中に、百間長屋の通りの先で起こっている異変に気づき、どうしたんだい、何があったんだい、と訝しみつつ人がやってきた。また、立慶橋のほうにある辻番の番人も、不穏な気配に気づき、六尺棒を携えて番所から出てきた。

ふと、文六はそれに気づき、通りの前後に目をやった。

「お糸、捨松、人を近づけるんじゃやねえ」

そう言うと、百間長屋の前後に近づいてくる通りがかりや番人を見廻し、堂々とした貫禄のある声を響かせた。

「あっしは南御番所の御用聞を勤めております文六と申します。ただ今、こちらに急病人が出ております。人にもうつる恐れのある重い病気でございます。病人の世話は、あっしら御用聞で行いますので、何とぞ、どなたさまもお近づきになりませんように」

文六の声に驚いたのか、つくつくぼうしの空騒ぎが止んだ。

終章　父と子

その月の終り、京橋北の柳町に開いている蘭医・柳井宗秀の店の、診療部屋の明かりとりの格子《こうし》ごしに、炭町の水茶屋二階の出格子に干した緋《ひ》の長襦袢《ながじゅばん》が、秋風にひるがえっているのが見えていた。

まだ客のいない刻限の所為《せい》か、水茶屋の女たちのあけすけな笑い声やはしゃいでいるような話し声が、時どき聞こえてきた。

その診療部屋に、医師の宗秀と市兵衛、北町奉行所定町廻り方の綽名《あだな》は《鬼しぶ》の渋井鬼三次、渋井の手先の岡っ引の助弥の四人が、車座になって、宗秀が淹《い》れたぬるい番茶を飲んでいた。

診療所雇いの婆さんは、小弥太と織江を連れて、京橋南の銀座《ぎんざ》町のほうへちょっとした買い物に出かけて、もう半刻（約一時間）余がたっていた。

車座になった四人は、とり留めのない会話をさっきから交わしていた。

「……という次第でよ。宍戸のおっさんは、土間にひっくりかえって目をまわしていたのさ。捕り方が踏みこまなきゃあ、目をまわすどころか、多見蔵に止めを刺されて、てめえも知らぬ間に、冥土《めいど》へいっててもおかしくないあり様だったそうだ。しかも、多見蔵のほうはだだっ広い水戸屋敷の森の中にまぎれこんで、水戸屋敷に急遽《きゅうきょ》申し入れて捜してもらったが、あとの祭だ。多見蔵はとっくに姿をくらまして、行方は知れねえ。とんでもねえ失態だよ。お奉行さまの大目玉を喰らったってわけさ」

渋井が、定服の黒羽織《ばおり》の袖《そで》をふりつつ言った。

「そうなんすよ。あっしら御用聞の間でも、宍戸梅吉の旦那は、このたびの失態の所為で、南町の臨時廻り方の掛《かかり》を解かれて、もっと暇《ひま》な掛に廻されるんじゃねえかと、噂《うわさ》にのぼっているんですよ」

と、助弥も面長《おもなが》の顔を呆《あき》れたように歪《ゆが》めている。

「渋井、そうなのかい。宍戸さんは臨時廻りを解かれるのかい」

宗秀が訊《き》いた。

「そういう話も聞こえねえわけじゃねえ。まあ、南町のことだから、間違《まちげ》えなくそうだとは言えねえが、大いにあり得る。五分五分ってとこかな」

「そりゃそうですよね。元締めの多見蔵を逃がしたばっかりに、多見蔵らがどんな一味だったか、ただ怪しいってえだけで、結局はなんにもわからず仕舞《じま》いになっちまいましたもんね」

「そうだよ。おまけに、捕り方の同心が二階の屋根から蹴り落されて怪我《けが》をしたうえに、大恥もかいたんだからよ。南町だけじゃねえ。江戸の町奉行所の面目《めんぼく》丸つぶれだぜ」

言いながら、渋井は気だるそうに笑った。

「宍戸さんが臨時廻り方を解かれたら、御用聞の文六親分はどうなるんだい」

「文六親分か。あのおやじさんは、まだまだやるだろう。歳《とし》は六十をとうにすぎちゃいるが、腕は鈍《なま》っちゃいねえ。それに女房のお糸が、まだ四十代で、男勝りの下っ引で親分を支えている。文六親分なら、廻り方はみなおれの手先にと、思っているさ」

「渋井もそうなのかい」

「おれは助弥がいいのさ。まだ文六親分の貫禄には及ばねえが、おれと助弥は相性がいいんだ。なあ、助弥」

「へえ。そうっすね。貫禄がなくて相済みませんが」

「いいんだよ。おめえはまだ若い。貫禄が及ばなくてあたり前なんだ。こういうおれも、文六親分は貫禄がありすぎて、ちょいと気がひけるしな。助弥が気楽でちょうどいい」

あは、あは、と渋井と助弥が調子を合わせて笑った。

「そうそう、良一郎坊ちゃんも、多見蔵の一件では、文六親分の下でいろいろお勉強になったでしょうね」

助弥が渋井へ、こともなげに言った。

市兵衛と宗秀は顔を見合わせ、知らないよ、というふうに互いに首を左右にふった。

「文六親分の下でって、良一郎さんが紺屋町の文六親分の下で御用聞を勤めているのを、助弥は知っているのかい」

市兵衛は、渋井と助弥の間に割って入るように訊いた。

「ええ？　知ってるって、そりゃあ、知ってますよ」

「良一郎さんって、渋井さんの倅《せがれ》の良一郎さんですよ。お藤さんが産《う》んだ」

「あたりめえだろう。お藤とは別れても、倅の良一郎はおれの倅に違えねえんだからよ。いずれは文八郎さんの跡継ぎになる良一郎さ」

「なんだ。渋井さんは知っていたんですか。わたしは良一郎さんから、渋井さんには文六親分の下で勤めていることは言わないでくださいねって、言われていたんですよ。ねえ、先生」

「そうさ。だからわたしも、口から出そうなのを、我慢してたんだ。渋井の旦那が知っていたなら、我慢してたのが損した気分だ」

宗秀が言い、市兵衛が頷いた。

「あたりめえだろう。おれは北町奉行所一番の腕利きと評判の高い、定町廻り方だぜ。町方と御用聞のそのまた下の手先でも、同業の身だぜ。良一郎が文六親分の下で修業を始めたことぐらい、知らねえわけがねえだろう。そんなことは、とっくにお見通しさ。先生も市兵衛も、おれがそんな盆暗《ぼんくら》だと思っていたのかい。とんでもねえ見当違いだぜ」

市兵衛と宗秀は、苦笑を交わした。

「じゃあ、お藤さんもご存じなんですね」

「いや。お藤は知らねえと思う。文八郎さんもお藤には隠しているだろう。何しろ、文八郎さんが、世間を見て老舗《しにせ》の跡継ぎになる修業をしてこい、と良一郎を文六のところへいかせたんだからな」

「それなら、渋井さんの下で良一郎さんに修業させればいいじゃありませんか」

「いや、自分の倅はやりにくい。かえって上手くいかねえと思う。助弥の下につけても、助弥だって遠慮するだろう。文六親分の下がいいんだ」

「渋井、良一郎は父親のあんたに反発しているが、案外、町方の仕事に関心があるんじゃないか。あんたもいずれ番代わりをしなきゃならないんだ。そっちのことも、少しは考えてみたらどうなんだい」

と、それは宗秀が言った。

「そいつは駄目だ。きっと、お藤が絶対許さねえだろう。お藤は、町方なんて最低って思ってるしよ」

四人がいっせいに笑ったところへ、雇いの婆さんのお登喜《とき》に手を引かれた織江と、小さな荷物を抱えた小弥太が戻ってきた。

「はい。ただ今戻りました」

お登喜が言い、小弥太と織江が、ただいまあ、と明るい声をあげた。

「おう、おちびさんたち、戻ってきたかい」

渋井が八文字眉の渋づらを、楽しそうにゆるめた。

「よし。小弥太、織江、そろそろ帰ろうか」

市兵衛は刀をとった。

「うん。市兵衛さん、帰ろう」

「帰ろう」

市兵衛と小弥太と織江が言い合った。

「先生、渋井さん、助弥、今日はお暇《いとま》します。またうかがいます」

「そうか。ご苦労だな、市兵衛。いつでもこい。わたしもできるだけ顔を出すようにするからな」

「市兵衛、おれもできるだけのことはするぜ。遠慮なく言ってくれ。じつは、お藤と文八郎さんにも、あの子らのことは話しているんだ。子供らのためになる手が、見つかるかもしれねえしな」

「市兵衛さん、あっしもお手伝いしますからね」

「渋井さん、助弥、ありがとう。先生、まあ、当分は今のままでいきますよ」

市兵衛は三人に言って、軽やかに立ちあがり、刀を腰に帯びた。お登喜に手を引かれた織江と小弥太の待つ土間におりた。

織江が市兵衛の袴に甘えるようにすがり、笑顔で市兵衛を見あげた。市兵衛は小弥太と織江の頭をなで、「いこうか」と笑いかけた。

「市兵衛さん、おばちゃんにわたしと織江の寝巻を買ってもらったよ」

小弥太が胸に抱えた小さな荷物を、市兵衛に見せた。

「そうかい。よかったな。お登喜さん、礼を言います」

「あら、いいんですよ、市兵衛さん。先生が仰《おつしや》ったんですから」

「先生、ありがとうございます」

「ふむ。貧乏医者はそんなことぐらいしかできなくて、済まんな」

市兵衛は、「よし」と、織江を片腕に軽々と抱えあげた。そうして、小弥太の手をとった。平八が、酒亭の《蛤屋》から、二人の子をそうやって連れて帰っていった。その光景が目に浮かんだ。

「またきます」

と、三人が往来を戻っていくのを、宗秀と渋井と助弥は、店の外に出て見送った。三人は本途《ほんと》の父と子のように、のどかに、だんだん、小さくなっていく。

「先生、あの子らの父親の信夫平八が、どんなふうに亡くなったか、本途の子細を知ってるかい」

渋井が三人を見送りながら、呟き声で言った。

「ふむ。聞いた。往来で、血を吐いて倒れたそうだな。重い肺の病に罹《かか》っているのはわかっていた。市兵衛に言っていたんだ。よくないとな」

　宗秀も三人を見送りながら、小声でこたえた。

「そうじゃねえんだ。本途はな、信夫平八と言う男はな、市兵衛がな、子供らの前じゃやなくな……」

　奉行所内のひとにぎりの町方の間に知られているだけの、この秋の百間長屋の通りで起こった一件の一部始終を、宗秀にさり気なく語った。

　平八は多見蔵とつながりがある事情は明らかながら、文六が気を働かせて町方に伝え、町方は町奉行に報告し、もうそれでよい、と了承されたことだった。

　しかし、渋井から聞かされた宗秀は、驚きの声をあげた。

「渋井、そうなのか。そうだったのか」

「そうさ。せつない話だが、そういうことだったのさ」

　渋井は物憂《ものう》げに、市兵衛と小弥太と織江の三人をまだ見送っている。

「なんということだ。子供らは憐《あわ》れだが、市兵衛も可哀想《かわいそう》だ。市兵衛らしい。あの男らしい」

　宗秀は言って、目を潤《うる》ませた。

「さあ、助弥、仕事にいくぜ。見廻りだ」

「へい、旦那。見廻りにいきましょう」

「わたしもこれから、往診に出かける。鬼しぶ、今夜、呑《の》まないか」

「いいね、おらんだ。久しぶりに呑もう。腐れ役人と藪《やぶ》医者で、一杯やろう」

渋井が八文字眉の情けなさそうな顔を、に、とほころばせた。

市兵衛は織江を片腕に抱きあげ、一方の手で小弥太の手を引き、京橋北の大通りのほうへ折れた。

三人の父と子のような姿は、秋の青空の下の往来から消えた。

一〇〇字書評

切・り・取・り・線

購買動機（新聞、雑誌名を記入するか、あるいは○をつけてください）

□（　　　　　　　　　）の広告を見て	
□（　　　　　　　　　）の書評を見て	
□ 知人のすすめで	□ タイトルに惹かれて
□ カバーが良かったから	□ 内容が面白そうだから
□ 好きな作家だから	□ 好きな分野の本だから

・最近、最も感銘を受けた作品名をお書き下さい

・あなたのお好きな作家名をお書き下さい

・その他、ご要望がありましたらお書き下さい

住所	〒				
氏名		職業		年齢	
Eメール	※携帯には配信できません	新刊情報等のメール配信を 希望する・しない			

この本の感想を、編集部までお寄せいただけたらありがたく存じます。今後の企画の参考にさせていただきます。Eメールでも結構です。

いただいた「一〇〇字書評」は、新聞・雑誌等に紹介させていただくことがあります。その場合はお礼として特製図書カードを差し上げます。

前ページの原稿用紙に書評をお書きの上、切り取り、左記までお送り下さい。宛先の住所は不要です。

なお、ご記入いただいたお名前、ご住所等は、書評紹介の事前了解、謝礼のお届けのためだけに利用し、そのほかの目的のために利用することはありません。

〒一〇一‐八七〇一
祥伝社文庫編集長　坂口芳和
電話　〇三（三二六五）二〇八〇

祥伝社ホームページの「ブックレビュー」からも、書き込めます。

www.shodensha.co.jp/bookreview

祥伝社文庫

暁天《ぎょうてん》の志《し》　風《かぜ》の市兵衛《いちべえ》 弐《に》

平成30年2月20日　初版第1刷発行
令和3年7月10日　第7刷発行

著　者　辻堂《つじどう》 魁《かい》
発行者　辻 浩明
発行所　祥伝社《しょうでんしゃ》
東京都千代田区神田神保町3-3
〒101-8701
電話　03（3265）2081（販売部）
電話　03（3265）2080（編集部）
電話　03（3265）3622（業務部）
www.shodensha.co.jp

印刷所　堀内印刷
製本所　ナショナル製本
カバーフォーマットデザイン　中原達治

Printed in Japan ©2018, Kai Tsujidou ISBN978-4-396-34392-7 C0193

祥伝社文庫の好評既刊

辻堂 魁

風の市兵衛

さすらいの渡り用人、唐木市兵衛《からきいちべえ》。心中事件に隠されていた奸計《かんけい》とは？ 〝風の剣〟を振るう市兵衛に瞠目！

辻堂 魁

雷神 風の市兵衛②

豪商と名門大名の陰謀で、窮地に陥った内藤新宿の老舗。そこに〝算盤《そろばん》侍〟の唐木市兵衛が現われた。

辻堂 魁

帰り船 風の市兵衛③

舞台は日本橋小網《こあみ》町の醬油問屋「広国《ひろくに》屋」。市兵衛は、店の番頭の背後にいる、古河《こが》藩の存在を摑むが――。

辻堂 魁

月夜行《つきよこう》 風の市兵衛④

狙われた姫君を護《まも》れ！ 潜伏先の等々《とど》力《ろき》・満願寺《まんがんじ》に殺到する刺客たち。市兵衛は、風の剣を振るい敵を蹴散らす！

辻堂 魁

天空の鷹《たか》 風の市兵衛⑤

息子の死に疑念を抱く老侍。彼の遺品からある悪行が明らかになる。老父とともに、市兵衛が戦いを挑んだのは⁉

辻堂 魁

風立ちぬ㊤ 風の市兵衛⑥

〝家庭教師〟になった市兵衛に迫る二つの影とは？ 〈風の剣〉を目指した過去も明かされる、興奮の上下巻！

祥伝社文庫の好評既刊

辻堂　魁　**遠雷**　風の市兵衛⑬

市兵衛への依頼は攫《さら》われた元京都町奉行の倅《せがれ》の奪還。その母親こそ初恋の相手、お吹《すい》だったことから……。

辻堂　魁　**科野秘帖**《しなのひちょう》　風の市兵衛⑭

「父の仇を討つ助っ人を」との依頼。だが当の宗秀は仁《じん》の町医者。何と信濃《しなの》を揺るがした大事件が絡んでいた！

辻堂　魁　**夕影**《ゆうかげ》　風の市兵衛⑮

貸元の父を殺され、利権抗争に巻き込まれた三姉妹。彼女らが命を懸けてまで貫こうとしたものとは⁉

辻堂　魁　**秋しぐれ**　風の市兵衛⑯

元力士がひっそりと江戸に戻ってきた。一方、市兵衛は、御徒組旗本のお勝手建て直しを依頼されたが……。

辻堂　魁　**うつけ者の値打ち**　風の市兵衛⑰

藩を追われ、用心棒に成り下がった下級武士。愚直ゆえに過去の罪を一人で背負い込む姿を見て市兵衛は……。

辻堂　魁　**待つ春や**　風の市兵衛⑱

公儀御鳥見《こうぎおとりみ》役を斬殺したのは一体？　藩に捕らえられた依頼主の友を、市兵衛は救えるのか？　圧巻の剣戟!!